「俺の妻になれ。
——今はそれ以上、何も望まない」
「……っ」

「泳ぐのがまだ早いなら、こうやって遊んでみませんか？」

アルノルトが罠に引っ掛かってくれたのが新鮮で、
リーシェはにこにこ笑いながら言う。
リーシェの腰を抱き留めていたアルノルトは、
そんなリーシェを見下ろすと、じとりと目を細めてから言った。
「お前、随分と嬉しそうだな」
「はい。殿下に悪戯が出来たので、大満足です」

「このまま、今のペースで走らせてください」
「……分かっている」

VOLUME.
4
TOUKO AMEKAWA

ループ7回目の悪役令嬢は、元敵国で自由気ままな花嫁生活を満喫する

雨川透子

ILLUST. 八美☆わん

THE VILLAINESS OF 7TH TIME LOOP ENJOYS FREE-SPIRITED BRIDE LIFE IN THE FORMER HOSTILE COUNTRY

CHARACTERS PROFILE

THE VILLAINESS OF 7TH TIME LOOP ENJOYS FREE-SPIRITED BRIDE LIFE IN THE FORMER HOSTILE COUNTRY

アルノルト・ハイン

軍事国家ガルクハインの皇太子で冷酷非道の残虐な男として知られている。前世までのリーシェの死に直接・間接を問わず関わるが、今世ではなぜかリーシェを気に入り、求婚する。

リーシェ・イルムガルド・ヴェルツナー

20歳で死んでは15歳の婚約破棄の時点に戻ってしまうようになった公爵令嬢。7回目のループを迎えた今生は皇太子アルノルトと婚約することに!?

オリヴァー・ラウレンツ・フリートハイム

アルノルトの従者。怪我により騎士の夢を絶たれたところをアルノルトに拾われる。あちこちで浮き名を流す色男。

テオドール・オーギュスト・ハイン

アルノルトの弟で、自由奔放。兄と和解し、影から手助けすることを誓う。

ケイン・タリー

アリア商会の会長を務める名うての商人。リーシェの商人人生では、上司であり師匠だった。

エルゼ

貧民街育ちでリーシェのもとで働く新人侍女。リーシェの衣服にこだわりを見せる。

ミシェル・エヴァン

リーシェの錬金術師人生での師匠。やや倫理観に甘いところはあるものの、懐中時計や火薬を発明するなど、聡明な頭脳をもつ。

カイル・モーガン・クレヴァリー

雪国コヨルの第一王子。持病を抱えていたがリーシェにより快方に向かう。ガルクハイン国と技術提携を果たす。

レオ・フィリップス

ジョーナル公爵に仕える従者。暗殺者として育てられるが、教会での一件が落着し、心からミリアに仕えるように。

ミリア・クラリッサ・ジョーナル

ジョーナル公爵の一人娘。教団の本当の巫女姫であり、侍女人生のリーシェが仕えた。

カーティス・サミュエル・オファロン

シグウェル国第一王子。妹のハリエットと共にシグウェル国を訪れるが……。

ハリエット・ソフィア・オファロン

シグウェル国第一王女。政略結婚が決まっている。読書を好むが、自信がなく、いつも俯きがち。

CONTENTS

THE VILLAINESS OF 7TH TIME LOOP ENJOYS FREE-SPIRITED BRIDE LIFE
IN THE FORMER HOSTILE COUNTRY

第一章

　緩やかな石の階段を下っていけば、その先は海へと続いているようだ。

　七の月の陽射《ひざ》しは透明だった。それでいて生命力を帯び、海辺の街をきらきらと輝かせる。

　街に建ち並ぶ建物は、その壁を純白に塗り揃《そろ》えられていた。

　それとは対照的に、紺碧《こんぺき》に近いような青空の下を、柔らかな潮風が吹き抜けていく。リーシェが着ているいミントグリーンのドレスも、風をはらんでふわふわと裾が靡《なび》いた。

「わあ……！」

　見えてきた港の光景に、リーシェは瞳を輝かせる。

　異国から吹いてくる風は、いつだってリーシェをわくわくさせてくれるのだ。被《かぶ》っている帽子が飛ばされないよう、片手で押さえながら海を眺める。

　すると、リーシェの先を歩いていたアルノルトが振り返り、ごく自然に手を差し伸べてきた。

「リーシェ」

　どうやら数段先の方で、石階段の舗装が悪くなっているようだ。

　リーシェは踵《かかと》の高い靴を履いているため、足元が危ういと思ってくれたのだろう。リーシェは少し躊躇《ためら》いながらも、アルノルトの手を取った。

「ありがとう、ございます……」

「急がなくていい。景色を見ながら歩くなら、このまま手を繋《つな》いでいろ」

そう言われて、思わず落ち着かない気持ちになる。

このところなんだか変なのだ。アルノルトに心配を向けられると、胸の奥がそわそわとして落ち着かない。けれどもなるべく普段通りに、港の船へと目を向ける。

「お客さまは、すでに下船なさっているのですよね。お話し出来るのが楽しみです」

「……本当に、皇城で待っていなくて良かったのか。いま顔合わせをしなくとも、来月の婚儀で対面するんだぞ」

「だって、一ヶ月も早くご到着下さったのですよ？　是非ともお会いして、仲良くなりたいです」

リーシェはそんな風に話しながらも、ちらりと後ろを振り返る。アルノルトの近衛《このえ》騎士たちと目が合えば、彼らに警戒の様子はなく、気の良い笑顔を返してくれた。

これから出逢《であ》う人物が、未来でどんな評価をされているか、知っているのはリーシェだけなのだ。

やがて港に到着すると、先行していたオリヴァーと数人の騎士たちが、リーシェとアルノルトを先導してくれた。

「ここまでお疲れさまでした。早速ではございますが、お客さまにご挨拶を」

オリヴァーの視線が、港の一角へと向けられる。そこに用意されていたのは、白いパラソルだ。

日陰の中に、ひとりの女性が立っている。ここからはまだ遠く、表情まではよく見えないが、その女性は広げた扇子で口元を隠していた。

（――あれが、未来で『悪女』と呼ばれ、処刑されたお方……）

リーシェは、アルノルトにエスコートしてもらっていた手をゆっくりと離す。

（いまから四年後。彼女は嫁ぎ先の国で贅沢三昧《ぜいたくざんまい》をし、国庫を潰した王妃として、ご夫君である国王から断罪される）

扇子を閉じるその所作が、はっとするほどに美しい。

女性がこちらに歩き出すと、金色に輝くその髪がさらさらと揺れた。風になびく深緑のドレスは、夏に纏《まと》うには重そうだが、それを感じさせない足捌《あしさば》きだ。

（まるで、雲の上を歩いていらっしゃるかのよう。……歩いている、というより……）

女性の様子を観察しながら、リーシェはぱちりと瞬《まばた》きをする。

（……というよりも。なんだか、こちらに向かって全力で走ってこられているような……？）

こちらが認識するや否や、女性が慌てた様子で口を開いた。

「あの……っ!!　もっ、も、も……」

（も？　…………って、ああ――っ!!）

危ない、と思ったときにはもう遅い。

どしゃっと派手な音を立てて、女性が盛大に転んでしまった。リーシェは僅かな警戒心を捨て、女性の元に慌てて駆け出す。

「だっ、大丈夫ですか!?」

「もっ、ももも、申し訳ありませんん……!!」

いまにも泣き出しそうな女性が、リーシェのことを見上げた。

けれども前髪がとても長く、両目が覆い隠されていて、彼女と目を合わせることが出来ない。

「この度は、本当にっ、私が存在するだけでご迷惑をおかけして……!!　こ、これは東国に伝わる、『いつでも首を落としてください』という意味の謝意でございます……」

「あの!　顔を上げてください、そんなことはなさらなくて大丈夫なので!!」

地面に額をつけようとする女性を、リーシェは懸命に引き起こす。離れた場所に立つアルノルトが、『そんなものに構わなくていい』と言いたげな顔をしているが、そういう訳にもいかない。

(だって!　信じ難いけど、状況的に間違いなく、このお方が……)

そしてリーシェは、腕の中で震える女性を見つめるのだった。

＊＊＊

ガルクハインにある海辺の街に行くことが決まったのは、数日前のことである。

ドマナ聖王国にある大神殿から帰還して、一週間ほどが経《た》った頃合いだ。離宮に戻ったリーシェは、いつも通りの暮らしを再開した。

早朝は体力作りの自主鍛錬をして、畑の世話に向かい、侍女たちの仕事に助言をする。アリア商会との商談を進めつつ、ミシェルからの手紙に返事を書いて、それ以外は婚儀の準備をするのだ。

だが、リーシェの胸中には、なんとも言えない靄《もや》が掛かっていたのである。

義弟となるテオドールに見抜かれたのは、無理もなかったのかもしれない。

「あーねうえ」

主城の回廊を歩いていたリーシェは、呼びかけられて瞬きをした。

隣を歩いていたテオドールは、ひょこっとリーシェの顔を覗《のぞ》き込んで目を細める。

「ね、僕の話聞いてる？」

「も、もちろんです。タリー会長と上手《うま》く連携して下さっているようで、安心しました」

リーシェは以前、一度目の人生で関わったアリア商会と、ひとつの商談を交わしている。

爪紅の作り方をタリーに伝え、アリア商会が独占販売する代わりに、困窮した人々を雇用してもらうという契約だ。とはいえその事業に関しては、テオドールが主な担当となっていた。

貧民街の事情については、この義弟が最も詳しい人間だ。ガルクハイン国内の流通や、素材の仕入れに関しても、リーシェよりたくさんのことを知っている。

テオドールは最初、「義姉上《あねうえ》の手柄を横取りするみたいなことはしたくない」と渋っていた。しかし、リーシェが「いまの私の目的は、商いをすることでなく、ごろごろ怠惰な生活を送ることなのです！」と熱弁した結果、若干引いた顔をしつつも事業を引き受けてくれたのだ。

それでも、テオドールのいまの関心は、リーシェの方にあるらしい。

「兄上に『励むように』って言われたんだ、僕が上手くやるのは当たり前。そんなことよりも義姉上、なんか悩んでるでしょ？」

直球の問い掛けに、リーシェは俯《うつむ》く。

「悩み、というよりは……」

このところ、アルノルトの傍《そば》にいると、左胸が苦しくなることがある。

かといってアルノルトの姿を見ないと、それはそれで気掛かりなのだ。

心の奥が、きゅうきゅうと寂しい気持ちになる。

「……アルノルト殿下が心配で」

そう呟《つぶや》くと、テオドールが顔を顰《しか》めた。リーシェはっとして、弁解する。

「で、殿下に異変があったというわけではなく。その、いつもお忙しそうだなあと」

「あーそれね。うんうん、気持ちはよく分かる」

テオドールが納得したように頷《うなず》いたので、リーシェはついでに尋ねてみた。

「兄君は、膨大な数のご公務をほとんどおひとりでこなしていらっしゃいますよね？　最近は、テオドール殿下もお手伝いなさっているとはいえ……」

「そうだねえ。父上の担当してる公務と、兄上の担当している公務とは、いまは大体同じくらいの量だって聞いてるけど……父上にはいっぱい臣下がいて、全員父上の味方だからなあ」

テオドールは廊下を歩きながら、ふうっと息を吐き出した。

「城内に、兄上の敵って多いんだよね」

「殿下の敵……」

「兄上はご自分の担当分野において、父上のやり方から大胆に変えたりしてるから。それだと旨味《うまみ》がないって人間や、切り捨てられる人間もいるってわけ」

そういえば以前、この国の軍務伯だという男性が、アルノルトと対立している場面に遭遇したことがあった。あの軍務伯が妙に強気だったのは、現皇帝の威を借りていたからなのだろう。

（今いるガルクハインの要人たちは、現皇帝の臣下でしかないのだわ。今の段階では、アルノルト・ハインの臣下たちも、揃っていないし……）

いずれ戦争を起こす未来において、アルノルトが重用した軍人たちの名前を思い浮かべる。

そしてもうひとつ、リーシェには聞いておきたいことがあった。

「皇帝陛下といえば」

先日、大神殿でアルノルトに聞いた話を揺り起こして、テオドールに問い掛ける。

「お父君のお妃《きさき》さまたちは、どちらにいらっしゃるのですか？」

「……皇后じゃなくて、他のお妃のこと？」

「はい。私のように、離宮などに住まわれているのでしょうか」

「たくさんいた妃たちは、いまの皇后陛下を除いて、みんな死んだよ」

さらりと告げられたその言葉に、リーシェは立ち止まって息を呑《の》んだ。

そんなリーシェの数歩先で、テオドールが振り返る。その顔には、美しい微笑《ほほえ》みが浮かんでいた。

「前に言わなかった？　――この国に嫁いできた妃は、みんな不幸になるって」

リーシェはこくりと喉を鳴らす。

テオドールはなんともないような顔をして、「そうだ」と呟いた。

「そういえば、タリーから伝言。『依頼されていた調べ物の結果は、近日中に』だってさ」

「……ありがとう、ございます」

「それと兄上の忙しさが心配なら、くれぐれも義姉上が無茶をしないことだと思うよ。他人を庇《かば》って首筋に毒矢とか、本当信じらんないからね！」

返す言葉もないのだが、その話はどこから入手したのだろうか。テオドールの情報収集力は、やはりとんでもないものだ。

テオドールが「それじゃあね」と笑い、先に行ってしまったので、リーシェはふうっと息をついた。

護衛の騎士たちは、少し離れた場所を歩いてくれている。そんな彼らと離宮に戻ると、エントランスホールでちょうどアルノルトに鉢合わせた。

「リーシェ」

名前を呼ばれ、びくりと肩が跳ねそうになる。

だが、それを表には出したくない。リーシェは殊更にっこりと微笑み、アルノルトを見上げる。

「ご機嫌うるわしゅう、アルノルト殿下」

「……」

青い瞳に見つめられ、内心でぎくりとした。

いつも通りに振る舞ったつもりが、何か不自然だっただろうか。けれどもアルノルトは、特に言及することもなく、こう続けた。

「ちょうどいい。お前を呼びに行かせるところだった」

淡々とした声が、事も無げに言う。

「これからしばらくの間、城を留守にする」

「え……」

リーシェはひとつ、瞬きをする。

「お前をひとりにするが、護衛は置いていくから安心しろ。都合のいいように使って構わない」

「ご公務でお出掛けに？」

「国外から訪れる賓客を、俺が行って出迎えることになった。婚姻の儀の招待客で、ヴィンリースという街に滞在させる予定だ」

リーシェとアルノルトの婚儀は、いまからおよそ一ヶ月後だ。遠方からの賓客であれば、旅程の遅れなどを想定して、このくらいの時期に到着していることも珍しくない。

そうして迎える側は、客人が不自由なく過ごせるよう、滞在用の城を用意してそこでもてなす。あくまで事前の出迎えであるため、皇族であるアルノルトひとりで行くということなのだろう。

「……その街は、遠いのですか？」

「西部の海辺にある街だ。馬車では、四日ほどというところか」

「お忙しい中で遠出をなさるのは、大変なのでは……」

「先日ドマナ聖王国に出向いた際、実験的にテオドールと連携したのが上手くいった。同じやり方を使って、道中にも仕事をすれば問題は無いだろう」

それは喜ばしいことなのに、リーシェはやっぱり落ち着かない。

（アルノルト殿下が、しばらくの間、いらっしゃらない……）

思わず眉が下がってしまう。

リーシェは無意識に手を伸ばし、アルノルトの袖をきゅっと掴《つか》んだ。

すると、アルノルトがやさしい声で尋ねてくる。

「どうした？」

「こっ……」

穏やかな聞き方に動揺するも、言葉が出てこないのはその所為《せい》ではない。

「これは、その、なんでしょう……？」

自分の行動に、誰よりもリーシェ自身が驚いているのだ。

アルノルトが居なくなる。その事実に関する心境が、どうにも説明しにくい。

（これは、もしかして）

俯いて、考え込む。

（もしかして。私は、アルノルト殿下と一緒に……）

「行きたいのか」

「えっ」

心を読まれたかのような言葉に、ぎくりとして顔を上げる。

「海に」

「……!!」

真面目な顔でそう訊《き》かれて、リーシェはぶんぶんと頷いた。

「いっ、行きたいです！　『海に』!!」

心からそう返事をすれば、アルノルトは考えるように目を伏せる。

「だが、婚姻の儀の準備があるだろう。連れて行く場合、また無理をするのではないか」

「それに関しては、旅先で手配しても問題ないので……」

いま最も忙しいのはリーシェでなく、外交官や儀式の進行に携わる人々のはずだ。リーシェ自身がやらなければならないことも、段々と少なくなっている。

「……」

アルノルトは、彼の袖をぎゅっと掴んだリーシェの手を無表情で見下ろした。

そのあとに、穏やかな声でこう告げる。

「……なら、お前を連れて行く」

「！」

嬉《うれ》しくて、ぱっと胸中に花が咲いた。

（ガルクハインの海……！）

咄嗟《とっさ》に頷いてしまったが、海に行きたいのは本当だ。

外国からの船が着くというのなら、そこでたくさんの物が見られるだろう。想像するほどにわくわくしてきて、リーシェは目を輝かせる。

「オリヴァー。手配を進めておけ」

「はい、仰せのままに」

「ありがとうございます、オリヴァーさま。ちなみに、今回いらっしゃるお客さまとは？」

西部の海辺に行くということは、西か南の大陸から来るのだろう。招待客の一覧を思い浮かべていると、アルノルトが教えてくれた。

「シグウェル国。王子カーティスと、その妹ハリエットだ」

それは、リーシェにとって聞き馴染《なじ》んだ国の名前である。

（ハリエット王女殿下とは、一度もお会いしたことはない。……でも、カーティス殿下のことは、よく存じ上げているわ）

思い出して、短く息を吐き出した。

（狩人《かりゅうど》人生で、私が仕えた王室の方だもの）

＊＊＊

西の大陸にあるシグウェル国は、書物の国とも呼ばれるほどに本が溢《あふ》れる、そんな国だった。

王室が印刷機を所有しており、国民も読み物に慣れ親しんでいて、何よりも王族がみんな本を愛している。そんな王家の人々に悲報が届いたのは、リーシェがシグウェル国に仕え始めて四年が経った頃のことだ。

『……カーティス殿下はもう、何日も臥《ふ》せっていらっしゃる』

狩人仲間のひとりが、沈痛な面持ちで口を開いた。

『無理もない。なにせ、妹君が処刑されたんだ。……あの方は、嫁ぎ先で変わってしまわれた』

『まさかハリエットさまが、国庫を潰すほどの贅沢三昧の末、民を貧困に追いやるとは……』

ひそひそと囁《ささや》くような話し声が、割り当てられた部屋に響く。居た堪《たま》れない気持ちになったリーシェは、近くにいた狩人仲間に声を掛けた。

『ねえ。ハリエットさまって……』

『ああ。リーシェがこの国に来たのは、ハリエットさまが花嫁修業で嫁ぎ先に行った後だったな』

リーシェが頷くと、狩人仲間が教えてくれる。

『ハリエットさまは政略結婚で嫁いだんだ。このシグウェル国が、同盟国の中で力を保つために必要な結婚だった。それなのに、嫁ぎ先で大罪人とされ、処刑されちまったんじゃあ……』

『ああ。この国は、ハリエットさまの罪を償う賠償金を払うと共に、同盟からも除名させられる』

その状況が招くのは、確かな暗雲だ。

リーシェが沈黙していると、被っていたローブのフード越しに、のしっと誰かの腕が乗せられた。

『ひゃ』

『よーお。ただいまリーシェ、お前たち』

待ち侘《わ》びていた人物の帰りに、みんながざわめいた。

『頭首！　「狩り場の下見」はどうだった』

『そりゃまあ「疲れた」の一言に尽きるな。ファブラニアの状況ときたらひどいもんだ。地方の民が飢えていて、富は王都に集中し、その王都でも貧富の差は一目瞭然！』

その男のわざとらしいほど明るい声に、狩人たちの表情は沈んでいく。

『商人たちの話を聞いたよ。間違いなくハリエットが国外から宝石類やドレスを買い占め、湯水のように金を使っていたとさ。参るよなあ、はは』

リーシェも男を振り返りたいのだが、彼の腕が頭の上に乗っていて動けない。

もぞもぞと身じろぎし、どうにかそこから抜け出して、振り返ろうとしたそのときだ。

『ちょっと、ラ……』

『――この国は、ガルクハインとの戦争に参加する』

告げられた事実に、狩人たちが息を呑む。

『頭首、本当なのか？　国王陛下は以前、ガルクハインと争うつもりはないって……』

『ファブラニアから、賠償金を払う以外の和解条件として提示されたんだ。この国が戦争に参加し、ファブラニアの補佐をすれば、同盟からの除名も必要ないと』

男の声に、直前までの軽やかな雰囲気は無い。飄々《ひょうひょう》とした笑みではなく、嘲笑が滲《にじ》んでいる。

『王妃ハリエットは大罪人。――ファブラニア国は、そんな姫君を嫁がせたこの国に、「責任を取れ」と仰《おっしゃ》っているのさ』

王妃ハリエットは、ファブラニアに嫁いでから数年の間、病に臥せった夫を放置して国庫を潰した。そのあいだに民は飢え、贋金《にせがね》が横行し、国が疲弊しても顧みることはなかったという。

やがて国王は、とある薬師の治療によって回復した。そして目の当たりにした妻の所業に絶望した末、彼女を処刑したのだと言われている。それが、リーシェの知る王女ハリエットの顛末《てんまつ》だ。

（でも……）

崖の上に聳《そび》え立つ、小さな城の室内で、リーシェはその女性を見下ろしていた。

「うっ、うっうう……」

ここで泣いている彼女こそ、後の王妃ハリエットなのだ。

（『飢え行く民を見殺しにして、自分は贅沢三昧を尽くした悪《あ》しき王妃』には見えないわよね……）

人は見掛けで判断できない。とはいえ価値観や倫理観は、その振る舞いの細部に現れる。

椅子に座って泣いているハリエットは、金色の髪を長く伸ばしていた。

腰ほどもあるその髪は、手入れされているものの無秩序に見える。望んでその長さにしたというよりも、『放置していたらこの長さになってしまった』という印象だった。

前髪もとても長く、目元に覆い被さっていた。それはまるで、他人の視線から逃れる盾のようだ。

「ハリエットさま、どうぞ落ち着いてください」

向かいの椅子に座ったリーシェは、泣いている彼女から聞き出した情報を整理する。

「いままでのお話をまとめますと。……まず今回ハリエットさまは、花嫁修業で滞在していらっしゃる、嫁ぎ先のファブラニアからガルクハインにお越しくださったのですよね？　一方兄君であるカーティス殿下は、自国であるシグウェルから、別の船で出発なさっている」

「そ、そうです」

「そしてハリエットさまのお船では、女性騎士の方々が護衛についていらっしゃったものの、騎士の皆さんが全員食あたりに……」

騎士たちが心底可哀想《かわいそう》で、リーシェは思わず眉を下げる。

嘔吐《おうと》を伴う不調の中、何日も船に揺られていたのでは、さぞかし具合も悪かっただろう。王族として、ひとりだけ食事が別だったハリエットは、体調を崩さずに無事だったようだ。

「ほっ、本当はこんなときのため、兄の船にも我が国の女性騎士が……っ。で、ですが、ううっ」

「……別々の航路だったことにより、兄君の船が遅れていて、ハリエットさまのみ先にガルクハインへ到着された……と」

話しながら、リーシェはちらりとアルノルトを振り返った。黙って立っているアルノルトからは、『まったく興味がない』かつ『面倒臭い』という雰囲気が漂っている。

「アルノルト殿下。殿下の近衛騎士の方々を、ハリエットさまにつけていただくことは……」

「……それしかないだろうな。オリヴァー」

「はい。それでは、すぐに人員の調整を」

「あっ、あのっ、あの……!!」

ハリエットは涙に濡《ぬ》れた声で、必死に言葉を紡ごうとする。

「申し訳、ございません。お心遣い、痛み入ります。ですがそのようなわけには……！　こ、婚約者から、きつく申しつけられておりまして」

彼女の言う『婚約者』とは、つまりファブラニアの国王である。

「その……ま、周りに、夫以外の男性を置くことは、許されないことだと……!!」

確かに、そのような指示があってもおかしくはない。

「ご、ご厚意に甘えるわけには……。申し訳ありません、申し訳ありません……！　うう……」

消え入りそうな声で、何度も謝罪が紡がれる。完全に萎《しお》れ切ったハリエットは、周りの誰にも聞かせるつもりがなさそうな声で、小さく呟いた。

「……ひ、引きこもりたい……」

（あ。これは駄目だわ）

完全に、限界を迎えている人の独り言だ。

（出会っていきなり土下座をされたときは、何事かと思ったけれど。ご自身の護衛がいなくなったことで、ガルクハイン側に迷惑をかけると想定なさったからなのね）

ハリエットの懸念通りだ。困った様子のオリヴァーが、アルノルトに小声で話しかける。

「さて、どうなさいます？　我が君」

「どうもこうもない。他国の賓客を、護衛もなしで滞在させる訳にはいかないだろう」

リーシェは椅子から立ち上がると、アルノルトの傍に歩いて行った。

「しかし、ガルクハインに女性騎士などはおりませんよ」

「そんなもの、存在する国の方が少ない。西の大陸にだってごく少数だ。第一に……」

「……」

オリヴァーと話しているアルノルトのことを、すぐ隣からじいっと見上げる。

「…………」

アルノルトは、リーシェと一度だけ目を合わせたあと、無かったことのようにオリヴァーへと視線を戻した。

「……たとえば傭兵《ようへい》などを当たった中に、奇跡的に腕の立つ女がいたとして。その人員が、他国の王女の前に出せるほど信頼できるはずもない」

「殿下」

「護衛としてある程度の実力があり、身元が確実に信頼できて、礼儀作法を身に付けた人間をすぐに用意できるわけが――……」

「アルノルト殿下」

つん、とアルノルトの袖を引く。

数秒ほど置いたあと、大きく溜《た》め息《いき》をついたアルノルトが、観念したようにリーシェを見た。

「……なんだ」

リーシェが何を言うつもりか分かっているのに、改めて聞くのはアルノルトらしくない。

そう思いながらも、リーシェは小さく「はい」と挙手をして答える。

「私が、ハリエットさまの護衛を務めます」

「リーシェさまが!?」

ぎょっとしたオリヴァーとは反対に、アルノルトは額を押さえて俯いた。どうにも嫌な予感がしていたと、そう言いたげな雰囲気だ。

「アルノルト殿下。私の礼儀作法について、ご不満な点がありますか?」

「――ない」

「私の身元を不審に思われたことは」

「あるわけがない」

苦い顔で言い切ったアルノルトに、にこりと微笑む。

「それでは、剣の腕に関してはいかがでしょう」

「………………」

リーシェ以外の適任は、存在しないはずだ。

皇太子の婚約者といえど、リーシェの身分は弱小国の公爵令嬢でしかない。

公爵令嬢であれば、王女の侍女などに選ばれることもある。そう思えば、期間限定の護衛を務めるくらい、そんなにおかしな話でもないだろうと思ったのだが。

「……お前、やってみたいだけだろう」

「う」

「それに、何か目論《もくろ》みがあるな？」

「殿下こそ、反対なさる理由が何かあるのですか。護衛なしのハリエット王女に何かあれば、少なからずガルクハイン側の責任となりますよ？」

アルノルトだって、そんな面倒は避けたいはずだ。

「確かに私では、アルノルト殿下や近衛騎士の皆さまには敵《かな》いません。それでも、護衛としてはそれなりにお役に立てるはずです」

「俺が問題としているのは、そういった点ではない」

アルノルトが、真摯な目でリーシェを見下ろした。

かと思えば、リーシェの耳元にくちびるを寄せ、小さな声で囁くのだ。

「俺にとってはお前こそ、何よりも守らなくてはいけない存在だ」

「……っ!!」

その言葉に、鼓膜がじんと痺《しび》れたような心地がした。

(それは、何か思惑があってのことなのでしょうけど……!!)

反論したいのを堪《こら》えつつ、慌てて一歩後ろに下がった。

「ま、守らなくてはならないと思われるよりも。『大抵の敵には負けないだろう』と信頼いただいた方が、嬉しいのですが!」

「信頼していないとは言っていない。――お前の度胸も、剣の腕もな」

苦々しげな言葉のあと、アルノルトは再び溜め息をついた。

「お前が何を企《たくら》んでいるのかは、問い詰めておきたいところだが」

「もちろんそれは、秘密です」

「分かっている。……少しのあいだ、頼めるか」

下されたその結論に、リーシェはほっとして嬉しくなる。

「お任せください、アルノルト殿下」

微笑んで、ハリエットの元に向かおうとしたとき、アルノルトに腕を掴まれた。

「ぎあっ!?」

「だが、忘れるな」

アルノルトは静かな声で、刻みつけるようにこう紡いだ。

「『大抵の敵には負けない』と。——それを分かった上で、お前は俺にとっての庇護《ひご》対象だ」

「……っ、分かっ、分かりましたので……!!」

心臓が破裂しそうになるので、もう少し容赦して欲しい。

火照りそうになる頬を誤魔化しつつ、リーシェはハリエットの方に向かった。そうして、椅子に座った状態で俯き、居た堪れなさそうに泣いているハリエットに声を掛ける。

「お待たせいたしました、ハリエットさま」

そうしてリーシェは、彼女の前へと跪《ひざまず》いた。

(こうしていると、騎士人生を思い出すわ)

真《ま》っ直《す》ぐに背筋を伸ばしたまま、ハリエットの華奢《きやしや》な手を取った。

男装していたかつてと違い、その手をやさしく握るようなことはしない。たとえそうでも、微笑みで彼女を安心させたかった。

「どうかもう泣かないで。あなたに降り掛かる厄災は、すべて払ってみせましょう」

「は、はへ……?」

叩《たた》き込まれた騎士道精神に則《のつと》って、目の前の淑女に誓いを立てる。

「私がお守りいたします。……ご安心を、姫君?」

「〜〜〜〜っ!?」

その瞬間、前髪で目元の隠れたハリエットの顔が、一気に赤くなった。

＊＊＊

滞在場所となる小さな城は、ヴィンリースの郊外に建てられている。

海辺の街を見下ろすような、小高い丘に建てられた城だ。そこから再び街へと下りるには、数十分も掛からなかった。活気に溢れた港の街を、ハリエットを連れたリーシェは歩く。

後ろに続くのはリーシェの護衛騎士だ。そして更には、ハリエットの侍女数名も同行していた。

ぞろぞろと続く大所帯は、ここにいるのが要人だと触れ回っているようなものだ。悪目立ちをすると説明したのだが、侍女長だという女性は聞き入れてくれず、こう言い放ったのである。

『なりません。いくらこのような事態とはいえ、ガルクハイン皇太子妃となられるお方にハリエット殿下を護衛いただくのですから。せめて我々侍女一同は、ハリエット殿下のお傍につき、リーシェさまに掛けるご迷惑を少しでも軽減することが役割です』

侍女長は、リーシェの母親と同じくらいの年齢だろうか。

至極当然のこととして告げられては、押し切ることはできない。結果として、十人ほどの団体行動になっている。

（それでも、せっかくの街歩きを楽しんでもらいたいわ）

リーシェはハリエットを振り返り、にこりと微笑んだ。

「お疲れではありませんか？　ハリエットさま」

「ふえっ!?　あ、あのう……」

動揺を露《あら》わにしたハリエットが俯く。そのあとで、侍女たちを見遣《みや》りながらこう答えた。

「だ、大丈夫です。私のことなんて、気にしていただかなくとも……」

「そういう訳には参りません。折角ガルクハインの街を知りたいと仰って下さったのですから」

騎士のように胸へと手を当てつつ、ハリエットに告げる。

「せめて、少しでも快適にお過ごしいただきたいのです」

そんなリーシェは、腰に一本の剣を提げていた。

黒を基調とした鞘《さや》に、金の装飾が施されている。これは、アルノルトの使っている予備の剣だ。

リーシェには少し大きいそれを、「何もないよりマシだろう」との言によって借り受けた。

剣帯も一緒に貸してくれたのだが、一番きつく締める位置のベルト穴でもぶかぶかだったため、新しく穴を開けてもらっている。アルノルトは細身に見えるけれど、リーシェと比べれば、男性らしいしっかりした体格をしているのだ。

（こうしていると、騎士としての心得も思い出すわ）

ドレスの上から剣帯を巻き付け、そこにアルノルトの剣を提げていると、自然と騎士人生のそれに引き寄せられた。

騎士たるもの、すべての女性を敬うべしというのは、愛妻家だった国王による指導だ。

かの国で男装し、男として騎士をしていたリーシェも、もちろんそれに従っていた。

「潮風でお体は冷えていませんか？　陽射しが眩《まぶ》しいようでしたら、すぐに日傘をお持ちいたしましょう。お好みのペースで歩きますので、どうぞお申し付けを」

「そ、そそそっ、そんな滅相もないいい……！」

「姫君。どうか、私には遠慮をなさらないで」

白くて小さな手を取りながら、改めて彼女に笑みを向ける。

「今日このときを、あなたさまに楽しんでいただきたいのです。――そのために、全身全霊をかけると誓いましょう」

「まっ、眩しい……っ」

「やはり日傘をご所望ですか？」

そう言うと、ハリエットが両手で目元を押さえて頭を振る。そのあとでとても恥ずかしそうに、長い前髪で顔を隠しながら俯いた。

数メートル後ろを歩いていた侍女長が、涼しい顔でハリエットに告げる。

「ハリエット殿下。過分な遠慮は、却《かえ》ってリーシェさまに失礼ですよ」

小柄な体をびくりと跳ねさせ、ハリエットはますます縮こまった。その様子を見て、侍女長は大きな溜め息をつく。

「国王陛下からは、『ガルクハインで存分に買い物を楽しんでくるよう』とのご慈悲を賜ったはず。ガルクハインへの経済貢献のためにも、まずは宝飾店などを回るべきではございませんか」

「あ、う……」

ハリエットの顔は見えないが、困っている様子なのがよく分かった。

「で、でもその、お金が……」

「何を仰います。陛下から、ガルクハイン金貨をたくさんいただいているでしょう」

侍女長は、どこか素っ気ない口振りだ。

「第一に。たとえ本当に持ち合わせていらっしゃらないとしても、優雅に振る舞うのが淑女の嗜《たしな》みです。ハリエット殿下の評価は、そのまま国王陛下の評価にも繋がるのですよ？　まったく、いつまで経ってもあなたという方は！　リーシェさま、主《あるじ》に代わってお詫《わ》び申し上げます」

リーシェは一度瞬きをしたあと、侍女長にもふわりと笑い掛けた。

「いいえ、侍女長さま」

そして一歩を歩み出すと、今度は侍女長の手をぎゅっと握る。彼女は目を見開いたが、リーシェは構わずに言葉を続けた。

「確かに奥方さまの振る舞いによって、ご夫君が悪し様に言われることもあるでしょう。しかし、少なくとも私の前では、そのようなことをお気になさらないでいただきたいのです」

「っ、と、言いますと……!?　それにリーシェさま、何故《なぜ》わたくしの手を握って……」

「ファブラニア国王陛下への評価は本来、陛下ご自身のなさりようによって決められるべきもののはず。ですから、ハリエットさまがどのような振る舞いをなさろうとも、ファブラニア国王陛下への印象が変わることはございません」

美しい皺《しわ》の刻まれた目が、戸惑いの瞬きを繰り返す。

「それに。――ハリエットさまからは、私を煩わせたくないという、おやさしい心を感じます」

リーシェがいきなり振り返った所為か、ハリエットが肩を跳ねさせる。

「ですが、本当にご遠慮はなさらずに。あなたさまに笑って過ごしていただけるのなら、護衛としてこんなに幸せなことはございません」

「ひ、ひい……」

「お買い物の件については、どうか明日をお楽しみに。私の贔屓《ひいき》にしているアリア商会が、とっておきの品々をお持ちしますので」

そう言って、前髪に隠されたハリエットの目元を見つめる。

「それと、ハリエットさま。ご自身ではなく、侍女の皆さまのことではいかがでしょう？」

「え……？」

ハリエットの声音が、戸惑いに揺れた。

「ご自身の望みを仰るのに、お気兼ねがあるということでしたら。代わりになにか、侍女の方々になさりたいことは？」

「な、何を仰いますリーシェさま！」

侍女長が慌てて声を上げ、首を横に振る。

「我々のことなど、お気になさる必要はございません。それに、ハリエット殿下とて……」

「……っ、あ、あのう……!!」

か細い勇気を振り絞るように、ハリエットが口を開いた。

「でっ、でしたら涼しいところに……‼　侍女の皆さんも、座って休めるような、そんな場所が。船旅で疲れているのは、一等船室にいた私よりも、侍女長さんたちのはず、で……」

段々と小さく掠《かす》れていくものの、ハリエットは深く俯きながら、こう続けるのだ。

「す、すみません。出過ぎたことを言っていたら、ごめんなさいぃ……」

ぽかんとしている侍女長を横目に、リーシェはにこりと微笑んだ。

先ほどからハリエットは、侍女を何度か振り返っていた。彼女たちの目を気にしているようにも見えたのだが、もしかしたら心配しているのかもしれないと、リーシェが考えた通りだったようだ。

「承りました。それでは、テラス席のあるお店にご案内いたしましょう」

リーシェもこの街に来たばかりだが、アルノルトに見せてもらった地図は記憶している。この時間の太陽の位置であれば、海辺を見渡せるいくつかの店が、涼やかな日陰に入っているはずだ。

「ハリエットさまは、ご自身のことよりも、他の方のために勇気を出せるお方なのですね」

「‼」

侍女のためにと申し出たハリエットは、小さな肩を震わせていた。

希望を伝えるという行為は、彼女にとって覚悟のいることなのだ。それでも、疲れている侍女のためならと、言いにくいことを口に出してくれている。

「あなたのやさしさを、心から尊敬いたします。ハリエットさま」

「っ、そんな、あの……‼」

そのときだった。

「――……」

リーシェは、ハリエットに伸ばしかけていた手をぴたりと止める。

そして、自身の斜め後方を振り返り、白塗りの建物を静かに見上げた。

屋上付近には海鳥が飛び、みゃあみゃあと互いに鳴き交わしている。青空に浮かぶ入道雲は、太陽に眩《まばゆ》く輝いていた。

「リーシェさま、いかがなさいました？」

近衛騎士に声を掛けられて、リーシェは彼らに言う。

「迷子の子供らしき泣き声がします。少し、様子を見に行こうかと」

「子供の声？　では、自分たちが参ります」

「騎士の皆さんは、少しだけハリエットさまの護衛を。……周りに侍女の皆さまがいらっしゃる状況であれば、少しのあいだ男性がお守りしても、問題はないはずですから」

「あ、リーシェさま！」

騎士たちに止められないうちに、リーシェはするりと路地裏へ入り込んだ。

足音を消し、限界まで自分の気配を削《そ》ぐ。角をふたつほど曲がりつつ、奥まった方向に進んだ。

白い石造りの路地裏には、人っ子ひとり見当たらない。

（でも、そうじゃないわ）

リーシェは短く息を吐き出す。そしてアルノルトの剣に手を掛けた、次の瞬間。

「――っ！！」

真上から、いきなり人間が降ってきた。

剣を抜き、頭上に構え、振り下ろされた武器を真っ向から受ける。考えて動いたというよりも、剣士としての反射的な動作だ。

鉄同士のぶつかる音が、きいんと辺りに響き渡る。人影はすぐさま身を引いて、機嫌良く笑った。

「ふっ、はは！」

灰色のローブを身に纏う、背の高い人間だ。

フードを目深に被っていて、顔の上半分がよく見えない。その口元は、楽しそうに歪《ゆが》んでいた。

「こんにちは可愛《かわい》らしいお嬢さん、素敵なご挨拶をどーも。あんな風にじいっと見つめられちゃあ、出てこない訳にはいかないよなあ」

静かに剣を構えながら、リーシェはその人物を真っ直ぐに見据える。

（見たことのない顔立ち。聞いたこともない声。だけど、この動きは……）

「なあ。――あんた、どうして気づいたんだ？」

聞こえてくるのは、リーシェの知らない老人の声音だ。

かと思えば次の瞬間には、若い青年の声で男が言う。

「俺が、あんたを屋上からずーっと見つめていたこと」

遊ぶような口調で尋ねられて、目を細めた。

「特別な動きはしていないわ。監視されていそうな場所を探っただけよ」

ひゅっと剣を振り払い、構えの形を変える。以前より少しだけ筋力もついたおかげで、重たい剣もなんとか扱えそうだ。

「周囲の安全を確認するときの、ただの癖なの」

「ははっ！　ただの癖？　死角を瞬時に確認して、ピンポイントで睨《にら》みを効かせるのが『ただの癖』ねえ。……こいつはまた、珍しいのが出てきたものだ」

目深にフードをかぶった男は、わざとらしく「うーん」と考え込む。

「無駄口叩いてみても、全然隙が生まれない。面白くなって降りて来たけど、失敗したなあ」

その男は、こちらを覗き込むような仕草をした。

「お嬢さん。悪いけどしばらくここで眠………うおっと！」

リーシェが払った剣の先が、ローブのフードをギリギリで掠める。

避けられたからって、追撃の手を緩めはしない。怯《ひる》まず一歩踏み込んで、翻した剣を再び払った。

二度目、三度目と切っ先を繰ると、振るたびにリーシェの体幹が揺らぐ。だからこそ慎重に、それでいて一切の容赦はなく、ローブの男を追い詰めた。

その直後、眼前に迫ってきた短剣の先を、体を捩《よじ》って回避する。

「へえ、これを避けるか」

（私の眼球を、貫くつもりで……）

男の間合いに飛び込みつつ、男に向かって斬り上げた。

躱《かわ》されるも、動きは完全に読めている。そのまま真横に素早く薙《な》ぐと、男が笑った。

「早い早い！　……とはいえ」

きいん、と高い音が鳴る。

リーシェが操る剣先が、男の短剣に止められたのだ。

「もうそろそろ、遊んでる暇もなくなってきたなあ……」

男が舌なめずりをする。

「珊瑚《さんご》色のお嬢さん、あんた世界中探しても滅多に見ないくらいの美人じゃあないか。俺と殺し合いするよりも、もっと有意義な対話をしないか？」

「お仕事中なの。それに、あなたと殺し合いをしていたつもりはないわ」

「うっそだあ。こんなに容赦なく俺の顔を狙っておいて？」

「安心して。目的はもう、達成されているから」

ここからなら、フードに隠れていた目元が見える。

（やっぱり、私の知らない男性の顔。だけど……）

瞳の色は、赤色だった。

それが分かれば十分だ。リーシェが剣ごと後ろに退《ひ》くと、男が笑いながら首を傾《かし》げる。

「確かに殺気はないんだよな。なるほど、なるほど」

「リーシェさま！」

向こうから騎士の声がした。

ばさりとローブの布がはためき、男が路地の奥へと駆け出す。リーシェはゆっくりと剣を仕舞い、その背中が消えるのを見送った。

「リーシェさま、いかがなさいましたか⁉　剣らしきものの音が聞こえたような……」

表通りからは距離があるのに、騎士はそれを聞き取ったらしい。リーシェはぺこんと頭を下げる。

「ごめんなさい。どうやら子供の泣き声じゃなくて、猫とカラスが喧嘩《けんか》していたみたいです」

「ね、猫とカラス？」

「仲裁のために剣を抜いたら、重かったので落としてしまって……それ以外は、何事もなく」

そう言うと、騎士たちはほっとしたように息をつく。

「リーシェさまがご無事でしたらよかったです。しかし次からは、我々にお任せいただければと」

「ごめんなさい、おふたりとも」

リーシェは歩き出しながら、ちらりと路地の奥を見遣った。

そこには誰の気配もない。

リーシェは何も言わないまま、騎士たちとハリエットの元に向かった。

（私が本物の護衛なら、さっきのことを報告するところだけれど……）

リーシェは、先ほどアルノルトと交わしたやりとりを思い出す。

『王女の相手を頼めるか』

外出の支度をしていたアルノルトは、リーシェに向けてそう言った。

『もちろんです。でも、アルノルト殿下はどちらに？』

『この街でいくつか仕事をする。戻りは夜になるだろう』

従者のオリヴァーも、騎士たちへの指示で忙しそうだ。ハリエットへの外交などする気もなさそうなその様子に、リーシェは確信を得た。

（やっぱり、アルノルト殿下の目的は、国賓をもてなすことではないのね）

わざわざ出迎えに行くなんて、アルノルトらしくないと思っていた。経験上、彼が自ら動くのは、複数の意図があるときなのだ。

以前城下町でリーシェの指輪を買ってくれたときは、カイルが来国した理由の偵察を兼ねていた。リーシェの大神殿行きに同行したのは、クルシェード教団との間に溜まっていた公務のためだけではなく、教団に対する牽制《けんせい》のためだ。そしてそれは、今回も同様らしい。

リーシェが見つめていると、アルノルトは上着を羽織りながらこう言った。

『別に大した用事ではなく、確認をしておきたいことがあるだけだ。――そんなことより、この剣はお前の体格に合っていない。近衛騎士たちも傍につけるが、無理はするなよ』

立て掛けていた剣を手に取って、アルノルトが渡してくれる。

『剣を貸して下さってありがとうございます、殿下』

アルノルトは、静かにこちらを見下ろした。

『……お前に』

首を傾げて続きを待つと、アルノルトは溜め息をついたあとで言う。

『海辺の景色を見せてやれば、少しは気分が変わるかという考えもあった』

リーシェが瞬きをすると、自覚がないのかとも言いたげな目を向けられた。

『このところ、妙に沈んだ顔をすることがあるだろう』

その言葉に、リーシェはどきりとする。

（まさか、私を心配して？）

それと同時に、罪悪感が湧き上がった。

この頃アルノルトのことを考えると、左胸の奥が妙に寂しくなってしまう。その変化を、アルノルトにも気付かれているに違いない。

『あの、いえ！　そんな、殿下に心配していただくような悩みがあるわけでは！』

『どうだかな。お前は、自分のことに全く構わない』

前科があるので言い返せないが、それはアルノルトも大概だ。そう思っていると、大きな手で頭を撫《な》でられる。

『仕事のような真似《まね》をさせて、悪いと思っている。……埋め合わせは、必ず』

甘やかすような声を思い出して、それだけで耳が熱くなるような気がした。

（ハリエットさまの護衛は、私の方からお願いしたのに）

一連のことを思い出し、蹲《うずくま》りたくなったリーシェを見て、近衛騎士が声を掛けてくれる。

「リーシェさま、どうかなさいましたか？」

「い、いえなんでも……！　それより、急いでハリエットさまの所に戻りますね」

表通りの少し先に、侍女長と話しているハリエットの後ろ姿が見えた。

（……ハリエット王女殿下。狩人の人生ではお会いすることのなかった、カーティス殿下の妹君）

顔を隠すような仕草や、無作為に伸ばされた長髪。

ドレスが重苦しく感じるのは、夏に合わない厚みの生地と、深緑という色合いの所為だろう。

（贅沢品を買い漁《あさ》り、国庫を潰した女性の装いとしては、やっぱり違和感があるのよね……）

見極めは、慎重に行わなければならない。

人の噂《うわさ》に振り回され、自分の目で確かめていないことを信じるのは愚かなことだ。しかし、目の前にいる人の言動に惑わされ、手にしている情報を無視するのも悪手だった。

（ハリエットさまの処刑があったからこそ、シグウェル国はガルクハインと交戦の運命を辿《たど》る。そんなことは、避けたいけれど……）

そこに、侍女長の声が聞こえてきた。

「いいですか、ハリエットさま。リーシェさまのお心遣いに甘えてはなりませんよ」

凛《りん》としていて厳しい口調だ。侍女長の年齢も相まって、リーシェの実母を思い出す。

「くれぐれも好感を持っていただき、今後ファブラニアとのお付き合いをしていただかなくては。ガルクハインとの友好関係は、国王陛下の悲願なのですからね」

「わ、分かっています……。ごめんなさい、申し訳ありません……」

ハリエットは深く俯いて、ぽつぽつと小さな声で繰り返す。

「お、王女だもの……。お父さまやお兄さま、旦那さまの役に立たなきゃ、私は存在価値がない……。頑張らないと、もっと頑張らないと……」

「ハリエットさま！」

「ひゃあい!?」

大きく肩を跳ねさせたハリエットに、リーシェはにこにこと話し掛けた。

「大変お待たせしました。問題はありませんでしたので、お店に参りましょう！　道中にも、素敵な雑貨屋さんがいっぱいありますよ。この街は、貿易で色んな品々が集まるのだそうで──……」

リーシェが説明しながら歩くのを、ハリエットは俯きながら聞いている。

そんな様子を眺めつつ、辺りに不審な気配がないことを確かめながら過ごしていると、あっという間に夕方になった。

「──それではハリエットさま。夕食まで、お部屋でゆっくりとお休みください」

「はっ、はひ、ありがとうございます……」

部屋の前で挨拶をし、ハリエットと別れる。これで本日の任務は完了だと、息をついた。

（明日の外出まで、護衛のお仕事は休憩ね）

この城内は、ガルクハインの騎士たちによって警備されている。

客人は、ここで個別の護衛をつけたりしない。そうすることで、『警備を信用していない』という意思表明になってしまうからだ。

ここで脳裏に浮かぶのは、先ほどのローブの男である。

（あの人の存在を、アルノルト殿下に報告するかどうかだけれど……）

アルノルトがこの街に来た目的は、どういった類のものだろうか。

それにより取るべき行動の最適解が変わるが、いまはまだ彼の思惑が見えない。そんなことを考えながら、侍女たちの部屋に向かう。

「みんなただいま。エルゼはいる？　少しお願いしたいことが……——どうしたの？」

十数人の侍女たちは、一箇所に固まってしいんとしていた。

「り、リーシェさま。それが……」

歩み出たエルゼは青褪《あおざ》めて、震えていた。

彼女から告げられたその言葉に、リーシェは思わず息を呑むのだ。

＊＊＊

そして数時間後。

食堂に、待ち侘びた人物の足音が聞こえてきて、リーシェはぱっと顔を上げた。

「アルノルト殿下！」

「……どうした」

椅子から立ち上がったリーシェが駆け寄ると、アルノルトは眉根を寄せる。

リーシェの顔色を見て、異常事態が発生したことに気付いたのだろう。

「王女の護衛で、何かがあったのか」

「……っ、いいえ」

ぶんぶんと頭を横に振る。周囲の気配に怯《おび》えつつ、アルノルトの上着をぎゅうっと掴んだ。

「ただ、アルノルト殿下にお願いがあって。でも、本当に不躾《ぶしつけ》なことで……」

「ならば言え。怯えずとも、俺がなんでも聞いてやる」

心強い言葉を向けられても、リーシェの眉は下がったままだ。

ほとんどアルノルトにくっついて、勇気を振り絞るようにこう伝える。

「……アルノルト殿下と、一緒のお部屋で寝たい……」

「…………は？」

これだけでは当然伝わらない。

分かっているからこそ、周囲にアルノルト以外の誰もいないことを確かめながら、続けた。

「だって」

つい先ほど、路地裏で片目を貫かれそうになったことなど気にならない。それよりも重大な恐怖を前に、リーシェは懸命に訴える。

「侍女たちが、『幽霊を見た』って言うんです……！！」

「……………」

＊＊＊

「――それで？」

食堂には、いまだに誰の立ち入りもない。

アルノルトは給仕を呼ぶことなく、リーシェを宥《なだ》めるのに努めてくれた。椅子に座らせ、自分もその左隣に腰を下ろし、リーシェの頭を撫でながら尋ねる。

「ゆっくりでいい。何処《どこ》にも行かないから、落ち着いたら状況を話してみろ」

「は、はい。私の侍女たちは、各部屋のお掃除をしてくれていたのですが……」

先ほど彼女たちに聞いた話を、リーシェはなんとか説明する。

「掃除中、誰もいないはずの隣の部屋から、窓を開けたような音がしたのだそうです。少し軋《きし》んでいて、甲高い、独特な音が」

「……海辺の城だからな。蝶番《ちょうつがい》が錆《さ》びているんだろう」

「びっくりした侍女が窓を見ても、その部屋の窓は開いていなかったと。気のせいかと思い、桶《おけ》の水を変えようと廊下に出た途端、遠くの方にぼんやりした人の影が……!!」

それを聞いた時の恐怖を思い出し、リーシェはふるふると身を丸めた。

「普通の人間がそこにいたなら、足音のひとつもするはずでしょう？　だけど人影は音もなく、滑るように移動していって……」

見てもいないはずの光景が、脳裏にはっきりと想像できる。

「次の瞬間、すうっと消えてしまったんだとか」

「………………」

リーシェは幽霊が恐ろしい。

リーシェ自身が何度も死に、不思議な運命でここにいる以上、『幽霊なんていない』とは言えないと思っている。リーシェの話を聞きながら、アルノルトはじっとこちらを見つめてきた。

「つまりお前は、その消えた人間が怖いのか」

「殿下は怖くないのですか……!?」

「仮に存在していたとして、実体のないものに何が出来る」

「お、お化けが怖くない人だけが言える理論……!!」

だが、心強さも湧いてくる。

「……こういうものは、周りの人が怖がっていると、ますます怖くなるでしょう?」

アルノルトに頭を撫でられながら、リーシェはそっと俯いた。

「侍女たちが真っ青になっていたので、ついつい平気なふりをしてしまって。幽霊なんかいないと宥めた結果、侍女たちは安心してくれたのですが、『やっぱり私も怖い』とは言い出せず……」

「それでこの食堂にひとりで籠って、俺が帰るのを待っていたのか」

リーシェはこくりと頷いた。

「……テーブルの上に、大量の燭台《しょくだい》が並んでいるが」

「だって、ちょっとでも明るくしたいから……」

侍女たちの部屋に居ようとも思ったが、それだと誤魔化しが効かなさそうだ。

帰ってきてくれるまでのあいだ、心の中でたくさんアルノルトの名前を呼んだ。そのことは話したりしないまま、ちらりと上目遣いに見上げる。

アルノルトは、リーシェのことを一切笑ったりしない。

「ところで殿下、ご飯は……」

「お前を撫でるので忙しい」

「……？？？」

最優先の仕事だと言わんばかりの口ぶりだ。甘えるわけにもいかないのだが、安心感がすごい。

「……私、海がとても好きなんです」

「だろうな」

「でも幽霊が出るかもしれない部屋で、夜に聞く波の音は、ちょっと怖いというか……」

「……」

「ひとりで部屋にいるのは、難しいというか」

右手で自分のドレスの裾を、左手でアルノルトの上着を握り締める。

「アルノルト殿下……」

アルノルトが複雑そうな表情をしたので、リーシェは慌てた。

「や、やっぱりご迷惑ですよね!?　いい大人が、一緒の部屋で寝かせてほしいだなんて……！」

「そうではない」

そうして目を瞑《つぶ》り、大きな溜め息をつかれる。

「……そうではない…………」

（二度言われた……）

何故だろうか。けれどもアルノルトは渋面のまま、こう続ける。

「……四階の南に、確かふたり部屋があるだろう。あそこは使える状態になっているか」

「は、はい！　侍女たちに城中をお掃除してもらったので、ぴかぴかですが……」

答えつつも、リーシェはぱちりと瞬きをした。

「一緒の部屋で、寝てくださるのですか？」

「この状態のお前を、引き剝がして部屋に戻せるわけがない」

この状態とは、アルノルトの上着を掴んだ左手のことを指すのだろう。

恥ずかしいけれど、もう少しだけ離さずにいたかった。しかし、食堂の扉をノックする音が聞こえて、リーシェはぱっと手をほどく。

「失礼いたします、アルノルト殿下。先ほど使者が到着いたしました」

姿を見せたのは、近衛騎士のひとりだった。

（と、咄嗟に手を離して良かった……！）

情けない姿は見せられないので、リーシェは膝の上に手を重ねる。

「小舟に乗った使者が、先行して伝令に参りました。カーティス王子殿下の乗られた船は、一時間ほどで港に着く見込みとのこと」

それを聞いてほっとする。ハリエットも、兄の到着をきっと喜ぶことだろう。

アルノルトは何の感慨もなさそうな様子で、騎士の伝令に応える。

「では、急いでオリヴァーを呼び戻せ」

「承知いたしました。また、カーティス殿下は船内で食事を済ませられているため、今夜の歓待についてはお気遣い不要とのことです」

「港の警備はどうなっている？」

「は。それについては――……」

（……そういえばシグウェル国の海辺には、幽霊船の噂があったのよね……）

一体なぜ、余計なことを思い出してしまったのだろう。

リーシェは慌てて思考を掻《か》き消し、俯いてじっと沈黙した。

アルノルトから離れると、やはりまだ心細い。けれど、さすがに騎士の前では慎まなければ。

そう自分に言い聞かせた、直後のこと。

「――！」

アルノルトの手が、するりとリーシェの手に触れた。

テーブルの下でお互いの指が絡み、戯れるように繋がれる。

驚いてアルノルトを見るけれど、彼はまったく素知らぬ顔だ。リーシェと手を繋いだ状態で、騎士との事務的な話を続けている。

繋いだ手と手は、テーブルの陰に隠したままだ。

（でも、他の人がすぐそこにいるのに……!!）

そう思うと、恐怖心どころではなくなっていた。

こんな秘密は心臓に悪すぎる。手を離そうとすれば、アルノルトは却って強く握り直すのだ。

それでいて、声音はやっぱり淡々としている。誰にも内緒で手を繋ぎ、アルノルトの声を聞いていると、耳まで火照って熱くなるのを感じた。

「──明日の予定は、いま伝えた通りに組み直す。他の者にもそう伝えろ」

「仰せのままに。それでは、失礼いたします」

一礼した騎士が退室し、食堂の扉が閉まる。

あの騎士は、アルノルトとリーシェの椅子がやたら近いことや、食事がいまだ運ばれていないことを変に思わなかっただろうか。色々と考えてしまうのだが、依然として問題は左手だ。

「あ、アルノルト殿下……」

「ん？」

少し柔らかな返事と共に、彼の指がリーシェの薬指をなぞった。

「繋いでくださって、ありがとうございます。あの、でも、その」

反対の肘掛けに頰杖《ほおづえ》をついた彼の目は、薬指の指輪へと向けられている。これは、アルノルトがリーシェに贈ってくれた指輪だ。

「このところ、いつもこの指輪をつけているな」

「……だ、大事なので……」

事実だが、指摘されると妙に気恥ずかしい。

（私がどんな装いをするかなんて、アルノルト殿下は興味がないと思っていたのに……）

もしかして、ことあるごとにサファイアを光に透かしたり、石の表面を眺めたりしていることにも気付かれているのだろうか。そう思うとますます恥ずかしくなって、動揺する。

「金細工はコヨルの技術か。これほど細かい細工にもかかわらず、よく手入れされている」

「っ、で、殿下……！」

「なんだ」

アルノルトは目を伏せて、指輪の上をするりとなぞった。

リーシェの顔が赤いのを、彼は一体どう思っているのだろう。そのことが気になるけれど、直接聞けるはずもない。リーシェは勇気を振り絞り、まったく違うことを口にした。

「そ、そろそろご夕食を……！　カーティス王子殿下は、船内でお食事をなさっているそうですし、アルノルト殿下もお出迎えまでに済ませていただきませんと……!!」

アルノルトはふっと笑い、緩やかにリーシェから手を離す。

「仕方ない。お前の震えも止まったようだしな」

(仕方ないってなに……!?)

だが、まずは心臓の鼓動を落ち着かせる方が先だ。

リーシェは大きく深呼吸をし、給仕を呼ぶベルを鳴らしたのだった。

＊＊＊

アルノルトの食事中も、ずっと彼の傍にいたリーシェは、食後に少しだけ仕事をした。

執務室へ一緒に行き、アルノルトが公務の書類を処理する横で、婚姻の儀の準備を進める。この日に行ったのは、招待客の最終確認だ。

リーシェの故国から届いた手紙には、あまり会いたくない人物の名前が記されていて、少し複雑な顔になってしまう。とはいえもちろん、楽しみな知らせの方が多かった。

今世では初対面となるものの、過去人生ではリーシェの親友だったザハドからの手紙や、騎士人生で仕えていた国の王からの書簡もある。それを見れば、同僚だった騎士たちとも会えるらしい。

とはいえ、来賓の一覧を見たアルノルトは面倒臭そうな反応だ。苦笑しつつも処理を終え、リーシェはこの日、最大の難関に挑むことになった。

「では、これよりお風呂に行ってまいります……!!」

「………ああ」

やっぱり何故か複雑そうな顔をしたアルノルトが、リーシェの宣言に頷いてくれる。

「む、迎えに来て下さいね。侍女たちの前では、最初に用意した部屋で寝るふりをするので！」

「何があっても行ってやるから安心しろ。それより、肝心の風呂そのものは大丈夫なのか」

「いつもはひとりで入りますが、今日は護衛の疲れを理由にして、侍女に洗ってもらうので……」

アルノルトは苦い顔のまま、「そうか」と返事をした。

侍女に嘘《うそ》をつくのは気が引けるものの、アルノルトと一緒に寝ることが知られてはならない。そうなればきっと、リーシェが幽霊を怖がっていることまで気付かれてしまう。ちなみにアルノルトの方は、オリヴァーにだけ事情を話したらしい。

「リーシェさま、失礼いたします。お風呂のお迎えに上がりました」

「ええ、いま行くわ」

ぐっと気合を入れたあと、アルノルトに「行ってきます」の視線を向けてから執務室を出る。

そして執務室を出ると、侍女たちと一緒に、城内にいくつかある浴室のひとつへと歩き始めた。

「先ほどはありがとうございました、リーシェさま」

「『お化けなんていないから大丈夫！』と言って下さったお陰で、みんな安心できています！」

「……それはよかったわ！　今日はみんな、夜更かししないですぐに寝てね」

侍女たちとそんな会話を交わしながら、階下へと向かう。その途中、大勢の人の気配があり、リーシェはそちらに目を向けた。

（……ハリエットさま）

この三階は、城内の東側にある客室棟と繋がっている。

ちょうどその連絡通路にあたる場所で、ハリエットが窓の外を見ているのだ。その後ろには、彼女の侍女たちが控えていた。

「こんばんは。素敵な月夜ですね」

「うあっ!?」

華奢な肩がびくりと大きく跳ね、ハリエットがわたわたと慌て始める。彼女が見下ろしていた視線の先には、月の光に照らされる港があった。

「あの帆船は、シグウェル国の……あ！　丘を登ってくるあの馬車は、まさに兄君の乗られた馬車では？　無事に到着なさって、本当によかったです」

「あう……ありがとう、ございます……」

しゅんと俯いたハリエットは、そのあとでちらりとまた顔を上げる。

長い前髪のカーテンで、彼女の瞳はやっぱり隠れていた。表情が窺《うかが》いにくいのだが、リーシェのことが嫌なわけではなさそうだ。

ハリエットは再び窓の外を見遣り、小さな声でぽつりと呟く。

「……トロエットの、月の丘……」

その言葉は、リーシェにとっても心当たりのあるものだった。

（……なるほど。あの国に生まれ育ったのであれば、ハリエットさまだってそうなるわよね）

若干の複雑な思いを抱えつつ、小さく苦笑した。

（この手はあまり、使いたくないものだけれど……）

だが、ハリエットと打ち解ける近道になるのは間違いない。覚悟を決めて、リーシェは口を開く。

「クラディエット冒険記の、終盤シーンですね」

その瞬間、ハリエットがぱっと顔を上げた。

「姫君を乗せた馬車が、月明かりの丘を進んでいくシーンを連想されたのでしょう？」

「よ、読んでいらっしゃるのですか……!?　つい先月、西の大陸に出回り始めたばかりの本なのですが……!!」

「はい。評判を耳にして、取り寄せていただいたのです」

これは真っ赤な嘘である。

実際は五度目の人生で、シグウェル国にいるときに読んだものだ。書物の国とも呼ばれるシグウェルでは、日々たくさんの本が作られていた。

「素敵な物語ですよね。英雄ジーンが凱旋《がいせん》する場面は、光景が目に浮かぶようでした」

「そっ、そうなんです……!!　分かります、すごく。どの場面も情景豊かで、それでいて展開も起伏に富んで……!!　あ、あの、差し支えなければリーシェさまのお好きな登場人物は……」

「それが本当に悩ましくて。主人公のジーンも魅力的で大好きですが、やっぱり気になるのはその師匠の――……」

「クレイグ将軍!!」

リーシェとハリエットの声が、ちょうどぴったり重なった。

少し離れた場所で、侍女が驚いた顔をしている。ハリエットは頬を紅潮させ、嬉しそうに言った。

「わ、私も好きです……!　冷徹だけれど的確で、遠くから見守ってくれる剣の達人……!!」

「彼が登場するだけで、安心感がありますよね。ジーンとの会話も読んでいて楽しいですし」

「はい!　こ、この先きっと続編で、将軍の過去も語られるはずで……!　こ、今後もっと活躍してくれると思うと、楽しみで」

「…………」

リーシェはにこにこ微笑みつつ、慎重に言葉を選んでいった。

(私もまさか将軍が、次巻で主人公を庇って死ぬなんて思わなかったものね……)

リーシェは未来を知っている。

それはつまり、いまこの世界に存在する物語のうち、『まだ描かれていない先の展開』をも知っているということだ。こうしてハリエットと話しながらも、絶対にそのことを悟らせないよう、慎重に会話をする必要があった。

（先の展開を一度でも知ってしまえば、知らなかったころには戻れないの……!!　読書が好きな人と、現在進行形で続いている本の話をするのは避けたかったけれど……）

とはいえこれは、ハリエットが唯一心を開いてくれそうな話題でもあった。

想定通り、ハリエットは先ほどまでよりはずっと緊張が解けた様子で、リーシェと会話をしてくれている。そして、ごく小さな声で言った。

「う、うれしいです。ファブラニアでは、架空の物語ではなくて、実用的な書物にだけ目を通すようにと言われていて……」

「ハリエットさまは、ファブラニアに花嫁修業に行かれてどれくらいになるのですか？」

「い、一年と、半年です」

「まあ、そんなに？　では、兄君とお会いするのも一年半ぶりなのでしょうか」

「そ、そうなんです……！　きっと兄もクラディエット冒険記を読んでいると思って、語らうのが楽しみで」

そこまで言ったあと、ハリエットは大きな深呼吸をした。

「あ、あの、リーシェさま。……家族に会わせて下さって、ありがとうございます」

紡がれたのは、やっぱり小さな声だ。

少し離れて待機する侍女たちには、きっと聞き取れていないだろう。恐らくは意図して絞られた声で、ハリエットは続ける。

「へ、変な意味じゃないんです……！　でも、私。リーシェさまの結婚式がないと、自分の婚儀まで、こうして兄に会うことはできなかったと思います。それって来年で、すごく遠くて」

「……ハリエットさまは、花嫁修業中に里帰りはなさらないのですか？　ファブラニア国とシグウェル国は、そんなに離れていなかったような……」

「た、たとえ婚約段階であろうとも、ファブラニアは嫁ぎ先ですから……。お祝いや弔いごとがない限り、故国に戻るのは、恥ずかしいことです……」

リーシェが瞬きをすると、ハリエットはどこか切実な様子でこう言った。

「せ、せめて迷惑になりたくないのです。ただでさえ、花嫁修業をして一年半にもなるのに、私は全然駄目なままで」

「そんなことはありませんよ、ハリエットさま」

「いいえ！　役立たずな王女の使い道なんて、政略結婚しか残されてないのに……！」

小さな両手が、前髪の上から顔を覆う。

「国民の税によって生かされ、育てられてきたのです。国のために役に立たなければ、生きている意味どころか、生まれた意味もありません……」

「ハリエットさま……」

ハリエットの体は、よく見ると震えていた。

「ちゃんとしなきゃ。……ちゃんと、しなきゃ……」

それはきっと、侍女どころかリーシェにすら聞かせるつもりのない言葉だ。

（政略結婚をすることでしか、自分の役割が果たせないと考えていらっしゃる）

そして、その考え方には覚えがあった。

（昔の私と、おんなじだわ）

そうであれば、いまこの場でリーシェが告げられることはない。

自分の中にある可能性は、自分自身で見つけない限り、いつまでも手の届かない憧れだ。

いまのハリエットにとっては、他人の書いた物語のように遠く、現実味がないものなのだろう。

だから代わりに、彼女の慰めになるような言葉を告げる。

「ハリエットさま。馬車が城門を潜《くぐ》りましたよ」

ハリエットが、窓からそっと外を見下ろした。

しばらくして馬車が停《と》まり、中からひとりの男性が降りてくる。

ハリエットと同じ金色の髪は、短めに切り揃えられていた。

長身と、しなやかな細身の体。シンプルだが上品な造りの衣服に、正装としてのマントを身に着けている。その人物は、こちらを見上げると、ハリエットを見て安心したように微笑んだ。

「カーティスお兄さま……」

ハリエットがそう呼んだ男性の瞳を、リーシェは見据える。

煌々《こうこう》とした月明かりのお陰で、遠くてもはっきりと見て取ることが出来た。

（……なるほど、そういうことなのね）

男の瞳は、赤色だ。

（――あれは、カーティス王子ではないわ）

第二章

　五度目の人生において、リーシェが所属していた狩人《かりゅうど》集団の頭首だった男は、いつも捉えどころのない微笑《ほほえ》みを浮かべていた。

　顔立ちは全体的に甘く整っていて、少しだけつり目がちの造りだ。他人をじっと見つめるくせに、視線の外し方が絶妙で、人懐っこさと馴《な》れ馴れしさのちょうど中間に立つような振る舞いだった。

　髪はよくある栗《くり》色で、それを無造作な短さに切り揃《そろ》えている。長身だが、目立つほど高いというわけではなく、その体つきは細くて骨っぽい。

　年齢は二十歳前後だろうか。女性たちにはとても好かれていたが、彼には嘘《うそ》が多すぎる。

　その栗色の髪は、彼の本当の髪色ではない。実際はオレンジにほど近い金髪を、特殊な薬で染めている。彼曰《いわ》く「生まれたときからの癖毛」だという髪質は、染色による傷みの所為《せい》だった。

　年齢だって、見た目と同じかどうかは分からない。たくさんの女性と交流をしながらも、その付き合いに真摯さは皆無なのだ。

『俺？　あの中の誰のことも好きじゃないよ。そんなことより、リーシェは今日も可愛《かわい》いな』

　まったく心のこもっていない微笑みを浮かべ、こんな軽口を叩《たた》くこともしょっちゅうだ。

　彼が名乗っている名前だって、どれひとつとして彼の本名ではない。そして、リーシェを冗談まじりに口説いて見せるときと同じ笑みで、部下たちに大胆な指示をするのだ。

『獲物が包囲網に気付いたか。……まあいいさ、ここまでくれば大したことはない。逃げられる前に狩り終えれば、こっちの勝ちだもんな？』

リーシェたちの前で、彼は「ラウル」と名乗っていた。

得体の知れない振る舞いをし、どんな状況でもへらへらとしながら、狩人たちを従える。それでいて、その振る舞いからは想像も出来ないくらい、仕事熱心でもある男だった。

『――ラウル！』

狩猟小屋に戻ったリーシェは、起き上がっているラウルの姿を見て驚愕《きょうがく》した。

『もしかして、その状態で狩りに出掛けるつもりじゃないわよね？』

仲間たちが困った顔をしている。ラウルはひょいと肩を竦《すく》め、わざとらしく嘆くのだ。

『なんだよリーシェ。俺たちは家族も同然なんだから、帰ってきたらまずは「ただいま」だろ？』

『話を逸《そ》らそうとしないの！　肋骨《ろっこつ》にひびが入っているんだから、動いちゃ駄目でしょう』

『大丈夫大丈夫。リーシェの痛み止めが効いてるから、いまならなんでも出来そうだ』

狩猟用の上着を羽織りながら、ラウルはにこっと笑ってみせる。

『さっすが俺たちの幸運の女神。弓の上達も早くて森にも馴染《なじ》んで、薬も作れる！　つくづく五年前、良い拾い物をしたよなあ』

『ラウル。痛み止めはゆっくり休めるように飲むもので、無理に動くためのものじゃないの』

『お前が「がんばって」って言ってくれたら、もうちょっと元気になるかもよ？』

『私があなたに言うべきことは、「怪我《けが》が治るまで寝ててください頭首さま」の一言に尽きるわね』

リーシェがじとりと目を細めると、ラウルはどうしてか嬉《うれ》しそうにする。

『……あのね、ラウル』

『だーって大物の出現だぜ？　せっかく狩り場に獲物が来たのに、じっと待ってられないだろ』

どこか軽薄な笑みの中で、瞳だけは真摯な感情を帯びていた。

『俺はこう見えて、シグウェル王家への忠誠心に篤《あつ》いんだよ』

そう言ったラウルの瞳は、深い赤色だった。

＊＊＊

「――それにしても、カーティス殿下がこんなにたくさん本を持ってきてくださるなんて！」

アルノルトの隣に座ったリーシェは、積み上げられた本の表紙を撫《な》でながら言った。

城の四階、新しく準備した南側の部屋で、ふたりは一緒の長椅子に座っている。眠る前のお茶を飲みがてら、『手土産』として渡された本を手に取って、それを眺めてみているのだった。

お互いがすでに入浴を済ませ、寝衣に着替えている。普段は首筋を隠しているアルノルトも、眠る時は楽な衣服を着るらしく、ボタンのないシャツで鎖骨までが見えていた。

「見てください殿下。細やかな表紙の意匠まで、とっても綺麗《きれい》に印刷されていますよ」

リーシェがにこにこしながら言うと、アルノルトは「そうだな」と淡白な返事をする。

一見すると無関心な様子だが、彼の手元にも本があった。本当に興味がないのであれば、そもそも手にしてすらいないはずだ。

（私にだって少しずつ、アルノルト殿下のことが分かってきたんだから）

そんなアルノルトは、ぱらぱらとページを捲《めく》りながら言う。

「船で運ばれた割には、さほど傷んでいないらしい」

「保管しやすさを追求するため、紙にもこだわりがあるんですって。こうして手に取るだけで、シグウェル国の本作りの技術を知ることが出来て、楽しいですね」

リーシェはそんな風に言ったあと、ふっと遠い目をした。

（……もっとも、あのカーティス殿下は、ご本人ではない偽者だけれど……）

思い浮かべるのは、つい一時間ほど前に、応接室で簡略的に行われた挨拶のことだ。

夜半の到着ということもあり、あの場では挨拶と手土産の受け取りだけに留《とど》まった。しかし、どれほど短時間であろうとも、確かめるには十分である。

『シグウェル国第一王子、カーティス・サミュエル・オファロンと申します』

少々気弱そうだがそつのない挨拶と、控えめな微笑み。

ちょっとした癖までもが、リーシェの知るカーティスの振る舞いそのものだった。

（顔はカーティス殿下そのものだし、声もそっくり。その上アルノルト殿下とカーティス殿下が初対面なのであれば、ガルクハイン側には発覚しようもないわね。――『本来なら』）

それでもリーシェは知っている。肖像画には描かれていないものの、本物のカーティスの瞳の色は、オリーブのような淡い緑色なのだ。

（あの中身は間違いなく、ラウルだわ）

応接室でリーシェのことを見たラウルは、顔色ひとつ変えなかった。だが、アルノルトの婚約者が、路地裏で剣を交えたハリエットの『護衛』だと気付かなかったはずもない。

（でも、どうしてラウルがカーティス殿下のふりを……？　ハリエットさまはこのことをご存じなのかしら。もしかして、カーティス殿下の御身になにかあったとか……）

一方でリーシェは、アルノルトに尋ねてみた。

「アルノルト殿下。今日は街の、どんなところに行かれたのですか？」

気掛かりのひとつには、彼がここに来た目的もあるのだ。アルノルトは本を捲りながら言う。

「いくつかの、両替所を回っていた」

海を持つ国のほとんどは、他国との両替所を港町に持っている。旅人や商人に向けて、他国と自国の硬貨を交換するためだ。

「西の大陸との貿易船は、大半がこの街で両替を行うはずだ。この街の両替所を調べれば、『西の大陸のどの国が、こちらの大陸の貨幣をどれだけ必要としたか』がよく分かる」

「つまり、どの国との国交を優先すべきかが一目瞭然だと」

「シグウェル国よりもファブラニアの方が、まだ若干は価値があるな」

わざと意地悪な言い方をしているが、アルノルトの話は興味深い。どうやら国政というものは、商人と似たような考えをすることもあるらしかった。

「こういうものは、報告の際に誤魔化されやすい。こうして時折顔を出し、直接報告を聞き出すことには、それなりの効果があるものだ」

（……とはいえ、目的の全部を教えて下さっているわけではなさそうね……）

さすがにそれくらいは分かるので、リーシェはむうっと考え込んだ。

（アルノルト殿下の意図が分からない以上、シグウェル国側の動きについては迂闊《うかつ》に共有できない。

ラウルの目的が、ガルクハインに危害を加えることのはずはないけど）

シグウェル国にとって、大国ガルクハインとの友好関係を結ぶ機会は願ってもないことだろう。

王室に仕える身のラウルが、それを妨害するような動きを取るとは考えにくい。

（そうなるとハリエットさま絡みの理由？　あるいはカーティス殿下が体調不良で……）

ぐるぐると考えていると、アルノルトが不意に本から顔を上げ、じっとこちらを見つめてきた。

それに気が付いて、リーシェもぴたりと思考を止める。

「ど、どうかしましたか？」

青い瞳に射抜かれれば、考えを見透かされてしまいそうだ。

アルノルトは、ページの端を押さえていた手を離すと、リーシェの髪をするりと撫でる。

「眠る前なのに、髪を結っているんだな」

アルノルトの指摘通り、リーシェはいま、珊瑚《さんご》色の髪をゆったりした三つ編みの形にしていた。

位置は後ろで結ぶのではなく、横に流すような髪型だ。

五度目の狩人人生で、リーシェはこんな三つ編みをしていることが多かった。

弓を扱うこともあり、狩りの最中はフードを被《かぶ》っていたから、この方が扱いやすかったのだ。

「少し、昔のことを思い出したので」

「へえ？」

まるで猫の尻尾をくすぐるかのように、三つ編みの先へと触れられる。そうかと思えばアルノルトは、シフォンのリボンへと指を掛け、そのましゅるりと引っ張ってきた。

「あ」

ふわりと解けかけた三つ編みを、リーシェは咄嗟《とっさ》に手で押さえる。

しかし、アルノルトがリーシェのその手を捕まえてしまったので、結局ほどけてしまうのだ。

もうすぐ寝るのだから問題ないが、アルノルトに髪を解かれるのは、なんとなく気恥ずかしい。

「……悪戯《いたずら》っ子《こ》みたい……」

「は」

拗《す》ねたふりをして見上げたリーシェに対し、アルノルトは楽しそうな笑みを浮かべた。

「そうかもな」

「！」

あんまりにもやさしい響きだったので、リーシェは心底びっくりする。

挙げ句の果て、手櫛《てぐし》で撫でるように髪を梳《す》かれて、落ち着かない気持ちになった。

「あの、殿下、もう」

「なんだ」

「……っ、もう寝たいです……！」

リーシェはそう言って立ち上がると、アルノルトの手を掴《つか》んで引っ張る。

「で、殿下も寝ましょう！　明日は色々ありますし、ガルクハインからの移動疲れもありますし！」

何か言われるかとも思ったが、アルノルトは手元の本を閉じた。そうしてソファから立ったので、ほっとして寝台に向かう。

ふたつ並んだ寝台は、サイドテーブルを挟んで五十センチほど離れている状態だ。夜の波音が怖いと言ったせいか、アルノルトは何も言わずに窓際を選んでくれて、その気遣いが嬉しかった。

「ランプを消すぞ」

「はい。おやすみなさい」

リーシェの挨拶を聞いたアルノルトは、あまり聞き慣れない単語を耳にしたかのように沈黙する。けれどもそのあとに、柔らかな声音で返してくれた。

「おやすみ」

今夜の月明かりはとても明るい。

ランプの灯が消え、こうしてカーテンを閉ざしていても、薄闇の中でアルノルトの姿が分かる。

リーシェは彼の方に寝返りを打ち、その横顔へと話し掛けた。

「殿下、ごめんなさい。私の我《わ》が儘《まま》で、一緒に寝ていただいて」

リーシェは少し眉を下げる。するとアルノルトは、顔の向きだけをこちらに向けた。

「別に。……怯《おび》えているお前をひとりで寝かせる羽目になるよりは、よほどいい」

そんなことを言われてどきりとする。そしてアルノルトは、リーシェに尋ねて来るのだ。

「お前の傍《そば》に、新しい侍女を増やした方がいいか？」

それは、思いもよらない問い掛けだった。リーシェが瞬《まばた》きをすると、アルノルトは続ける。

「侍女候補を集める際、オリヴァーから進言されていた。庶民から年若い候補を集めるのではなく、貴族出身の年長者を選んだ方が、お前の為《ため》になるはずだと」

リーシェの侍女であるエルゼたちは、確かにリーシェ自身が採用を決めた。

しかし、そもそも彼女たちが集められたのは、アルノルトの指示によるものだったと聞いている。

「アルノルト殿下は、どうしてあの子たちをお城に呼んだのですか？」

天井の方を向いたアルノルトが、ゆっくりと目を瞑《つぶ》った。

「……あの城で、お前が孤立しかねないと思っていた」

リーシェが再び瞬きをすると、穏やかな声は言う。

「本来ならば皇太子妃には、しかるべき血筋の侍女をつけるべきだろう。だが、下手な貴族令嬢を手配すれば、小国から嫁いできたお前を軽んじる可能性がある」

ガルクハインから見れば、リーシェの故国はとても小さい。

そしてリーシェは名目上、人質も同然の婚約者としてここに来たのだ。最初の夜会でも、リーシェを敵対視してくる令嬢は多かった。

「それならば、権力を持たない一般国民を集めた方が安全だ。幸い皇城では、没落した家の娘たちを侍女に雇い入れてもいた。庶民でもよく働くという実績があったから、そう難しい話ではない」

（……ディアナたちのことね。あの子たちの頑張りがあったからこそ、エルゼたちを候補者として

呼ぶことが出来たんだわ）

「お前なら、身の回りに置く者の身分は問わないだろうとも感じた。であれば経験が浅くとも、年齢が近く、気兼ねもしないであろう人間を集めさせたが……」

アルノルトは静かに目を開き、もう一度リーシェを見た。

「そういった人間はお前にとって、守るべき対象になるらしい」

「う……」

侍女たちの前で、幽霊が怖くないふりをしてしまったことを指すのだろう。

「だから、『侍女を増やした方がいいか』というお話に？」

「そうだ。せめて何人かは、お前より年長の者を用意してやるべきだった」

どこか詫《わ》びるような意味合いの言葉だ。

寝台にふたつある枕のうち、使っていない方を抱き締めてから、リーシェは告げる。

「私の侍女に年上の方がいたとしても、殿下はこのお部屋で寝る羽目になっていたと思いますよ」

「……なぜ」

そう問われ、抱き締めた枕に口元を埋《うず》めながら、もごもごと言った。

「こんなところ、アルノルト殿下以外の人に、見せられるわけがないからです……」

「――……」

驚いたような顔をされ、慌てて上半身を起こす。

「あ！　だからといって、アルノルト殿下以外の人を信用できないという訳ではないですよ⁉　侍女たちも、騎士の方々もオリヴァーさまも、とても心強いと思っています。テオドール殿下だって手を貸して下さいますし！　でも、だけど……」

言いながら、ぽすんと寝台の海に沈んだ。

「……私がこういうことをお願いしたいのは、何故《なぜ》か、アルノルト殿下だけで……」

「……」

どうしてそんな風に感じるのか、上手《うま》く説明できそうにない。

リーシェが助けを求めれば、きっとみんなが手を取ってくれる。そのことは分かっているのだけれど、見せる勇気があるかどうかは別だ。

「……多分。多分ですけど、アルノルト殿下の剣が、この世界の誰よりも強いから……」

「っ、は」

おかしそうに笑う声がする。

「追加の侍女探しよりも、お前につけている騎士たちの剣術を鍛える方が先だったか」

「そ、そう言われると剣の強さは関係ない気もしてきましたけど!!」

言いながらも、リーシェははっとした。

「騎士を私につけてくださるのは、本当に護衛のためだったのですか？」

リーシェの護衛はいつもふたり、全部で六人のローテーションが組まれている。

本来はアルノルトの近衛《このえ》騎士で、リーシェが来る前は別の職務があったはずだ。その上にここ最近は、コヨル国へアルノルトの騎士を貸し出す話が進んでいる。

近衛騎士は五十人ほどと聞いていて、大国の皇太子にしては少ない。人員に余裕はないはずだが、リーシェ付きの騎士が減らされないのを不思議に思っていたのだ。

アルノルトは、揶揄《からか》うような目を向けてくる。

「なんだ。本当はお前を監視するためにつけているとでも思っていたか？」

「その割には、私が騎士たちの目を逃れて動いていることに、なんのお咎《とが》めもないなとすら……」

だって普通は、城内に居る人間に対し、わざわざ専属の騎士などつけない。

だからこそリーシェは、騎士たちが自分を守るためではなく、その行動をアルノルトに報告するためつけられているのだと考えていた。けれど、そうではないと気が付いたのだ。

なにしろ先ほどのアルノルトは、『あの城で、お前が孤立しかねないと思っていた』と口にした。

そして弟のテオドールからも、『城内に兄上の敵は多い』と聞いている。

「アルノルト殿下。そんな風にお気遣いいただかなくとも……」

「お前が、自分の身を自分で守れることは分かっている」

リーシェの言葉を汲《く》み取った上で、アルノルトは言った。

「――あれは、『俺が自分の近衛騎士をつけてまで、お前を守ろうとしている』ことを、周囲に示すためにやっているんだ」

とても静かな物言いだ。

それでいて、はっきりとした言葉だった。その奥底には、あの城がアルノルトにとっての敵地であるという響きが感じられる。

「そういえば、騎士に警備の強化を指示していたそうだな」

不意に話を変えられて、ぎくりとした。

「『廊下の各所に糸を張り、その糸に鈴をつける仕掛け』だったか。侵入者があれば引っ掛かり、鈴が鳴る。怯えていた割に、冷静な行動を取っているじゃないか」

アルノルトの言う通り、リーシェは黙って怯えていた訳ではない。

具体的に言えば、騎士たちに頼みごとをしながら怯えていた。ごくごく冷静に考えれば、侍女たちが見たのは生きた人間である可能性が高いのだ。

「け、結果は私に教えないでくださいね」

「……知りたくないのか？」

「だって、罠《わな》を仕掛けたのに鈴が鳴らなければ、幽霊の可能性が上がるじゃないですか……!!」

アルノルトが目を細め、不思議そうにリーシェを見る。

「人間が引っ掛かったときの報告くらいは、別に受けてもいいだろうに」

「だってそれじゃあ、人間だったたって報告が来るまでは、やっぱり幽霊かもって思いながら過ごすことになっちゃう……」

それならば、『どんな結果であろうとも、リーシェには連絡がこない』と思えている方がいい。

（それに、あの子たちが見た『人』が幽霊でも普通の人間でもなかったら、どちらにせよ鈴は鳴らないのよね……）

アルノルトは怪訝《けげん》そうな顔をしたものの、やがてふっと息を吐いた。

「まあいい。有事については、俺が対応するだけだ」

（……アルノルト殿下は、幽霊なんて信じていないのに。それでも、私が怖がるのを無下にせず、ちゃんと話を聞いて下さる）

その振る舞いが、どれほど心強いことだろうか。

「ありがとうございます、殿下。……私も、何か少しでも、お役に立てたら良いのですが」

そう告げながら、ハリエットの言葉を思い出す。

『国のために役に立たなければ、生きている意味どころか、生まれた意味もありません』

けれど、リーシェに返されたアルノルトの声は、穏やかでやさしいものだった。

「別に構わない。月が雲で隠れて暗くなる前に、早く眠れ」

「……はい」

「波音は、怖くはないか？」

「殿下が、いてくださるので……」

そんな風に答える傍らで、緩やかな眠気がリーシェの背を撫でる。

（いまここにいるアルノルト殿下は、未来の皇帝アルノルト・ハインとまったく違う。……そして、いまのハリエットさまも……）

思考をゆっくりと煮詰めながらも、リーシェは眠りに落ちて行った。

＊＊＊

そして翌日、リーシェとアルノルトはそれぞれに身支度をしたあとに、改めてカーティスと顔合わせをすることになった。朝食のあと、アルノルトにエスコートされながら貴賓室へと向かい、椅子から立ち上がった『カーティス』と顔を合わせる。

「昨晩は遅くの到着となってしまったにも拘《かかわ》らず、丁重なお出迎えをありがとうございました」

「無事に到着しただけで何よりだ。狭い城ではあるが、不自由なく過ごせるように便宜を計らう」

「お気遣い痛み入ります。アルノルト殿のご配慮に、心よりの感謝を」

そつのない挨拶を述べた彼は、短めの金髪をほんの少しの整髪剤で撫でつけている。

まっすぐ伸びた背筋に、穏やかそうな立ち振る舞い。笑うとき、少し困ったような印象になる微笑み方まで本物のカーティスそっくりだ。とはいえ、瞳の色までは誤魔化せない。

（ハリエットさまもお気付きのはず、だけれど……）

ちらりと目をやれば、ハリエットはやっぱり今日も深く俯《うつむ》いていた。

「ところで。聞けば、未来の妃殿下に大変なご迷惑をおかけしたとか」

カーティスのふりをしたラウルが、リーシェを見下ろして苦笑する。

「我が国から女性騎士を連れてきておりますので、これ以降の護衛は必要ありません。妹を守っていただきありがとうございました、リーシェ殿」

「滅相もございません。ハリエットさまと一緒に過ごすことが出来て、とても楽しかったです」

「しかし、危険な役目を担っていただいたのは間違いなく。あなたの御身に、危険なことがなかったのであれば良いのですが」

危険なことならあった。それも、他ならぬ目の前のラウルによって。

だから、リーシェはとびっきりの微笑みを浮かべる。

「何の問題もございませんでしたわ。カーティス殿下」

すると、興味深そうな視線が向けられた。

穏やかな表情でありながら、はっきりとした関心が窺《うかが》える表情だ。本物のカーティスそっくりで、リーシェは内心驚いた。

「それにしても感服いたしました。公爵令嬢でありながら、剣術の心得がおありだとは」

「滅相もない。まだまだ修行中の未熟者ですから」

「ご謙遜を。敬意を表し、跪《ひざまず》いてのご挨拶をさせていただいても？」

その要望に、ラウルの目論見《もくろみ》を想像する。

跪いての挨拶ということは、手の甲に口付けのふりをする形式だ。先日もカイルにそうされたが、あれはコヨル国の文化によるものだった。シグウェル国では、そんな挨拶をすることはない。

（私の手に触れて、剣の熟練度を観察しようとしているわね）

ひょっとしたら、皇太子妃の影武者を疑われているのかもしれない。

正直なところ、ラウルにはあまり情報を渡したくないのが本音だ。とはいえ『王子』からの申し出を、リーシェの身分では断れない。

仕方なく頷《うなず》きかけた、そのときだった。

（ひゃ）

するりと腰に手が回され、くすぐったさに声が出そうになる。

リーシェは両手で口を塞いだあと、隣に立ったアルノルトを見上げた。

「……アルノルト殿下」

リーシェを引き寄せたアルノルトは、どこか冷たい目をしている。その表情のままラウルを見遣《みや》り、口を開いた。

「貴殿は賓客だ。儀礼的な挨拶とはいえ、膝をつく必要はない」

「……これはこれは」

ラウルは目をすがめ、にこりと微笑んだ。

「アルノルト殿は、思いのほか愛妻家でいらっしゃる」

（い、いまの流れで何故そんな話に……？）

どう考えても皮肉だが、アルノルトは一切表情を変えない。まったく相手にはしていないものの、何かしらの意図が込められた、静かな視線を向けていた。

「妻を慮《おもんぱか》るのは、当然のことだからな」

「政略によるご結婚だとお聞きしていますが、婚約者殿をとても大切になさっているのですね？

これは素晴らしい」

「あの、おふたりとも……？」

リーシェがふたりをそれぞれに見ると、アルノルトはふっと興味を失ったような目をした。

「……長らくの船旅でお疲れだろう、カーティス殿。この街の案内は明日以降に行う予定だ。今日は休息に努められるがいい」

（つまり、アルノルト殿下とラウルは今日、別行動を取るつもりなのね）

ふたりの目的は分からないが、いまのリーシェはガルクハイン側である。カーティスが偽者であることまでは伝えないとしても、ある程度の警戒はしておきたい。

そう思い、隣に立つアルノルトを見上げると、青い瞳と目が合った。

整った顔が間近にあるので、反射的に息を呑《の》んでしまう。アルノルトは、まったくなんでもないような顔をしながら身を屈《かが》めると、リーシェの耳元で小さく囁《ささや》いた。

「……すまないが、王女の相手を頼む」

掠《かす》れた声と吐息が耳に触れ、くすぐったさにびっくりする。それを表に出さないように、リーシェはゆっくりと頷いた。

「カーティス殿が残られることもあり、城内の警備は厳重に行う。何か不便があれば、気兼ねなく申し付けてもらいたい」

恐らくは、ラウルのことも監視するつもりだという、リーシェに向けた説明でもあるのだろう。

こちらが伝えようとしたことを、言葉に出さなくても汲んでくれている。リーシェはひとまず切り替えて、自分に与えられた任務を遂行することにした。

「ハリエットさま」

ラウルの後ろに隠れていた女性に、微笑みながら声を掛ける。

「護衛役は終わりになりましたが、今日は色々なお話が出来たらと思います。ご一緒しても？」

「はえっ、そ、そんな……!?」

声の裏返ったハリエットが、慌てふためきながら後ずさった。

「そっ、それは恐れ多いというか、私なんかがとんでもないというか……!! お邪魔にならない場所でじっとしていますので、その、お気遣いなく本当に……あの」

「本についての語らいも、是非ハリエットさまとしてみたいのですが……」

「よ、よろしいのですか……!?」

ハリエットがぱっと顔を上げたあと、たじろぐように俯いた。

「っ、ご、ご迷惑でなければ、あの、その」

「ありがとうございます！　それでは、早速ですが……」

リーシェが話を進めていけば、ハリエットはますます身を縮こまらせるのだった。

＊＊＊

「初めまして、ハリエット王女殿下。私めはアリア商会で会長職を務めている、ケイン・タリーと申します」

「は、はひ……」

応接室を訪れたタリーは、にこにこと笑みを浮かべながらそう述べた。

しょっちゅう伸ばしっぱなしにしている無精髭《ぶしょうひげ》も、いまはきちんと剃《そ》っている。商談用の黒い正装は、褐色の肌によく似合っており、一流の商人にふさわしい。

かつての上司を前にして、リーシェは内心で驚いていた。

室内に並べられた品物は、どれも一級品ばかりだ。それでいて、むやみやたらに豪勢なわけではなく、雰囲気ごとに豊富な種類がある。

大人っぽい宝飾品や、可憐《かれん》な印象のレース飾り。神秘的に透けたストールに、元気が出るような鮮やかな色の靴などが揃っていた。

タリーに行商を依頼したのは、リーシェがアルノルトへの同行を決めたあとのことだ。仕入れの期間も短い上、移動する時間も必要だったはずなのに、これだけの品を揃えるのは並大抵ではない。

「ハリエット王女殿下、是非こちらで存分に品定めを。どうぞ我々にお任せください」

「ひ、ひいい……！」

怯えた様子のハリエットをよそに、商会の幹部たちが商談を始める。その後ろでは彼女の侍女長が、満足そうに頷いていた。そんな上客と部下たちを横目に、タリーは白々しく一礼する。

「さて、それではリーシェさま。我々はいつもの商談の続きを致しましょう」

「……会長。いつもお願いしていますが、そんなに畏《かしこ》まるのはやめてください」

面白がるように笑いながら、タリーはいくつかの書類を取り出した。

「くくっ、そう仰《おっしゃ》らず。俺は最近機嫌が良いんだよ。面白い商売にも手を出せて、妹の体調も落ち着いてきた」

「よかった。アリアちゃん、元気になってきたんですね？」

「それもこれもお前さんのお陰だ。……そんなこんなでお嬢さま。お礼と言うには足りようもございませんが、ご希望の品をお納めいただきたく」

芝居めいた恭しさで差し出され、呆《あき》れながらも書類を受け取る。

そこに書かれた内容を見て、リーシェは口元に指の側面を当てた。

「……すごい。まさか、これほどの精度で集めていただけるだなんて」

「お気に召したか？」

「鮮度はこの表の右列を見れば良いのですね。一番古いのが半年前、直近が先月ですか？」

「そうだ、数字を元に識別すればいい。西の情報が遅れているのは分かるかい」

「はい。情報筋の判断には三枚目を使えばよろしいでしょうか」

「公式なものはそれでいい。他に判断材料として、非公開だが共有しておく情報がいくつか」

細部を擦り合わせる必要もなく、とんとんと会話が進んで行く。三枚目の書類を確認し終えたとき、タリーがくつくつと喉を鳴らした。

「な、なんですか会長」

「いや？　ただお前さん、話が早いと思ってな。まるで自分の部下と話しているみたいだ」

（それはもう、かつてはあなたの部下でしたから……）

分析をする際のリーシェの思考は、一度目の人生でタリーに鍛えられたものだ。

タリーのまとめる情報は、情報流出を防ぐために暗号めいた部分もある。しかし、法則を知っている人間が見れば、視覚的にも非常に読みやすい。

「いただいた情報、大切に使わせていただきます。決して悪用は致しませんので」

「その辺りは信頼してる。だが、使い所は間違えるなよ？」

リーシェが神妙に頷けば、タリーは満足そうに笑った。

そのあとで、応接室の一角を見遣る。

「――で。そろそろあっちを何とかしてきても良いかね？」

「……………」

タリーが顎で示した先には、大量の商品を前にうろたえるハリエットと、鬼の形相で立っている侍女長がいた。

「なりませんハリエット殿下、申し上げたでしょう!? 国王陛下はハリエット殿下に、ガルクハインでの自由な買い物を命じられているのです！ 倹約などしては、却《かえ》って恥ずかしいというもの。ガルクハイン金貨までご用意いただいておきながら、買い物をしないなど許されませんよ！」

「ご、ごめんなさい……!!」

まくしたてるような侍女長の言葉に、ハリエットがどんどん縮こまる。

「あー勿体《もったい》ねえ。あの侍女長さん、黙ってれば凛《りん》とした良い女だろうに」

「タリー会長」

「おっと睨《にら》むなよ。それとあちらの王女殿下、伸ばした髪で顔を隠していらっしゃる。着ているドレスは上等品だが、季節外れの時代遅れだ」

髭の剃られた自分の顎を撫でながら、タリーは目をすがめる。

「大体あの生地、生産国が十年前に輸出を止《や》めた布じゃねえか？」

「……やっぱり、会長もそう思われます？」

「お前の目利きも中々だな。古いものを使うのを、一概に悪いこととは言わねえが……」

リーシェはハリエットを見て、小さな声で呟《つぶや》く。

「顔を隠していらっしゃるのは、ご自身を守る盾なのでしょうか」

すると、タリーはこきりと首を鳴らしながら言った。

「どちらかといえば、俺には檻《おり》に見えるがね」

それはつまり、ハリエット自身を閉じ込めるものだということなのだろう。

「会長。申し訳ありませんが、少し侍女長さんをお願いしても？」

「よしきた。――レディ、よろしければあなたもこちらで品物をご覧になりませんか？」

「は!?　いえ、私は結構です」

突然やってきたタリーに対し、侍女長は警戒心を露《あら》わにする。だが、タリーはにこやかだ。

「どうやら今日お持ちした品々は、王女殿下のお眼鏡に適《かな》わなかったご様子。明日また出直して参りますので、殿下にお似合いの品についてご助言いただければと」

「……ま、まあ、そういうことでしたら……」

タリーに目配せをされたリーシェは、まなざしでお礼を返してからハリエットに歩み寄る。

「ハリエットさま。何か少しでも、気になるものはございませんか？」

口ごもったハリエットは、そのあとで慌てたように顔を上げた。

「ちが、違うんです！　品物に不満があったとか、そういう訳では、全くなくて……」

ハリエットの声が震えたような気がして、リーシェは目を見開いた。

（なにかに、怯えている？）

彼女は先ほどまで、侍女長に叱咤《しった》されていた。その所為かもしれないが、違和感がある。

（買い物をすることが怖いとか……ううん、まさか）

「……ドレスや宝石からしてみれば、『こちらから願い下げよ』という心境ですよね……」

突飛な想像を浮かべたリーシェの前で、ハリエットがますます項垂《うなだ》れる。

「いくら私が人間だからって。ドレスを選ぶ側の立場だと思ったら、大きな間違いというか……」

「は、ハリエットさま？」

「私が選ぶんじゃなくて、私がドレスさんに選んでいただく方なのに……。たまたま人間に生まれて来たからって、『いらない』とか言える身じゃないんですよね……ごめ、ごめんなさい……」

ずうんと沈んでいきながら、ハリエットは最後に呟いた。

「……いっそ、本物の人形になれたらよかったのに……」

「お人形、とは？」

無意識の言葉だったのか、細い肩がびくりと跳ねる。

「母に、言われました。王女の務めは政略結婚をすること。そして世継ぎを、次の王を成すことだと。そのためには、夫に愛される、『人形』のように愛らしい女性にならねばならないと……」

その言葉に、リーシェは思わず眉根を寄せた。

「で、でも私は、見ての通りの人間です。なんにも上手くできないし、見ている人を苛々《いらいら》とさせてしまいます。わ、私の顔だって、人に反感を持たれてしまう目付きだし」

ハリエットはそう言いながら、両手で自身の顔を覆う。

「私なんて、本当に、何をやっても駄目……。せめて、邪魔にならないで、じっとしていなきゃ」

「ハリエットさま……」

「……人を不快にするような顔を、見せちゃ駄目。俯いてなきゃ駄目。喋《しゃべ》っては駄目……」

誰にも聞かせるつもりがないのであろう小さな声が、ぽつぽつと紡がれる。

リーシェはそんなハリエットを見つめながら、宥《なだ》めるように尋ねた。

「だから、そんな風にお顔を隠していらっしゃるのですか？」

「わ……！　私の顔をお見せしたら、陛下から破談を言い渡されてしまうかもしれません。破談だけは、避けなくちゃいけないんです。政略結婚は、私が生まれてきた、唯一の意味なので」

ハリエットは泣きそうな声で、けれどもはっきりと口にするのだ。

「私は、この政略結婚によって、人形としての務めを果たさなければ……」

それはまるで、縋《すが》り付くような声音だった。

そして、何度も言い聞かせるようなその言葉について、リーシェにも確かに覚えがある。

『………ぜんぶ、明日までにおわらせなきゃ』

幼いころのリーシェには、その『教育』がすべてだった。

両親からきつく命じられ、絶対にそこからは逃げられない。何人もの家庭教師が家を訪れ、朝から深夜まで授業が続き、ひとりになってからも課題が続くのだ。

そんな毎日だったから、両親と一緒に夜を過ごした記憶がない。

自分ひとりの部屋にいて、自分ひとりの寝台で眠り、目覚めればまた王妃教育の一日が始まる。

目の前にあるのは、学ばなければならない沢山の事柄だ。それらを前にして、リーシェは必死に自分へと言い聞かせていた。

『できるようにならなきゃ。……ちゃんと、おべんきょうしなきゃ……』

ひとりの部屋で呟いたのは、リーシェの誕生日である七の月三十日だった。

あれは多分、六歳になった日のことだ。

屋敷の母屋の明かりは消え、きっともうみんな眠っていて、リーシェはひとりぼっちだった。

日付はもうすぐ変わりそうで、誰にも生まれてきた日の祝福をされなかったけれど、勉強に遅れが出ていたのだから当然だ。そう思って泣きたかったのに、泣くのはとても恥ずかしいことだとも感じていて、代わりに何度も繰り返したのだった。

『男の子に、うまれてこれなかったんだもの。……だからかわりに、せめて、王妃さまになれなきゃ。じゃなきゃ、わたしの……』

ペンを動かす手を止めて、ごしごしと自分の目を擦《こす》ったことを思い出す。

『――――わたしの、うまれてきた意味なんて……』

リーシェはゆっくりと目を瞑った。

そうして密《ひそ》かに深呼吸をすると、ぱん！　と自身の両手を叩く。

「ひゃあ!?」

「申し訳ございません、ハリエットさま」

驚いた様子のハリエットを前に、にっこりと笑ってこう告げた。

「──少し、私にお付き合いいただいても？」

「っ、え……？」

そこからの行動は早かった。

後のことを侍女のエルゼに任せ、明日の再訪をタリーに依頼したリーシェは、一度ドレスを着替えてから外に出る。進言してくる侍女長をかわしながら、にこにこ笑ってハリエットの手を引き、目論見通りの場所へ連れ出すことに成功した。

「ひえええ……」

その場所とは、馬上である。

鞍《くら》に跨《また》がったリーシェは、ハリエットを後ろから抱き締める形で手綱を握り、草原の丘をゆっくりと常歩していた。横向きに座ったハリエットは、鞍の持ち手を握り締めて戦慄《おのの》く。

「私、お馬さんの上、上に乗って……」

「確か西の大陸では、女性は馬に乗らないのですよね」

ぽくぽくと歩く馬の上で、リーシェは明るくハリエットに言った。

「岬の上までお連れしたかったのですが、明け方に雨が降ったので。馬車だと車輪がぬかるみにはまりそうですし、坂道なので馬にしてみました」

「こっ、この大陸では、女性同士で馬のふたり乗りまでなさるのですか……!?」

「いいえ！　こちらでも、女性は基本的に手綱を握りません。普通は男性と一緒のときだけ、いまのハリエットさまのような横乗りをします。やはりドレスだとどうしても乗りにくいですし」

笑顔のままできっぱり言うと、ハリエットがはくはくと口を開閉させる。

しかし、ハリエットの耳は赤く染まっていた。両手は鞍から離れないが、意外なことに体は震えていない。背筋も綺麗に伸びていて、きょろきょろと辺りを見回している。

（ひょっとして、ハリエットさまもわくわくしていらっしゃる？）

それに気が付いたリーシェは、微笑みながら説明を続けた。片手だけを手綱から離し、ふわふわしたドレスの裾をつまんで見せる。

「いま着ているドレスはスリット入りなので、馬にも普通に跨れます。ドレスがはだけても見苦しくないよう、中に色々穿《は》いておりますのでご安心を」

「っ、リーシェさま、ハリエット殿下!!」

リーシェたちの後ろを徒歩で随行していた侍女長が、額を押さえながら口を開いた。

「このようなことを見過ごすべきか、外交上悩んでおりましたが……！　やはり、今からでも遅くありません！　お二方、女性が馬に乗るなんてお転婆が過ぎますわよ！　馬車ならご用意いたしますので、すぐに馬からお下りくださいまし!!」

その言葉に、ハリエットがびくりと肩を跳ねさせる。

リーシェが振り返ると、随行するハリエットの侍女たちはみんな同意見だという顔をしていた。護衛であるシグウェル国の女性騎士たちも、怪訝そうにリーシェを見ている。

侍女長の言葉に俯いたハリエットは、どこか残念そうだ。リーシェはそっと身を屈めると、鞍を掴んだハリエットの片手を取った。

「ハリエットさま」

「ひゃい！」

その手をリーシェ自身の腰に回させると、ハリエットの後ろから、赤く染まったその耳に囁く。

「振り切ります。……私に、しっかり掴まって？」

「えっ」

そうして、小柄な栗毛馬の手綱を握り直すと、馬の呼吸に合わせて一気に速度を上げさせた。

「ひっ、ひえええええええええ!?」

お利口な馬は、ハリエットがしがみつくのを察知してから、丘の坂道をぐんぐんと駆け上がる。

「ごめんなさい、侍女長さん！　お叱りは後から、私だけにお願いします！」

侍女長が大声で叫んでいるが、その声はすぐさま遠ざかる。ハリエットは最初こそ身を縮こまらせていたが、徐々にその顔を上げて前を見た。

「す、すごい、もうこんなところまで……」

先ほどまでは遥《はる》か向こうにあった岬が、いまはすっかり目の前だ。

「クラディエット冒険記にも、馬に乗るシーンがありましたよね。素敵な挿絵もあって、ページを開いた瞬間に見惚《みと》れてしまいました。あんなに細やかな線を刷り上げることが出来るのは、シグウェル国の印刷技術があってこそです」

自国を褒められたハリエットは、照れ臭そうにしたあとで、戸惑いがちに後ろを振り返った。

「みなさんが、あんなに遠くに……」

岬には小さな森があり、心地よい木陰になっているようだ。そこまで行って馬を停《と》め、まずはリーシェが先に下りる。

ハリエットに手を伸べて地面に下ろすと、馬の頭を撫でてから、木の枝に繋《つな》いで休ませた。

「海風が冷たくて、心地いいですね」

ハリエットは頷いたあと、景色に見惚れた吐息を零《こぼ》す。

岬の森から見下ろす海辺の街は、陽光に照らされて生き生きとしていた。白い海鳥が飛び交う下には、真っ青な海が広がっている。

「……リーシェさまは、何処《どこ》にでも行けるお方なのですね」

リーシェは、風になびく髪を押さえながら、ハリエットの方を見た。

「あなたのような女性になれたら、どんなに良いか……」

そう呟いたあと、ハリエットははっとしたように首を横に振る。

「ごっ、ごごご、ごめんなさい!!　私なんかが恐れ多い！　こんな、こんなことを」

「……私になっては駄目ですよ。ハリエットさま」

リーシェは少し苦笑して、彼女に告げた。

「私が行きたい場所に行くことは、ハリエットさまにとっての『どこにでも行ける』とは違うはずですから」

「そ、それは」

「ハリエットさまご自身は、どのような場所に行ってみたいですか？」

ハリエットは、聞いたこともないような言葉を聞いたかのように息を呑んだ。

リーシェは海を見下ろしながら、こう続ける。

「たとえば私がいま行きたいのは、美しいものがあるところです。向日葵《ひまわり》で埋め尽くされた花畑や、一面に広がる紅葉の絨毯《じゅうたん》。岸辺に打ち上げられた流氷のかけらが、朝日にきらきら輝いて、宝石みたいに光る海岸……」

かつての旅で見たものを思い出し、目を細める。

「そういうものを、とあるお方にお見せしたくて」

アルノルトは、一体どんな顔でその景色を見るだろうか。

少しは興味を引けるかもしれないし、まったく何も感じないと言われるかもしれない。そうしたらまた次の旅に出て、ふたりでたくさんの綺麗なものを探しに行く。

いつの日か、そういう旅が出来たらいいと思う。

「私とハリエットさまの望みは、きっと違うと思うのです」

「わ、わたし……。わたしは」

「よかったらお喋りしませんか？　他の誰かではなく、ご自身がなりたい姿や、夢のお話を」

ハリエットは、それこそ夢の中にいるかのような声音で呟いた。

「……私が、なりたいもの……」

そのあとで、むぎゅっとくちびるを結ぶ。

俯き、もじもじと指を動かしたあとで、思い切ったようにこう叫んだ。

「わ、私……！　これっ、あのっ、じ!!　侍女のところに戻ります……!!」

そう言って駆け出したハリエットを、リーシェは追ったりしなかった。

女性騎士の護衛たちが、岬の中腹ほどまで駆けてきている。ただひとりの気配を除き、外に不審者の気配もないので、危ない目に遭うことはないはずだ。

転ばないように心配しながら見守っていると、近くの木から声がした。

「あんた本当に、見れば見るほど綺麗な顔してるな」

「……」

リーシェはふうっと溜《た》め息《いき》をつく。

その反応が面白いのか、上から降ってくるその声音には、隠すつもりもない笑いが滲《にじ》んでいた。

「そのふわふわしたコーラルピンクの髪も、エメラルドみたいな色の大きな目も、全部可愛い。あの婚約者どのが、『俺』に対してばっちばちに牽制《けんせい》してくるわけだ」

「心にもない褒め方をされると、居心地が悪いからやめてほしいわね」

過去の人生では、悪友のような関係性だった相手だ。

たとえ向こうはそれを知らなくとも、リーシェにとっては違和感しかない。

「もう少し、人目のないところで近付いてくると思ったわ」

そう言って、リーシェはまっすぐに木の上を見上げた。

そこに居た男は、『王子カーティス』の姿などしていない。黒いローブを身に纏《まと》い、枝の上にしゃがむような体勢で、膝に頬杖《ほおづえ》をついている。

髪色は焦げたような茶色をしているが、染めてから随分と経《た》つようだ。髪の根元はオレンジ色で、彼の地の髪色が見えている。

つり目がちな赤い瞳を細めたその人物は、値踏みするような視線でリーシェを眺めた。

間違いなく、リーシェの知っている狩人ラウルだ。

「その割に全然驚かない。あんたの悲鳴が聞いてみたくて、ちょっと楽しみにしていたんだけど」

「……悪趣味ね」

呆れながらそう言うと、ラウルは嬉しくて仕方がないという顔をする。

「城内に、音の鳴る仕掛けをしたのってあんただろ？」

猫のような仕草で首を傾《かし》げながら、彼が言った。

「ご令嬢のふりした同業者かと思ったけど、そんなことはなさそうだ。偽者にしちゃあ、皇太子さまが俺に向けた牽制が本気だったし？　……なあ。あれ、俺が一番嫌いなタイプの罠なんだけど」

狩人にとって、狩りの最中に気配を消すことは最重要項目だ。当然、大きな音を立てるようなことは避けたいと感じる。

リーシェを『同業者』だと感じたラウルの判断も、もちろん外れているわけではない。

「昨日の昼間、城に侵入してきたのはあなたの仲間ね」

そう尋ねると、ラウルはひょいと肩を竦めた。

「知らない。そんなやつ居たんだ」

「侍女が人影を目撃したらしいわ。窓から入ってきて、音もなく消えたのだとか」

「それなら俺たちかもしれないし、まったく言いがかりかもしれない。どっちだろうね」

揶揄うような言い方にむっとくちびるを曲げると、ラウルは笑った。

「かーわいいなぁ」

するりと滑るように枝を降り、足音も立てずにリーシェの前へ立つ。

木の陰になり、岬の下にいるハリエットたちからは見えない位置で、赤い瞳はこちらを見つめた。

「皇太子サマじゃなくて、俺の奥さんにしたいくらいだ」

「冗談ばかり言っていないで、本題をどうぞ」

「本題も何もないよ。ただ、あんたに会いたかっただけ」

どう考えても本音ではない台詞《せりふ》を吐きながら、男は言った。

「俺の名前はラウルだ。俺の国の言葉で、『助けに導く狼《おおかみ》』って意味」

（……その名前も、表向きの出身国も、全部嘘だと知っているけれど……）

それでも懐かしさを感じる名乗りに、リーシェはかつてを思い出す。

五度目の人生で、『狩人』を名乗る集団に出会ったのは、シグウェル国の森の片隅だった。

リーシェはそこで、ひどい怪我を負ったラウルに遭遇し、薬師の知識で治療をしたのだ。

『あんたのお陰で助かったぜ。行くところがないんだったら、しばらくはここで過ごしてくれ』

その小屋には十数人の狩人たちが暮らしていて、みんな気の良い人たちだった。リーシェはそこで過ごし、ラウルの治療をする傍らで、弓の使い方を教わったのだ。

一通りのことを覚えると、ラウルはリーシェを森に連れて行ってくれた。

『……うん、お前は筋が良い。俺が本気で狩りを教えてやるから、ちょっとだけ頑張ってみるか？』

そうしてリーシェは、狩人としての人生を送ることになった。

森での暮らしは面白く、動物の生態は興味深い。虫や鳥の飛び方で天候を読み、獣の足跡で行動を推測して、自身の作った仕掛けで猟をするのだ。

森の中、獲物を狙って弓を構え、微動だにしないまま何時間も待つことだってあった。

極寒の中、雪の上で腹ばいになって獲物を待ち続けたときは、かじかむ指の感覚すら無くなったこともある。それでも、震えて歯など鳴らしては、その物音で気付かれてしまうのだ。

そうして日々の糧を得ながら、弓矢の腕を磨いていたけれど、ラウルたちが普通の『狩人』ではないという事実には気付いていた。

そのことをはっきりと聞かされたのは、シグウェル王家から下された命令によって、とある領地への狩りに出掛けたときのことだ。

『――要するに俺たちは、狩人のふりをした諜報役《ちょうほう》さ』

木の枝に腰を下ろし、あのときのラウルは教えてくれた。

『諜報活動の偽装には、狩人の皮をかぶるのがちょうどいいんだ。「狩りの下見」って名目があれば、国のあちこちまで自由に出かけて、違和感なく貴族たちの領地を調べられるだろ？』

ラウルが話したその事実は、リーシェがおおよそ想像していた通りだ。

『悪政の兆候や、税の誤魔化しがないかの証拠を、警戒されずに調べられるのね』

『そ。まあ、たまーに狩りの最中に森に迷って、他国まで入っちまう「事故」もあるわけだが』

彼はそう言いながら、少し先の狩り場を見下ろした。

『爺《じい》さん……先代頭首のいた東国じゃ、俺たちみたいなのは「鳥見役」って呼ばれていたらしい』

『それは、「忍者」っていうのとは違うのかしら』

『まあ、そっちも似たようなもんじゃねえの？　あっちは普段、農民や商人のふりをしてるらしい。俺たちも基本的には「狩人」で、普段はお前も知っての通り、森で平和に暮らしてる』

歌うようにすらすらと述べたラウルを、リーシェはそっと振り返る。

狭い木の上だが、こういうときの体運びについてはラウルのお陰で身に付いていた。そのため、ここでバランスを崩すようなことはない。

『でも、有事のときはこうした任務を行うのね』

『――まあ、獲物を狩るという意味では間違ってない』

赤い瞳を細め、狙いを定めるように笑ったラウルは、視線の先に居る男を眺めた。

『ちょっと待ってな、リーシェ。あいつは殺すなって言われてるから、慎重に狩る』

言葉ではそう言うものの、弓を構える仕草に緊張はない。ラウルは矢をつがえると、乗っている木の枝を一切揺らすことなく、標的に狙いを定めたのだった。

（気配の消し方も、気配の読み方も、全部ラウルに教わったわ。あの人生のお陰で、狩人としてそれなりに動けるつもりではいるけれど……）

リーシェは目の前のラウルを見ながら、今朝の『カーティス』を思い出す。

（ラウルは別格。誰かに変装して、自分の声すら別人に変えることが出来るのは、彼だけだった）

そんなことを考えながら向けたこちらの視線を、ラウルはどんな風に捉えただろうか。

「カーティス殿下のふりをしているのは何故？」

「んー……」

ラウルは考えるような素振りをして、リーシェの顔を間近に覗《のぞ》き込む。

人懐っこい雰囲気を帯びているが、実際は誰のことにも関心がない。そういうまなざしが注がれて、リーシェは内心呆れてしまう。

（狩人仲間には、みんなの兄みたいに振る舞っていたのに。……赤の他人には、ここまで軽薄な興味を向けていたのね）

これはもう、彼に恋をした女性たちが泣かされるわけだ。ラウルの顔立ちは整っているし、表向きはやさしくて愛嬌《あいきょう》があるので、なおさら問題なのだろう。

「俺がこんなに近づいていても、まったく顔色変えないね。皇太子サマに触られると、すーぐ真っ赤になってたのに」

「……とりあえず、私の質問に答える気がないのは分かったわ」

「教えたら何か、ご褒美くれる？」

「だめ。あげない」

狩人人生のような調子で答えると、ラウルはくくっと喉を鳴らす。

「俺のことが不気味かもしれないけど、まあ許せよ。あんただって、カーティスの中身に気付いても何も言ってないんだから、こっちからしたら同じくらい不気味だぜ？　……ま、心配しなくても午後は大人しくしてるよ。なんだか雨も降りそうだし」

彼は言い、丘の下へと視線を向けると、侍女たちに合流したハリエットの姿を眺めた。

「よかったら、ハリエットとも仲良くしてやってくれないか」

遠くのハリエットを見つめていたリーシェは、静かにラウルへと視線を戻す。

しかし、そこにはもう誰もおらず、岬に立ち並ぶ木々が揺れているだけだ。

夏の眩《まばゆ》い日差しの中、蟬《せみ》の声が辺りに響き渡るが、外に動物の気配はない。

（……確かに、一雨来そうな状況ね）

侍女たちに、洗濯物を取り込むように教えなければならない。

リーシェは小さく息をつくと、枝に結んでいた手綱を解き、馬を連れて城へと戻ったのだった。

＊＊＊

そのあとで、一時間ほどして雨が降り始めた。

恐らくは通り雨の類であり、待っていればすぐに止む類のものだろう。けれども雨の勢いは強く、地面から白い飛沫《しぶき》が上がるほどで、侍女たちは大忙しだった。

夏に特有の短い雨は、激しい生命力を帯びている。雨粒が窓を叩く、心地よいその音を聞いていると、アルノルトが街から戻ったという報《しら》せを受けた。

「おかえりなさい。……わあ」

「……」

玄関まで迎えに行ったリーシェは、アルノルトを見て目を丸くする。

そこには、全身ずぶ濡《ぬ》れになり、どこか拗ねたような表情をしたアルノルトが立っていた。

「だ、大丈夫ですか？」

急いで侍女にタオルを指示しつつ、リーシェはアルノルトに駆け寄る。その黒髪からぽたぽたと落ちる雫《しずく》が、雨の凄《すご》さを物語っていた。

その後ろから、従者のオリヴァーが現れる。

「まったくもう。無茶なさるからですよ」

同じく水浸しになったオリヴァーは、呆れた顔でアルノルトを見た。

「雨宿りしましょうと申し上げたのに、突っ切って戻るとおっしゃるから。潔癖な面があるかと思えば、こういうところは案外雑ですよね」

「うるさい。お前たちはついて来なくとも良かった」

「そういう訳には参りませんよ。まあ、それだけ早く城に戻りたかったのでしょうけれど……」

「だから、うるさいと言っている」

アルノルトは煩わしそうに言ったあと、雨に濡れた前髪を、右手でくしゃりと掻《か》き上げた。

そのぞんざいな仕草によって、普段は見えない額が露わになる。

前髪を上げたアルノルトを見て、リーシェは思わず息を呑んだ。

「……っ」

見慣れない髪型のせいか、いつも以上に大人っぽく見える。

水の滴るその姿が、何処か危うさを帯びていて、目のやり場に困るような気持ちになった。

「どうした？」

訝《いぶか》るような視線を受け、リーシェは仕方なく口を開く。

「……アルノルト殿下は、おでこの形まで芸術的に美しいなあと思い……」

「は？」

「あ、ちょうどタオルが来ましたね！」

侍女たちにお礼を言って、リーシェはその一枚を受け取った。ふわりと広げたあと、アルノルトに向き直って背伸びをする。

そうしてタオルをアルノルトの頭に掛け、わしわしとその黒髪を拭いた。

「………………」

オリヴァーを含めた周囲の人が、ぽかんとリーシェのことを見る。タオルを受け取ろうとしていた近衛騎士たちも、みんな驚いているようだ。

何事だろうかと思いつつ、それでも懸命に手を動かした。するとしばらくして、俯いているせいで顔の見えないアルノルトが、淡々とした声音で名前を呼んでくる。

「……リーシェ」

「はい？」

「自分で拭ける」

「…………」

ぱちぱちと、ふたつ瞬きをしたあとで、リーシェは事態を飲み込んだ。

「────ぎゅわあっ!?」

慌ててタオルから手を離し、リーシェは万歳のポーズを取る。『敵意はありません』の格好をしたまま、ぎくしゃくと二歩ほど後ずさった。騎士や侍女たちが硬直する中、オリヴァーだけが笑いを堪《こら》えている気配がする。

「もっ、申し訳ありません、出過ぎた真似《まね》を!!」

「……いや」

「ふっ、くく、ありがとうございますリーシェさま。申し訳ありませんが、このままアルノルト殿下のお世話をお任せしても？」

アルノルトがじろりとオリヴァーを見る。だが、オリヴァーは臆することもない。

「何分、自分もこの有り様ですので。お願い出来るでしょうか」

「わ、わわわ、分かりました！　アルノルト殿下、こちらへ……!!」

とにかく今は、一刻も早く逃げ出したい。その一心でアルノルトの腕を引き、上へ向かう。

アルノルトを四階の部屋に押し込めたあと、急いで廊下の水滴を拭いた。

（へ、平常心、平常心を……！）

ついでに鳴子の罠を確かめ、少し平静を取り戻す。そろそろ良いかと思ったところで、侍女に用意してもらったお茶を受け取り、部屋に戻ってノックをした。

「で、殿下。お着替えは終わりましたか？」

「ああ」

扉を開けるとき、何故か少々緊張した。

アルノルトは濡れた服を着替え、白いシャツ姿でソファに座っている。髪はまだ濡れたままだが、水滴が落ちるほどではない。

「お、お茶をどうぞ……。お体が冷えているはずなので、冷めないうちに」

「ん」

書類を読んでいるアルノルトは、簡単な返事を返してくる。それでも彼の右手が、ソファの隣をぽんと叩いた。

こちらに座れということだろう。そういえば昨夜もこうして呼ばれ、隣同士に座ったのだ。

あのときはなんの疑問も持たなかったが、向かい同士に座るのでも良かったような気がする。とはいえ、わざわざこれを断って、別のソファに座るまでもない。

リーシェは大人しく隣に掛けると、アルノルトを見上げる。

「両替所の視察は、もうよろしいのですか？」

「今日の分はこれで切り上げだ。明日また数軒回って、それで全部になる。……そちらに問題は」

「ハリエットさまにお悩みがありそうで、それを少々心配しております」

だが、アルノルトはまったく関心がなさそうだった。多少は取り繕ってもいいように思えるが、アルノルトにその気配はない。

（昨日ハリエットさまが転んだのを見ても、アルノルト殿下は一切動く気配が無かったわね……）

ハリエットが泣いているのを見ても、本当にどうでもよさそうにしていた。そんなことを考えつつ、書類をめくるアルノルトを見上げる。

「傷痕が、痛みますか？」

アルノルトは、一瞬驚いたような顔をしてリーシェを見た。

けれどもその後で、ふっと息を吐き出してから目を伏せる。

「……雨のときは、時折な」

その言葉に、リーシェは眉を下げた。

アルノルトの動きは普段通りだが、よく見ると若干左を庇《かば》っているような気がする。彼の首筋に傷痕があるのを知らなければ、ほとんど気付けないような違和感だ。

「何故分かった？」

「……殿下がちょっとでも辛《つら》そうなのは、なんとなく察せられるようになってきたんです」

リーシェだって、アルノルトに体調を心配されてばかりというわけではないのだ。古傷が雨の日に痛むのは、薬師人生の患者からも聞いていた。

だが、雨天が古傷に響く症状は、はっきりとした薬があるわけでもない。

「お湯を用意しましょうか。タオルを浸して傷痕を温めたら、少しは和らぐかもしれません」

「気にしなくていい」

「……でも」

アルノルトは、柔らかい声で言う。

「多少は軽くなった。だから、これ以上は何もいらない」

「……？」

特別何かをしたわけではないのに、これ以上とはどういうことだろうか。

とはいえあまり大袈裟《おおげさ》にすると、この傷痕のことが知られてしまうかもしれない。この傷痕は、神懸かり的な剣術を扱うアルノルトの、唯一の弱点でもあるのだ。

（そういえば、狩人人生でのラウルも言っていたわ）

五年後の未来において、シグウェル国はガルクハインとの戦争に突入する。

ハリエットが国庫を傾かせ、処刑された後に、賠償としてファブラニア側の交戦に加担したのだ。

そのときは王室の持つ戦力として、リーシェが属する狩人集団も用いられた。

とはいっても、リーシェたちは戦場で使われるわけではない。その手前の森に入り、諜報をする傍らで、可能な限り敵の戦力を削《そ》ぐことが命じられていた。

そんなとき、岩陰で単眼鏡を覗き込んでいたラウルが、小さな声で呟いたのだ。

『……アルノルト・ハインは、手負いかもしれない』

その言葉に、リーシェを含めた狩人たちは驚いた。

アルノルト・ハインの姿なら、その少し前からようやく捉えられるようになったところだ。レンズの反射で気付かれないよう、太陽光の向きなどを慎重に考慮し、ようやく確認できたのである。

『ラウル。手負いって、本当に？』

『うん。多分、体の左側……上半身か？　誰かが傷を負わせた可能性もあるな』

今思えば、ラウルが感じ取ったその怪我とは、首筋の傷痕のことなのだろう。

あのときのリーシェには分からなくて、騎士人生でも察知できなかった。そのふたつの人生を経由し、ようやく今世になって知ることが出来ている。けれど、ラウルはあのとき確信していた。

『あの左を狙えば、アルノルト・ハインを落とせるかもな。――総員、毒矢を構えろ。戦場での矢は全部弾《はじ》かれたが、いまなら奴《やつ》も油断してる』

その言葉に、仲間たちがみんな矢をつがえる。

数日前、アルノルト・ハインを封じるために放った毒矢は、すべて彼の剣によって封じられてしまった。ラウルがそう命じたのは、負傷という好機を逃がさないためだろう。

（こちらは風下。アルノルト・ハインのところに声が届いているはずもないわ。……だけど、なんだか嫌な予感がするような……）

リーシェは妙に胸騒ぎがして、もう一度単眼鏡を覗き込んだのだ。そして、息を呑んだ。

『――っ!?』

その青い目が、真《ま》っ直《す》ぐにこちらを見た気がする。

ぞっとしたあと、それが気のせいではないとすぐに分かった。アルノルト・ハインは間違いなく、こちらを見ているのだ。

『みんな、駄目……！　アルノルト・ハインはこちらに気付いているわ。射《う》っても当たらない‼』

リーシェの言葉を聞き、周囲に緊張が走った。

アルノルト・ハインの動きによっては、敵の騎士たちに囲まれる。リーシェはほとんど息を止め、レンズの中の男を見つめた。

彼は暗い瞳のまま、くちびるだけで笑うと、自らの左胸を親指でとんっと叩く。

――心臓はここだ、と。

射抜いてみろと挑発するように、リーシェに向けて示したのだ。

あの時は何の気まぐれか、アルノルト・ハインがこちらを積極的に攻撃してこなかったため、戦線を離脱することが出来た。いまは隣にいるアルノルトを見上げながら、ぼんやりと考える。

（あのとき、仮に私がこの人の心臓を射抜いていたら、今頃どうなっていたかしら）

ひょっとしたら、リーシェは五度目の人生で死ぬこともなく、二十一歳の誕生日を迎えていたかもしれない。けれど、それはあんまり想像できなかった。

（……訪れなかった未来のことを、どれだけ考えても仕方がないわ。そんなことよりも結局、エルゼたちが昨日見た影は、狩人のみんなだったのかしら）

リーシェは神妙な面持ちで、頭の中を整理する。

（窓から室内に侵入できて、足音もなく歩き、気配を消す。――『普通の人間』には出来ないけれ

ど、あの人たちは普通じゃないもの）

昨日の路地裏や、先ほどのラウルを見ていれば、正体が彼らだったというのが一番納得できる。

（犯人が狩人の誰かであれば、私が仕掛けた罠は意味がない。あの人たちなら、そういうものが仕掛けられていないかを見抜いてしまうし、事実ラウルには気付かれていたわ）

だが、リーシェの中で幽霊だという線が消しきれないのは、侍女に見つかっているという点だ。

（狩人のみんなが、蝶番《ちょうつがい》の錆《さ》びた音を聞かれたりするかしら。ううん、でも……）

考えれば考えるほど、「やはり幽霊なのでは」という可能性がちらついてしまう。とはいえ、思考を停めるわけにはいかない。

そのとき不意に、アルノルトがリーシェの左手に触れた。

「殿下？」

彼は何も返事をしないまま、サファイアが輝く指輪のふちを、するりとなぞる。

（昨日も、こうして私の指輪に触れていらっしゃった）

リーシェをくすぐったがらせる意図ではないようだが、何の理由があるのだろうか。

嫌ではないのだが、なんとなく落ち着かない。リーシェはそわそわしながらも、ふと、昨日のアルノルトが言ったことを思い出した。

『金細工はコヨルの技術か。これほど細かい細工にもかかわらず、よく手入れされている』

（……もしかして、アルノルト殿下は）

それと同時に、アルノルトがこちらの名前を呼ぶ。

「リーシェ。雨が止んだ」

「あ！　本当ですね」

先ほどまでの大雨が嘘のように、窓から見える空が晴れている。空気は朝よりも透き通っていて、白い陽光がとても眩《まぶ》しい。

「午後はご公務をなさいますか？　それとも、カーティス殿下たちとの外交を……」

「いや。可能であれば、お前を連れて行きたい場所がある」

アルノルトは立ち上がると、リーシェに向けて手を伸ばす。

「出られるか？」

意外な提案に驚きつつも、リーシェは頷いてその手を取った。

＊＊＊

「わあ……」

夏用の軽やかなワンピースに着替え、日よけの帽子をかぶったリーシェは、飲み物の入ったバスケットを手に歓声を上げた。

「おい、砂浜で走るな。転ぶぞ」

「ごめんなさい、だって……」

アルノルトが後ろからそう言うが、はやる心が抑えられない。

「海……!!」

眼前に広がる大海原に、きらきらと目を輝かせた。

白い砂浜には、誰の足跡もない。浅瀬の水色から淡いエメラルド、そして紺碧《こんぺき》へと移り変わっていく美しい海に、どうしてもわくわくしてしまう。入り江になっている小さな砂浜は、城の通路からしか入ることが出来ず、皇族と客人しか訪れないそうだ。

駆けてきたリーシェは、後ろのアルノルトを振り返った。

アルノルトは上着を着ておらず、白いシャツに黒のスラックス姿だ。暑くないかが心配だが、慣れているのか平然としている。

「アルノルト殿下！　はしたないかもしれないですが、靴を脱いでも？」

「好きにしろ。怪我はするなよ」

リーシェは岩陰にバスケットを置くと、帽子を脱いでからそこに被せた。自作の日焼け止めを塗っているので、肌への負担は問題ないはずだ。

靴を脱いで、さらさらの砂に素足を乗せる。

先ほど雨が降ったお陰で、火傷《やけど》しそうな熱さではない。陽光に照らされた砂は、じんわりとぬくもりを伝えてくれた。

（風が冷たいお陰で、暑いけど涼しい……！　不思議な感じ）

ワンピースはふくらはぎまでしかない丈で、シフォン地を幾重にも重ねたデザインだ。ふわふわしたその裾が、風と遊んで揺れている。

この街の海風はべたべたしていない。ほのかな潮の香りと共に、涼やかに吹き抜けてゆく。

「もう、すっかり夏なんですね」

リーシェがガルクハインに来たのは、五の月の半ばである春だった。季節の空気を噛《か》み締めながら、こちらに歩いてきたアルノルトに言う。

「こんなに海が綺麗なら、水着を持ってくればよかった……」

「……」

「すごく可愛い水着を持っているんですよ。上下に分かれているのですが、上が綺麗な青色で、下がひらひらのスカートみたいな白で」

「殿下？」

残念な気持ちでそう言うと、アルノルトが眉根を寄せた。

「…………泳ぐのに良い時期は、まだ少し先だろう」

「まあ、確かにそうですよね。いまの時期のこの海域は、離岸流も起きやすいですし」

納得して頷いたあと、リーシェは波打ち際に行ってみた。

穏やかな波が打ち寄せて、裸足《はだし》のつまさきが海水に触れる。足首までが浸されたと思ったら、すぐにその波は引いていき、足裏の砂が崩れる感触がくすぐったい。

リーシェはワンピースの裾をつまんだまま、もう少し深いところまで進んで行く。

「ふふ、海面が眩しい！」

嬉しくなってそう言うと、浜辺に立ったアルノルトが静かに言った。

「……そんなに楽しいか」

「はい、とっても」

分からないものを見るまなざしを向けられて、リーシェは「たとえば」と海を指さした。

「あの辺り。周囲の海面はなだらかなのに、あそこだけ突然白波が立つでしょう？　恐らく海底には、何か大きくて重たい物があります。どれくらいの大きさかも、波の高さで分かるんですよ」

それは、商人人生で旅をする際、船乗りに教わったことである。

「海底が一部だけ盛り上がっているのかもしれないし、何か大きなものが沈んでいるのかも。深い海の底に何があるのか、想像するだけで神秘的ではありませんか？」

ちゃぷちゃぷと海面を揺らしながら、リーシェはアルノルトを振り返った。

「もしかしたら、海賊の落とした宝箱が沈んでいたりして」

「……だとしたら、相当面倒なことになるな。宝の所有権をめぐって、権利者となりうる人間を集めなくてはならない」

「ううっ、現実的な未来予想……!!」

それでもアルノルトは、リーシェの突飛な想像に付き合ってくれる。それが嬉しかった。

「私は幼い頃、自室で勉強をしながら、教本に出てくる世界の欠片《かけら》を必死で集めていました」

話しながら、懐かしくて目を細める。

「例文に出てくる『海』とはなんだろう。刺繍《ししゅう》に入れるよう指示された絵の花は、本物ならどんな香りがするんだろうって、想像するとなんだか励まされたのです。だから、あの時は空想するしかなかったものに触れられるのが、とても嬉しくて」

実際のところ、これまで繰り返した人生において、海には何度も来たことがある。

それでもこうして目にする度、とても新鮮に美しい。部屋に閉じ込められ、寂しくて泣きそうになりながら描いていた景色よりも、とても綺麗でたまらなかった。

「私が海に行きたいと言ったから、砂浜まで連れて来てくださったんですか？」

「……それもあるな」

この言い方では、他にも理由があるらしい。

けれども教えてくれそうにない雰囲気なので、聞き出すことは諦めた。

それよりも、出立前のリーシェの言葉を覚えていて、こうして案内してくれたことが嬉しい。

（でも。……殿下はただ、見ているだけだわ）

彼にとって、この海はどんな風に映っているのだろうか。

アルノルトはいつもの無表情で、心が動かされたような様子はない。美しい海も、彼にとっては、なんの感慨も湧かない場所なのだろうか。

（それだけなら、まだしも）

アルノルトは、自分には縁のないものを眺めるかのように、海の中に立つリーシェを眺めていた。

まるで一線を引いているような、最初から縁遠いものだと決めつけているような、そんな表情だ。

リーシェには、それがどうにも寂しかった。

確かめてみて、それでアルノルトの琴線に触れなかったのであれば仕方がない。けれどもいまのアルノルトは、そういう判断をする以前に、美しい景色を遠ざけているように見える。

「アルノルト殿下」

名前を呼んで、浜辺にいるアルノルトへと手を伸ばす。

すると、アルノルトは怪訝そうに顔を顰《しか》めた。

「なんだ、その手は」

「こちらへ。……殿下も」

そう言うと、ますます眉根が寄せられる。

けれどもそれは、不快に感じたというわけではなさそうだ。どちらかといえば、思いも寄らない提案を受けたという表情だったので、リーシェは思い切ってこう告げる。

「これは私の我が儘なので、聞いてくださらないと駄目です」

「……」

求婚の際、叶えられる望みは全部聞いてくれると言っていた。

言外にそうねだると、アルノルトは静かに溜め息をつく。

「分かった」

観念したようにそう言って、身を屈めて靴を脱ぐ。スラックスの裾を折り、やっぱり顰めっ面のまま、アルノルトが海に入ってきた。

ざぶざぶと水音を立てたあと、リーシェの傍で立ち止まる。素足で砂を踏むのに違和感があるのか、なんともいえない表情で足元を見下ろした。

「ご感想は？」

「………特に、何も」

「でしたら、殿下」

リーシェはアルノルトの傍に立つと、つまんでいたワンピースの裾を離した。

海面ぎりぎりで裾が濡れるも、気にしないことにする。代わりにアルノルトの手を取って、その手首を軽く掴んだ。

アルノルトを見上げ、にこーっと笑う。

「私のこと、あとでいっぱい叱ってくださいね」

「？」

次の瞬間、リーシェが何をするつもりなのか、アルノルトはしっかりと察したらしい。

「おい。待て、まさか……」

「えい！」

アルノルトの両手をぐっと引くようにして、リーシェは後ろに倒れ込んだ。

「っ、くそ……！」

アルノルトは自分のことだけ考えていれば、ここでもバランスを保てていたはずだ。

けれども彼は、恐らくリーシェを支えようとして、結果としてふたりで海へと倒れ込んだ。

「――っ」

ざぶん！　と大きな飛沫が上がる。

ぎゅうっと目を瞑って息を止め、衝撃に耐えたリーシェは、アルノルトの腕に引き起こされた。

「ぷはっ！」

「……」

結果として、海の中に座り込むような体勢になる。おへその辺りまでが海水に浸《つ》かり、ワンピースの裾が膨らんで、クラゲのようにふわふわと揺蕩《たゆた》った。

目の前のアルノルトだって、もちろんずぶ濡れになっている。先ほど雨に降られたあと、着替えて乾かした意味がまったく無い。

「…………リーシェ」

「泳ぐのがまだ早いなら、こうやって遊んでみませんか？」

アルノルトが罠に引っ掛かってくれたのが新鮮で、リーシェはにこにこ笑いながら言う。

リーシェの腰を抱き留めていたアルノルトは、そんなリーシェを見下ろすと、じとりと目を細めてから言った。

「お前、随分と嬉しそうだな」

「はい。殿下に悪戯が出来たので、大満足です」

「そうか」

ふうっとひとつ息をついたあと、アルノルトの手がリーシェの頬に伸びてくる。

「いいだろう。……受けて立つ」

「え!?」

突然の宣言を受け、リーシェは心底びっくりした。

確かに仕掛けたのはこちらだが、いきなり本気になるとは思わない。慌てるリーシェをよそに、アルノルトが反撃の手段を撃ってくる。

「あっ、ちょっ、殿下!! 待ってください、そんなのずる……っ、ひぎゃあ!!」

ばしゃん! と大きな水音を皮切りに、そこからは大変な騒動が始まった。

アルノルトは意外にも容赦がない。リーシェも必死に悪戯の応戦をするのだが、どう足掻《あが》いても負けてしまう。こんな光景、他の誰かに見られていたら、恐らくは絶句されていただろう。

しばらくのあいだ、浅瀬で攻防を繰り広げた結果、あっというまに時間が経ってしまった。

「……ぜ、全力で遊んでしまいましたね……」

「……そうだな……」

お互いに濡れた服を纏ったまま、浜辺に腰を下ろして休憩する。

リーシェの体力は尽きているが、アルノルトはまだまだ平気そうな顔だ。とはいえ、そもそも慣れない行為のためか、体力的なものとは違う疲労の色が見える。

リーシェは、岩陰に置いていたバスケットに手を伸ばすと、中に入っていた瓶を取り出す。

「殿下、お茶をどうぞ。もう随分ぬるくなっていますが……」

城の氷室で冷やされていたはずの瓶は、ほとんど体温に近い温度になっていた。だが、アルノルトはちゃんと口を付けてくれる。

「海への感想は、先ほどからは少しでも変わりましたか?」

「……分からない」

「ふふ」

嬉しくなって笑ったら、アルノルトがこちらを見る。

「きちんと考えてくださるんだなあと思って。だって、『変わっていない』ではなくて、『分からない』と仰っていただけたから」

「……」

アルノルトはふっと目を細めると、リーシェの横髪を耳に掛けてくれた。

バスケットの傍に置いていた帽子を手に取ると、リーシェの頭にぽすんと被せる。

その手つきがやっぱりやさしいので、リーシェは言った。

「お叱りをどうぞ、アルノルト殿下」

婚約者を海の中で転ばせた、そのお咎めを受けなければならない。

だが、アルノルトは口を開く。

「別に、咎めはしない」

「え……」

「先ほどのは、俺も構わずに反撃した。それで相殺だ」

リーシェはぱちぱち瞬きをする。

そのあとで、困ったような気持ちになって口を開いた。

「……やっぱり、私に甘すぎるのでは……」

「今更だろう」

まったく当たり前ではないことを、当たり前のように言い切られる。だが、それではまずいのだ。

「叱って下さらないと、私がますます増長しますよ。殿下がそうやってやさしくなさるから」

ぎゅっと眉根を寄せたまま、両手で口元を隠してもごもごと告げる。

「このままだと、もっとたくさん我が儘を言ってしまいます……」

「っ、ふ」

アルノルトはおかしそうに笑い、珍しく年相応の表情をした。

そしてリーシェを見ると、柔らかい声音で言う。

「聞きたい」

「……っ」

その言い方があんまりにも穏やかで、何故だか耳が熱くなるのを感じた。

「お前のやることはいつも突飛で、想像がつかないからな」

「ま、また面白がっていらっしゃる……！」

悔しくてぐぬぬと顔を顰めると、アルノルトは緩やかに目を伏せた。

「それに、俺がお前に叶えてやれることはそれほど多くない。多少甘やかしても問題ないだろう」

リーシェの認識とは異なる言葉に、首を傾げる。

「殿下はすでに、たくさんのお願いを聞いて下さっていますが……」

「それは、お前の願いが他愛もないものばかりだからだ」

そう言われて、不思議な気持ちになった。

（私の基準では、それなりに無茶を言っているつもりなのだけれど……）

『人質』である婚約者のために、離宮を用意させ、城の片隅に畑まで作らせてもらっている。侍女は全員自分の裁量で決めているし、商会との商いも自由にさせてもらった。これだけでも、かなりの我が儘ではないだろうか。そんな思いが顔に出たのか、アルノルトは言う。

「俺にはどうしても、優先しなければならないことがある」

まなざしが、海の方へと向けられた。

「お前の望みがその優先事項に反すれば、聞いてやるわけにはいかない」

「……」

求婚を受けた際、リーシェは『なんでも我が儘を聞いてくれますか』と条件を出している。その際のアルノルトは、『「叶えてやれる限り」を叶える』と言ったのだ。つまり、内容によっては応えられないと、そのときにはっきり示されていた。

「立場上、国や公務を優先しなくてはならないことも出てくるだろう。……それだけではなく」

青い瞳が、再びリーシェのことを真っ直ぐに見た。

「……お前がこの婚姻を厭《いと》おうとも、俺の元から離してはやれない」

心臓の辺りが、ずきりと淡い痛みを覚える。

「アルノルト殿下が、私に求婚なさった目的のために、ですか？」

アルノルトは僅かに目をすがめ、それでもはっきりと口にした。

「そうだ」

「……」

気付かれないようにさりげなく、リーシェは左胸をぎゅうっと押さえた。

ここで寂しい気持ちになるのは、間違ったことなのだ。

(私だって、本当の願いを言えていない)

目を伏せて少し俯けば、帽子が表情を隠してくれる。それに縋り、柔らかな砂をそうっと指でなぞった。

(『お父君を殺さないでほしい』も。『あなたが起こすつもりの戦争を、諦めて欲しい』というものも。最大の望みを隠しているんだから、今更だわ)

けれど、それは容易に見せられない。

(言えない。……殿下が私を自由にさせてくれるのは、私の目的が『戦争阻止』であることをご存じないからだもの)

今世のリーシェが取っている行動は、すべてがアルノルトの妨害のためだ。

彼の起こす戦争を回避したくて、それを動機に動いている。

(きっとあの戦争は、アルノルト殿下にとっての強い意思。そうでなければ、こんなにやさしい方が侵略戦争なんて起こすはずがない)

先ほどアルノルトが言った『優先事項』とは、恐らく未来での戦争のことだ。

それを邪魔するつもりだと知られれば、リーシェはアルノルトの敵になる。

（殿下の計画を阻むのは簡単じゃない。そんな中で、私が唯一アルノルト殿下の裏をかける要素があるとしたら、『未来を知っている』という一点だけ）

それを保つため、未来を知ることを知られてはならない。

（私にだって秘密がある。殿下の隠し事を、教えて欲しいと願う資格なんてないのに）

けれど、やっぱり心臓が痛むままだ。

リーシェはこれまでに何度も、求婚の理由を尋ねてきた。

だというのに、いまはその問い掛けが言葉に出来ない。代わりに少しだけ視線を上げ、帽子の影からアルノルトを見る。

「アルノルト殿下は、あなたの妻となった私に、どんなことをさせたいですか？」

すると、アルノルトは不意を突かれたような表情をした。

そのあとで、興味深いものを見るように笑う。

「問い掛けの趣向を変えて来たな」

「いつもの質問は、答えて下さらないと分かっているので」

そんな嘘をついて、アルノルトを見つめた。するとアルノルトは、平然と答える。

「やらせたいことは決まっている。――『ぐうたらして、怠けて、働かない暮らし』だったか？」

「！！」

その言葉には覚えがあった。アルノルトに求婚された際、リーシェが彼に言い放ったことなのだ。

「そ、それは殿下のお望みではなく、私自身のやりたいことで……！」

「とはいえ、どう考えてもお前には無理だとは思うが」

「えっ、無理ってなんですか!?　私は絶対この先、ゴロゴロ生活を勝ち取るんですから！」

「勝ち取る意味がないだろう。なにせそもそもが向いていない」

向いていないとはどういうことだろう。不本意な気持ちでいると、アルノルトの方も尋ねてくる。

「だが、どうしてそんなことを聞く？」

「……ハリエットさまが、花嫁修業を頑張り過ぎのように見えたので。こういうときの男性のお考えが、気になって」

こちらも嘘ではない。せっかくなので、アルノルトの考えも聞いてみたいところだ。

「ファブラニアは、殿下から見てどのような国ですか？」

過去の人生で行った国だが、そんな素振りは見せないままで質問をする。

「西の大陸で、もっともガルクハインに積極的な国交を持ち掛けてきている国、という感想だな」

「……面倒臭そうなお顔ですが」

「現時点でさほど利点がない。後々使えないこともないだろうが、他に優先事項は山ほどある」

「つまりは面倒臭いんですね……」

そういえば、ハリエットの連れている侍女長が言っていた。この機会に、ガルクハインとファブラニアの友好を築くことが、ファブラニア国王の悲願だという話だ。

「とはいえ、西の大陸は小国揃いだ。あの中で強いて付き合いをするとすれば、あの一帯の同盟を率いているファブラニアだろうな」

つまり、シグウェル国をはじめとする他の国々は、アルノルトにとってはファブラニア以下の存在ということなのだろう。

「……ガルクハインから見れば小さな国でも、西の諸国にとってのファブラニアはきっと、逆らえない存在ですよね」

「まあ、そうだろうな」

リーシェにはひとつ、疑問がある。

（アルノルト殿下が、弱小国の公爵令嬢である私に求婚なさった理由は分からない。――そして、それと同じように）

思い出すのは、狩人人生での未来のことだ。

（シグウェル国とファブラニアの政略結婚で、ファブラニア側に、どんな利益が生まれるのかが見えてこないわ）

それがどうにも据わりが悪く、顔を顰めてしまう。

（ハリエットさまは政略結婚を義務として受け止めているけれど、それも当然。私だって、ディートリヒ殿下に婚約破棄されるまでは、果たさなければならない役目だと思っていた）

けれども商人としての人生を選んだあと、自分の人生を生きるのが楽しくて、目の前の日々に夢中になったのだ。おかげで今までの人生では、誰かとの結婚なんて考える気にもならなかった。

（でも、今世は違う）

顔を上げると、こちらを見下ろしていたアルノルトと視線が重なった。

「――……」

この人が、リーシェの夫になるのだ。そう考えた瞬間、以前告げられた言葉が蘇《よみがえ》る。

『俺の妻になる覚悟など、しなくていい』

「……っ」

再び左胸が軋《きし》むのを、小さく息を吐いて誤魔化した。

「アルノルト殿下。……早速ではありますが、またおねだりしたいことがあります」

「なんだ。言ってみろ」

「両替所の、とある記録を確認させてください」

そう告げると、アルノルトは意外そうな目を向けてくる。

リーシェはバスケットを引き寄せると、丸めておいた書類の筒を取り出した。

「代わりと言ってはなんですが、私からも殿下にご報告を」

アルノルトは、僅かに目を細めた。

「世界各国における、金と銀の値段相場か?」

その言葉に、こくんと頷く。

「個人的に興味があって、アリア商会のタリー会長にお願いしていたものです」

午前中の商談で、タリーから受け取ったばかりの書類だ。

リーシェはそれをよくよく読み込み、自分に必要な情報はあらかた把握した。その上で、書類をアルノルトに渡したのだった。

「鮮度にばらつきはありますが、最も古い情報でも半年前とのこと。殿下の『計画』を、少しでもお手伝い出来るでしょうか？」

「……は」

アルノルトは面白がるように、皮肉っぽい視線をリーシェに向ける。

「俺が、『貨幣の改鋳』を想定していると、何故分かった？」

（……やっぱりアルノルト殿下であれば、これだけで私の意図にお気付きだわ）

この一覧を渡しただけで、どうしてそこまで見抜けるのだろう。驚きつつ、リーシェは答えた。

「アルノルト殿下がこの街にいらした目的は、両替所の視察だけではないように感じていました。……それに、何度も私の手に触れて、この指輪をなぞっていらっしゃると気が付いたので」

少し気恥ずかしい心地になりつつも、自分でそっと指輪に触れてみる。

「昨日、私の指輪に触れながら、コヨル国のことを口に出されたでしょう？」

「……たったあれだけで察したのか」

「少し、時間は掛かりましたが」

なにせリーシェとアルノルトは、コヨル国の抱えている問題を知っている。

そのうちのひとつは、かの国が軍事力に乏しく、周辺国から半支配的な状況に置かれていたということだ。この問題は、今後コヨル国の鉱山から宝石や金銀が取れなくなりつつあることで、さらに深刻になると考えられていた。

とはいえこれは、カイルとアルノルトが協定を結ぶことで、回避の目途が立っている。残る問題は、『そもそもの原因となった事象が、回避されたわけではない』ということだ。

つまり、どのみちコヨル国からは、宝石や金銀が産出されなくなるのだった。

「当然ながら、各国で使われている金貨や銀貨は、本物の金銀を含む形で作られています」

金貨や銀貨の価値は、硬貨に含まれた金銀の量によって決められている。

そして、世界に出回っている金銀のうち、コヨルで採れたものはそれなりの割合を占めていた。

「このままでは、各国に流通する量が大幅に減りますよね？」

「そうだ。そして、金貨や銀貨を作るための金銀が不足する」

するとどうなるのか。その顚末《てんまつ》を、リーシェは未来で目にしてきた。

だからこそ、それに手を打つため、タリーに金銀の流通情報を集めてもらったのだ。

「経済を回すため、貨幣は定期的に発行し続ける必要がある。だが、そもそも材料がなく作れないとなると、その国の経済は壊滅状態に陥るだろうな」

「……とはいえ確か、ガルクハインには金山も銀山もありましたよね」

この国に来て以来、リーシェは折を見て内情を勉強している。金脈の多くは、つい最近までは『他国』だった場所にあり、現皇帝が起こした戦争でガルクハイン領になっていることが窺えた。

「それはつまるところ、金も銀も豊富に採れるということで……」

「そうだ。この国は、コヨルからの輸出量減にあまり影響を受けないだろうな」

「では、どうしてアルノルト殿下が、金銀の流通不足を懸念して動かれているのですか？」

「おかしなことを聞く。その理由を分かっているからこそ、『改鋳』という予想を立て、俺にこの情報を寄越《よこ》して来たんだろうに」

意地の悪い笑みを向けられて、図星だった。

アルノルトの言う通り、リーシェの中である程度の仮説は立てている。しかし、それが正解なのかどうかは、話してもらわなければ分からない。

だが、「予測を話してみろ」という視線を向けられて、リーシェは口を開いた。

「……ココヨルからの輸出が止まっても、ガルクハインには豊富な金銀があります。その一方、他国では金銀の需要が上がり、その値段も上がっていくわけで……」

足りないものは高値になり、満ちているものは安価になる。それは、商いの大原則だ。

「ガルクハインでは五グラム五万ゴールドの純金が、他国では五グラム十万ゴールドで売れるなら、みんなガルクハインの金貨を他国に持ち出しますよね。外貨として使うのではなく、金を含んだ貴金属として売買する……」

「ああ。そして通常の品物と違い、この『輸出』を国の判断で制約することは難しい。貨幣というものは、持ち運んで当然の代物だからな」

ガルクハインの金貨を他国に持ち出し、黄金として売り払う人間は絶対に現れる。その人物は、他国の貨幣を手にして戻り、それをガルクハインの両替所に持ち込むのだ。

外貨は当然、ガルクハインの金貨へと交換される。その人物が得た金貨は、最初にガルクハインから持ち出した金貨の量よりも多くなるはずだった。

「そうして他国にどんどん金銀が持ち出されたら、たとえガルクハインだって、あっというまに金銀不足に陥ってしまいます」

　ガルクハインの金銀産出が安定しているからこそ、他国との価格に差が出るのは避けられない。

かといって、金貨や銀貨の価値に関わるような物の値段を、安易に上下させることも難しいのだ。

（金や銀の産出が安定していて、いきなり高騰しない国ほど、こういうときに危険が高いわ）

　かつての人生において、金脈を持つ国が実際にそんな状況に陥っているのを、リーシェは確かに目にしている。

　その際のコヨルは、金銀が産出できない理由として、ガルクハインとの戦争に男手を割くために鉱山を閉鎖したとしていた。しかし実際は、その鉱山が枯れていたのだ。

　こうなれば、たとえ戦争が回避できたとしても、各国での金銀高騰は避けられない。

「ガルクハインでも、貨幣の改鋳は定期的に行っていらっしゃるのでしょう？」

「贋金《にせがね》の製造を防ぐために、どうしても必要になるからな。今回手に入れたコヨルの事情を鑑みれば、いまのうちにこれを行っておくべきだろう」

「ガルクハインの通貨を、金銀含有量が少ないものに作り替えるご予定なのですか？」

　アルノルトは、その視線を海の方へと向けた。

　彼にしては、何処か曖昧な響きを持った返事だ。

「……そうだな」

「そうすれば、これまでより少ない量の金銀で、金貨や銀貨を製造できる。……余剰になった金銀を他国に回してやれば、極端な高騰は抑えられるだろう」

「他国の救済は、ガルクハインにとっても必要なことですね」

「この国が豊かであるためには、貿易などを行う相手国も裕福でなければならないからな」

アルノルトの考える国政は、やはりリーシェの知る商いに似ている。

商人だって、富を独り占めするのは愚かな策だ。ひとりだけ資産を持っていても意味がなく、周りのみんなに余裕がなければ、自分に新しく入ってくる利益は何もない。

「アルノルト殿下が、この街の両替所を回っていた最大の理由は、他国の金銀相場に変動がないかを探るためですか？」

「そうだと言ったら？」

アルノルトがふっと笑い、リーシェの渡した書類を中指の背で弾く。

「よくもまあ、俺の欲しかった情報を見抜いたものだ。ヒントを与えたつもりはなかったが」

（だって、私は未来を知っているもの）

原因が隠されていたとはいえ、コヨル国が金銀を輸出しなくなることも、それによって各国で経済混乱が起きたのもこの目で見ている。そんな未来から逆算し、アルノルトの行動を眺めていると、なんとなくの想像には辿《たど》り着けるのだ。

リーシェからしてみれば、いま現在起きていることの情報しかないにもかかわらず、的確に動けるアルノルトの方に驚いてしまう。

（……いいえ。アルノルト殿下にも、ひとつだけご存じの未来があるわね）

数年後、経済的な混乱があちこちで起きることについては、最大の原因が別にある。

それは、アルノルトの起こす戦争だ。

世界を巻き込んだ戦いによって、弱小国は疲弊し、大国は多額の軍事費を投じることになる。

（殿下の行動には、いずれご自身が戦争を起こすという前提があるのかもしれない……）

リーシェはそっと目を伏せた。

色々行動をしてきたつもりでも、結局はまだ、何も変えられていないような気がする。

（アルノルト殿下がこの街に来た目的は、本当に改鋳のためなのかしら）

ちりちりとした焦燥が燻《くすぶ》り、思わず深呼吸をした、そのときだ。

「あ」

被っていた帽子が、吹き抜けた海風に飛ばされた。

リーシェは慌てて立ち上がり、遠くに飛んでしまった帽子を追いかける。すると、ちょうど城に通じる階段から、ひとりの人物が下りて来た。

「やあ。すっかり雨が上がりましたね」

「……カーティス殿下」

リーシェの帽子を拾い、赤い瞳をにこりと細めたラウルが、こちらに向かって歩いて来た。

「海辺を散歩したいとご相談したところ、こちらの浜をご案内いただきましてね。――お二方がいらっしゃるとは思わず、お邪魔して申し訳ありません」

（また、分かりやすい嘘を……）

リーシェたちが砂浜にいることを、ラウルが気付かなかったわけがない。

けれども彼は、髪やドレスの濡れているリーシェを見てくすっと笑い、帽子を差し出してくる。その笑い方も、本物のカーティスそっくりだった。

「どうぞ」

「……ありがとうございます」

お礼は言うものの、受け取るにあたって警戒する。ラウルの向けるまなざしが、こちらの動きを観察するようなものだったからだ。

狩人人生のラウルは信用していたが、いまのラウルは目的が分からない。この視線の中では慎重に近付くべきだろう。そう思っていると、リーシェの隣から手が伸ばされた。

「アルノルト殿下」

傍らに立ったアルノルトが、ラウルの差し出した帽子を取る。

「妻に代わって礼を言う。……リーシェ」

頭の上に、ぽすんと帽子を乗せられる。

それを両手で押さえ、しっかりと被り直しながら、アルノルトとラウルを順番に見上げた。

「ありがとうございます、おふたりとも」

けれどもふたりはリーシェを見ない。

カーティスのふりをしたラウルは、にこやかな笑みのままアルノルトに告げる。

「午前中は、ハリエットのために商人を呼んでいただきありがとうございました。ガルクハインの品々を、大変興味深く拝見したようですよ」

一方で、アルノルトはどうでもよさそうな無表情のままだ。

「それは何よりだ。他にも何か要望があれば、気兼ねなく申されるがいい」

「それでしたら、是非ともリーシェ殿とお話をさせていただきたく」

「……」

ラウルはリーシェに微笑みかけながら、こう付け足す。

「妹から、リーシェ殿も大変な読書好きと聞きましてね。夕食後などに、語らいの場をいただければと思うのですが」

（どう考えても、話をすることが目的じゃなさそうだけれど……）

ラウルの視線が、再びアルノルトに向かう。

その瞬間、ラウルがアルノルトを観察している可能性に気が付いて、リーシェははっとした。

思い出されたのは、狩人人生での言葉だ。

『アルノルト・ハインは、手負いかもしれない』

アルノルトはいま、上着を脱いだシャツ姿であって、いつもより薄着になっている。

体の動きや癖を読み取るのは、薄着の方がやりやすい。

（アルノルト殿下の傷痕を、もしもラウルが見抜いたら……）

あれは、アルノルトにとって唯一の弱点であり、恐らくはあまり知られたくない傷痕だ。

それをラウルに暴かれたくなくて、リーシェは彼の注意を引くことにした。

「……もちろんですわ、カーティス殿下！」

明るい声でそう言って、にこにこしながら前に出る。

もちろん、リーシェより背の高いアルノルトを隠すことなど出来ないのだが、こうすることで少しでもアルノルトのことを守れればいい。

「カーティス殿下は、どのようなご本を読まれるのですか？」

「本と名の付くものであれば、いかような分野であろうとも。そこに文字が書かれていれば、なんでも手に取って読んでみたくなります」

確かにカーティスが言いそうな言葉に、リーシェは偽りの笑顔で頷いた。

「そのお気持ち、とってもよく分かります」

「リーシェ殿も同じとは嬉しいな。今日のような夏の日は、木陰に寝そべって読書をしたいものです。傍らに甘い菓子でもあれば、言うことはありませんね」

なお、ラウルは甘いものが嫌いである。

本物のカーティスは甘党だから、それを演じているのだろう。しかし、ラウルの内面を知っているリーシェにとって、あまりにも白々しい会話でしかない。

（たとえ表面的なやりとりでも、なんとかしてアルノルト殿下から注意を逸らさないと……！）

だが、張り切るリーシェの努力も虚《むな》しく、ラウルは再びアルノルトに微笑みかける。

「本当に素晴らしい婚約者殿だ。アルノルト殿が実に羨ましい」

（どうしてこの流れで、アルノルト殿下を挑発するような笑顔を向けるのよ……!!）

笑顔を張り付けたまま、心の中で抗議した。

後ろのアルノルトが、どんな顔をしてラウルを見たのかが分からない。リーシェがさり気なく振り返ろうとする前に、ラウルが続けた。

「報せを受けたときは、とても驚きました。あのガルクハインの皇太子殿下が、他国のご令嬢と突然の婚約を発表なさった上、婚姻の儀がたったの三ヶ月後だとは」

赤い瞳が、リーシェの後ろにいるアルノルトを見上げる。

「随分と急なお話ですね。それだけ、婚約者殿に夢中だということでしょうか？」

「……」

その瞬間、空気が冷えたような心地がする。

恐らくは、アルノルトがラウルを静かに見据えたのだろう。

聞いているのが居た堪《たま》れなくなり、リーシェは話を逸らそうとする。

「あの、カーティス殿下。話は変わりますけれど、ハリエットさまは……」

しかし、リーシェの言葉は遮られた。

そうしたのは、目の前にいるラウルではなく、後ろに立っているアルノルトの方だ。

「──ああ、そうだ」

「！」

伸びて来た手に、腰をぐいっと抱き寄せられる。

アルノルトはそのまま身を屈めると、彼が被せたはずの帽子を取り、後ろからリーシェの耳元にくちびるを寄せた。

そして、ラウルを見ながらこう口にする。

「一目見た瞬間から、彼女に惚《ほ》れ込んで仕方がなかった」

「——……っ!!」

その言葉に、リーシェの左胸がずきりと痛んだ。

体が硬直したことは、当然アルノルトに気付かれただろう。けれどもアルノルトは構うことなく、リーシェの鼓膜へ刻むような低い声で、ゆっくりとラウルに告げるのだ。

「心底手に入れたいと願い、手段を選ばずに求婚して、それを承諾させている。…………婚姻を急いでいるのは、一刻も早く妻にしたいという想《おも》いからだ」

「で、殿下……」

アルノルトの手から逃れようとすると、今度は左手が捕まった。

後ろからアルノルトの手に繋がれて、指同士を絡められる。

「こうでもしなければ、他の男に奪われてしまいかねないからな」

「……っ」

言葉だけならば、くらくらするほどに熱烈な囁きに聞こえるかもしれない。

だが、リーシェはちゃんと気が付いていた。

アルノルトの言葉には、明確な嘘の響きがある。

もちろん、アルノルトはそれを隠せなかったのではなく、恐らくはわざと隠していないのだ。

いま紡いでいる言葉は、目の前の男に告げるための偽りなのだと、リーシェに悟らせるためにそうしている。

（……大丈夫）

リーシェはこくりと喉を鳴らす。

（問題なく、殿下の意図を汲めているわ）

婚姻の儀までの期間が短いことは、リーシェも当然気になっていた。なにしろ求婚をされたのが五の月で、儀式は八の月の中頃だ。

リーシェは元々、最初の婚約者であるディートリヒとの婚姻を、この年の九の月に行うことになっていた。そのお陰で、花嫁衣装《いしょう》などの用意はある程度進んでいたものの、ガルクハイン側はそうではなかっただろう。

儀式の準備は元より、各国から賓客を呼ぶにあたっても、かなりの無理をしたと聞いている。大国ガルクハインの招待だからこそ、他国の王侯貴族たちも参列を表明してくれたのだ。

合理的な性格のアルノルトが、なんの考えもなくそんなことをするはずがない。

ましてや、いま彼が口にしたような恋慕などが、そんな行いの理由になるわけもないのだった。

そのことを、リーシェは理解している。

「……リーシェ殿は、きっと幸せな花嫁になられるのでしょうね」

ラウルが、リーシェにだけ分かる、ほんのわずかに引き攣《つ》った笑みでそう言った。

彼の余裕が崩れるのは、狩人人生も含めて初めて見る。リーシェの後ろにいるアルノルトが、それほど強くラウルを睨んだのだろうか。だが、ラウルはすぐに取り繕い、柔和な表情を浮かべる。

「妹のハリエットは、幼い頃からファブラニアとの婚姻が決まっておりまして。私は、妹にそれを強いている立場でありながら、身勝手にも心配しているのです」

そして、小さく肩を竦めた。

「なにせ、政略結婚で幸せになれる夫婦は少ないですから」

「……そうだな」

アルノルトの声に、僅かな嘲笑が滲んだような気がする。

「権力の差で相手国を追い詰め、政略結婚を迫るなど、唾棄すべき行為に他ならない」

リーシェが彼を振り返る前に、奪われていた帽子が再び頭に被せられた。

「リーシェ。カーティス殿との本の話に、興味があるか」

「……はい」

実際はそれほどでもないのだが、ラウルの注意をアルノルトから逸らしたい。

そう思って頷くと、リーシェが見上げたアルノルトは、穏やかな視線をこちらに向けた。

「ならば、行ってくるといい」

その言葉には、やはり自分は一線を引いたような、そんな意味合いが込められている。

やさしい声音に、同じくやさしい表情だけれど、確かにそれが感じられた。

「俺はひとまず公務に戻る。何か用件があれば、執務室に……」

「アルノルト殿下！」

歩き出そうとしたアルノルトの手を、リーシェは迷わずに捕まえる。

「――……」

振り返ったアルノルトが、驚いたように目を丸くしていた。リーシェはその手をぎゅうっと繋ぎ、勇気を出して指を絡める。

（アルノルト殿下のさっきの言葉に、どんな意図があろうと関係ないわ）

いまはただ、自分がやるべきことをやるべきだ。

それから、『やりたいこと』にだって手を伸ばしてみせる。そして、そのひとつには、こうしてアルノルトの手を取ることも含まれているような気がしていた。

「アルノルト殿下も、一緒がいいです」

「…………」

真っ直ぐに告げると、アルノルトは僅かに眉根を寄せる。

それに対抗するために、もう一方の手もアルノルトの手に重ね、両手でくるむようにした。

だが、アルノルトは返事をしてくれない。

これはひょっとして、当たり前のように断られる流れだろうか。そのことを危惧したものの、アルノルトはひとつ息をついてからこう言った。

「……時間が空けばな」

「！」

その返事に、ぱあっと嬉しい気持ちになる。

リーシェは安堵《あんど》したあとで、自然な笑みをアルノルトに向けた。

「とりあえず、お城に戻って着替えましょうか。ずぶ濡れで大惨事になっちゃいましたし」

「――ああ」

「それではカーティス殿下、私たちはこれにて失礼します」

アルノルトと手を繋いだまま、にこにこしながら振り返る。

そのあとでぱっと笑顔を消し、ラウルに向かって牽制の一瞥《いちべつ》を向けた。

「ご機嫌よう」

「……ええ、リーシェ殿」

ラウルはふっと目を細め、リーシェにだけ分かるような含みを向けてくる。やはり目的が分からないものの、リーシェはひとまず、アルノルトと一緒に歩き出すことにした。

砂浜に残ったラウルが、小さな声で呟いたことなどは知る由もない。

「美男美女。……世間的に見れば、お似合いのふたりなんだろうけど」

ラウルの顔には、獲物を狙う狩人のような笑みが浮かんでいた。

「なーんか、危なっかしいご夫婦だよなあ……？」

第三章

城に戻り、アルノルトと離れたリーシェは湯浴《ゆあ》みをすることにした。

海水と日焼け止めを洗い流し、自作の石鹸《せっけん》で全身をぴかぴかにする。明るいうちであれば、ひとりの入浴も怖くない。

そして浴室を出たあと、すっかり髪も乾いたところで、書斎代わりにしていた部屋の扉がノックされた。

入室した侍女のエルゼが、ぺこりと丁寧に頭を下げる。

「リーシェさま。アリア商会のタリー会長から、品物が届きました」

「ありがとう。エルゼの見立てはどうかしら？」

「はい……！　タリー会長は、すごいです」

顔を上げたエルゼは、無表情の中でもきらきらと瞳を輝かせながら言う。

「届いたものは、私が思っていた通りでした。朝にお願いしたものが、夕方に届くだけでびっくりなのに、お願いしたものにぴったりで……」

エルゼの様子を微笑《ほほえ》ましく思いつつ、リーシェは立ち上がり、そのまま移動することにした。

先方にはすでに話を通してある。しかし、リーシェがその部屋を訪れると、彼女は心底驚いたような反応をした。

「りっ、りりり、リーシェさま……!!」

大慌てで立ち上がろうとしたハリエットが、膝をごつんとテーブルにぶつける。リーシェが「大丈夫ですか!?」と駆け寄ると、ハリエットは泣きそうな声で言った。

「な、なぜ、どうして私のお部屋にリーシェさまが……!　わざわざご足労いただくなんて、申し訳ないです、本当に生きててごめんなさい……!!」

「お、落ち着いてくださいハリエットさま。お時間をいただきたい旨は、侍女を通して申し入れをしたはずなのですが……」

ちらりと侍女長を見上げれば、きちんと髪を結わえた彼女は、きりっとした表情でこう言った。

「事前にお知らせしていては、待ち時間の緊張で寝込んでしまいかねませんので」

決して大袈裟《おおげさ》ではないその響きに、リーシェは苦笑した。

「ごめんなさい、どうしてもハリエットさまとお話がしたくて。――それとは別に、侍女長さまにもお願いしたいこともあるのです」

「あ。そ、それは聞きました。侍女の仕事について、リーシェさまの侍女に、お教えすると……」

「承知しております。まだ経験の浅い少女たちに、私の経験談をお伝えすれば良いとのこと。私とてまだまだ学びの途中ではありますが、精一杯励ませていただきます」

「ありがとうございます、侍女長さま！　私の侍女たちも、とても喜んでおりました」

侍女たちは仕事に慣れてきて、少しずつだが文字も覚え始めたところだ。そうなると、学ぶことが楽しくなるのだろう。侍女長の話を聞いてみたいか尋ねたところ、全員の手が上がった。

「それでは、行ってまいります。――そこのあなた、お任せして悪いけれど、お願いね」

扉の横に立っていたエルゼが、神妙な面持ちで頷《うなず》いた。

侍女長がいなくなると、ハリエット用の客室には、三人が残される。

「ハリエットさま。いま、何か欲しいものはありませんか？」

そんな問い掛けをしながら、リーシェはそっと長椅子に腰を下ろす。

隣のハリエットは、それによってますます緊張したようだ。しかし、リーシェが穏やかに待ち続けると、やがてゆっくりと口を開いた。

「と、特には……！　ガルクハインはその、素敵なところで、お部屋も綺麗《きれい》で。私、こういうとき、なにも話を広げられなくてごめんなさい……」

「ご安心を。お喋《しゃべ》りの話題作りなどでなく、私は心から知りたいのです。もしも願いが叶《かな》い、欲しいものをいくらでも手に入れられるとしたら、ハリエットさまは……」

「――たくさんの本を」

はっきりと返ってきた言葉に、リーシェは少しだけ目を丸くする。

「読んでも読んでも終わらないくらい、いっぱいの本が欲しいです。……で、でも、読みきれないくらいの本を手に入れて独り占めするなんていけないことですね。私は、本を独占するのではなく、本が好きなすべての人たちと分かち合いたい……」

ハリエットは嬉《うれ》しそうにそう言って、空想を抱きしめるように俯《うつむ》いた。

（やっぱり、今ここにいるハリエットさまが、ご自身の宝石やドレスを国外から買い集めるために

国庫を潰しただなんて思えない。……たとえ、この先に何が起きたとしても）

そうして更に、確かめたかったことを尋ねてみた。

「――先ほど、ご自身のお顔立ちについてのお話をされていましたよね」

アリア商会の品々を前にして、ハリエットは言ったのだ。『私の顔をお見せしたら、陛下から破談を言い渡されてしまうかもしれません』と。

彼女はやはり、自分の顔を隠すために、前髪を長く伸ばしているらしい。

「もしやファブラニア国王陛下が、ハリエットさまにひどいことを仰《おっしゃ》ったのですか？」

「ひ、ひどいことだなんて……!!　あのお方は、事実をありのまま口になさっただけで……！」

ハリエットは、どこか空元気のような明るさで、口元にぎこちない笑みを貼り付けながら言う。

「幼いころに、ウォルター陛下との結婚が決まって……。あるとき、まだ存命だった母と一緒に、ファブラニアへご挨拶に行ったのです。その時は浮かれちゃって、ついつい似合わないおめかしをして……は、恥ずかしいですよね」

その言葉に、リーシェは眉を顰《ひそ》めた。

「な、何度思い出しても、身の程知らずというか。私なんかが、着飾って美しいお人形のようになれるはずもないのに、馬鹿だったんです。目つきが悪くて、人を不快にさせる顔を、どうしてウォルター陛下にお見せできたのか、自分でも不思議なくらいで。えへへ……」

傷ついた心を誤魔化すような、乾いた笑いだ。

「……恥ずかしいのは、他人を傷つけた側であって、傷つけられた側ではありません」

ハリエットが、びくりと肩を震わせた。

(きっと、ハリエットさまが今ご自身で仰ったことを、ファブラニア国王陛下が口にしたのだわ)

声に出すのを堪《こら》え、リーシェは続ける。

「ハリエットさま。目つきが悪い、というのは?」

「わ、私。気付くとぎゅっと顰《しか》めっ面をして、周りを睨《にら》んでしまうのです……。そんなつもりないのに、無意識に力が入ってしまって、怒っているみたいな、怖い顔になって」

その言葉に、薄々抱いていた想像が当たっていることを予感した。

「ありがとうございます。次の質問は、幼かった頃のハリエットさまにお聞きしたいのですが」

「は、はい……?」

「対面のときのおめかしをした際。――小さなハリエットさまは、嬉しかったですか?」

ハリエットから、息を呑《の》むような気配がする。

「わ、私は、いえ。……思い出すと本当に、自分が恥ずかしくて……」

俯いた彼女の手を、リーシェは柔らかく包むように握った。

「子供の頃のハリエットさまも、同じお気持ちで?」

小さなくちびるが、ぎゅうっと結ばれる。

ハリエットは恐る恐る俯くと、泣きそうなほどに小さな声音で、絞り出すように呟《つぶや》いた。

「照れ臭かった、です。……でも、恥ずかしくはなかった。どきどきして、あの方に、少しでも。……この結婚が、嫌じゃないと、思ってもらえたらって」

「……ハリエットさま」

「ほ、本当はウォルター陛下は、ガルクハインの姫君と婚約なさりたかったのだそうです！　でも、それは叶わなかったと、聞かされていました」

思わぬ事実にリーシェは驚く。だが、いまはハリエットの問題が先だ。

「……ハリエットさまは、元々お洒落《しやれ》が嫌いでいらしたわけではないのですね？」

リーシェがくるんだハリエットの手は、僅かに震えている。

「み……みっともないって、思ってはいるんです。いまの、だらしなく伸ばした髪で、顔を隠した私だって。……素顔の私と、同じくらいに」

ハリエットはゆっくりと、刻むように想《おも》いを話してくれる。

「でも、やっぱりみっともない……。私なんかが、『お洒落をして変わりたい』って思うこと自体が、おこがましくて恥ずかしい……！」

リーシェはハリエットの手を離すと、代わりにそうっと彼女の頭を撫《な》でる。

「り、リーシェさま？」

「ごめんなさい。……お辛《つら》いことを、話させてしまって」

ハリエットが、前髪の下でぱちぱちと瞬《まばた》きをしたような気配がした。

「私が震えているときも、頭を撫でて下さる方がいて、とても安心したのです」

昨日、幽霊を怖がるリーシェに対して、アルノルトがそうしてくれたことを思い出す。

ハリエットの金髪は、やはりちゃんと手入れされており、絹のような手触りだ。

ハリエットはぽかんとしながらも、思わずといった様子で口を開く。

「ふ、不思議ですね。……安心、出来るような気が、します」

「それはよかった」

ほっとして微笑むと、ハリエットは気恥ずかしそうに俯いて口を開いた。

「……リーシェさま、でもあの、どうして私なんかにこんな……」

「ごめんなさい。でも、どうしても放っておけなくて」

金色をした彼女の髪を、するりと撫でる。

「僭越《せんえつ》ながら申し上げます。ハリエットさま」

そうして彼女を見つめながら、リーシェはきっぱりとこう告げた。

「――――あなたの瞳は、乾燥しています」

「…………はえ？」

聞き間違いだろうか、という反応が返される。

しかし、決して聞き間違いでも言い間違いでもない。リーシェは明確な意思を込め、彼女にもう一度説明した。

「恐らく絶対に乾いています。恐らくは時間が空けば必ず本を読み、夜遅くまでランプの灯《あか》りで読書をなさっているでしょう？　花嫁修業の最中ですし、侍女長さんが厳しそうですから、起きていることが気づかれないように月明かりで読んでいる可能性もあるとお見受けしました」

「ひっ、ひええっ、どうしてそれを……!!」

「人は、手元の作業に集中すると瞬きの回数が減り、眼球の表面が乾きやすくなるのです。そこにきてこの前髪。目に大変な負担をかけるばかりか、細かい傷の原因にもなりかねません」

大真面目な顔で話すリーシェの言葉に、ハリエットがどんどん青褪《あおざ》めていった。

「試しにハリエットさま。目を開けたまま、十秒以上瞬きをしないでいられますか？」

「む、無理です、想像しただけで無理です……!!」

「普通の方は、まったく問題なく開けていられるのです」

思いっ切り衝撃を受けたらしいハリエットに、リーシェは言い重ねる。

「眼球が乾燥し、表面に細かな傷の入った状態が続くと、眩《まぶ》しさを感じやすくなります。それに、なるべく乾燥しないようにと、目の開き方に制限が掛かってしまう。眉間にぐっと力が入り、無意識に顔を顰めることになるのです」

昨日の街歩きの際にハリエットはずっと俯きがちだった。

彼女の性格もあるだろうが、恐らくそれだけが理由ではない。ヴィンリースの港町は、街中の壁が白く塗られ、夏の陽光を跳ね返しているのだ。

彼女の目に、それはあまりにも眩しかっただろう。

少しでも刺激から逃れるため、反射の少ない足元を見ながら歩いていたとも考えられる。

「私には少々、薬学の心得がありまして。……少しでも、ハリエットさまの健康のお役に立ちたいと、そう願っています」

「あ、あえ、それは……」

「お洒落をしたいけど、そう願うことすら恥ずかしく感じると仰るのなら。――『健康のために』と、そんな理由をきっかけになら、勇気を出していただけますか？」

「……っ」

「エルゼ」

リーシェが呼ぶと、扉の横に控えていたエルゼがすっと前に出る。

彼女の傍《そば》に置かれた箱には、エルゼが先ほどアリア商会に注文してくれた、数枚のドレスが抱えられているのだ。

直後、ハリエットのか細い悲鳴が、客室に儚《はかな》く響き渡った。

＊＊＊

「まったく。あのお方と来たら……！」

「ハリエットさまをお叱りにならないでください、侍女長さま」

数歩後ろについてくるのは、ハリエット付きの侍女長だ。髪をきっちりと後ろにまとめ、真《ま》っ直《す》ぐ伸ばした背筋で歩く彼女に対し、リーシェは頼み込む。

リーシェは苦笑しながら、城内を歩いていた。

「侍女長さまは私にお迎えに行かせてくださいと、私からハリエットさまにお願いしたのです。侍女たちの様子を、こっそり覗《のぞ》いてみたかったので」

「ま……まあ、そういうことでしたら。それにしてもリーシェさまの侍女たちは、まだまだ未熟そうではあるものの、みな意欲が高く素晴らしいですね」

「はい！　私の大切な、誇らしい侍女たちです。御指南ありがとうございました」

すると、侍女長は神妙な面持ちで言った。

「これくらいは当然です。リーシェさまには、ハリエット殿下を護衛いただいたのですから」

護衛に関しては、リーシェが「やりたい」と申し出たことなのに、一種の責任のようなものを感じているらしい。

「シグウェル国の女性騎士も合流しましたし、ファブラニアの騎士たちは体調も回復してきたようです。全員とは参りませんが、明日には数名がハリエット殿下の護衛に復帰するかと」

本当は体調が安定したとしても、体力が回復するまでは休養するのを勧めたいところだった。しかし、他国の警備に口を出すことも出来ず、進言程度に留《とど》めておくしかない。

リーシェは仕方なく、世間話を切り出すことにする。

「侍女長さまは、シグウェル国のご出身ですよね？」

ハリエットとの会話のためにも、シグウェル国の話を聞いてみたい。

そう思っていたのだが、侍女長は意外そうな表情でリーシェを見つめる。

「……どうして、私がシグウェルの人間だと？」

「もしや、秘密になさっていたでしょうか」

「いいえ、そういうわけではありませんが……特にご説明をしていなければ、皆さま私のことを、元よりファブラニアに仕える侍女だと感じられるようでしたから」

侍女長はそう言って、どこか冷たい印象の目を伏せた。

「恐らく、私がハリエット殿下に接する様子を見て、そう判断なさるのでしょうね」

リーシェがぱちぱちと瞬きをすると、侍女長はこんな風に話してくれた。

「私は、亡くなられた王妃殿下……つまるところ、ハリエット殿下のお母君であるお方のご実家にお仕えしておりました。王妃殿下が輿入《こしい》れなさるまでお世話をし、あの方が王室に入られたあとは、ご実家の公爵家に残ったのです」

「では、ハリエットさまやカーティス殿下とのご面識は……」

「ハリエット殿下には、ファブラニアに嫁がれることが決まった際、花嫁修業のお供としてお選びいただいたときにご挨拶を。カーティス殿下には、この度初めてお目に掛かっております」

そうなれば侍女長も、ここにいるカーティスが偽者だとは知らないだろう。リーシェが『繰り返し』を経験していなければ、ラウルのことに気付けるのは、ハリエットのみだったことになる。

「ハリエット殿下に初めてお会いしたときは、絶望に近い感情をいだきました」

主君に向けるには強すぎる言葉に、リーシェは黙って侍女長を見遣《みや》る。

「シグウェル国は、それほど強い力を持ち合わせてはおりません。書物は豊富にあるものの、他国と渡り合うための武器のない国」

侍女長は眉根を寄せ、厳格な表情で言った。

「シグウェル国にとって、ファブラニアとの関係は重要なものです。しかし、その要となるハリエット殿下があのように頼りないご様子では、友好関係を築くどころではありません」

「ですが、ハリエットさまは変わりたいと仰っていましたよ」

「あの方がそんなことを？　……難しいでしょう。なにせ、非常にお心の弱い方ですから」

廊下の途中で、そんな言葉が落とされる。

「いまのままでは、シグウェル国の恥をファブラニア国に晒《さら》すだけになってしまいます。私以外の侍女たちは、ファブラニア王室より賜った者。ハリエット殿下との信頼関係は築けておらず、事務的な態度しか取りません。それも当然で、彼女たちも、あのハリエット殿下にお仕えしたいとは思えないはずですから」

リーシェはぴたりと立ち止まった。

そこはちょうど、ハリエットの部屋の前になる。扉の前で、リーシェは侍女長を振り返った。

「侍女長さま」

そして、にっこりと笑いかける。

「『変わりたい』と思うことこそ、すでに変化が始まっている証《あかし》です」

「……それは……」

扉に向き直り、こんこんとノックを重ねるも、中から返事は返ってこない。

その代わり、複数人の話し声が聞こえてくる。侍女長もそれに気付き、扉を強く睨み付けた。

「なんでございましょう。なんだか、妙に騒がしいような」

「ふふ。……ハリエットさま、開けますね」

リーシェがそうっと扉を開けた瞬間、中から明るい声がする。

「ああ、本当にお綺麗ですわ！」

そんな少女の声に、侍女長の眉がぴくりと跳ねた。

「お肌が白くて本当に綺麗。お化粧荒れもしていませんね……」

「ドレスもとてもお似合いです。夏らしくて、爽やかで！」

聞こえてくるのは侍女の声だ。侍女長は数秒ほど沈黙を置いたあと、慌てて部屋に飛び込んだ。

限界まで両目を見開いて、侍女長が窓辺の女性を見遣る。

「は、ハリエット殿下……!?」

そこには、すっかりと装いを変えたハリエットが立っていた。

前髪を編み込みにし、サイドにまとめて額を出したハリエットは、オリーブ色の瞳を恥ずかしそうに伏せている。若草色をした涼しげなドレスは、全体的に細身のシルエットで、ハリエットの持つ上品さを引き立てていた。

「あのう、これはその、あの……」

落ち着きのない瞬きを繰り返すハリエットを見て、侍女長が呆然《ぼうぜん》と彼女を見つめる。

ボリュームを抑えながら梳《と》かした金髪は、大きめのコテを使って緩やかに巻かれていた。ハーフアップにし、下ろした部分の髪は曲線の動きをつけることで、ふわふわと軽やかな印象になっている。ハリエットが深く俯くと、甘い香りの香油をつけた髪が揺れた。

周りを囲んでいるハリエット付きの侍女が、にこにこしながら口を開く。

「こちらのドレス、最近流行の形ですよね。とても清楚《せいそ》な印象で、おやさしそうな雰囲気のハリエット殿下にお似合いですわ」

「う、あ……！　あり、ありがとう、ございます……」

ハリエットはもじもじしながらも、侍女に対して丁寧に頭を下げた。

そのあとで、ほっとしたようにリーシェの方を見る。

ハリエットの顔《かんばせ》に、やさしそうな雰囲気のお化粧を施したのは、リーシェである。

薄く白粉《おしろい》をはたき、眉を整えて、彼女のくちびるを薔薇《ばら》色に塗った。目元以外はそれだけだが、瞼《まぶた》や目のラインには、いくつかの工夫を施している。

それは、ハリエットが長年悩んでいた吊り目《つめ》の形を、柔らかい印象に変えるものだ。

化粧筆で何箇所かを書き足して、影に見える部分を作り、反対に光を集めるような色を置いた。

リーシェがそうしてゆくうちに、ハリエットの表情はどんどん明るくなっていったのだ。

『――自分の顔の中で、嫌いな部分を隠すことが出来るのも、お化粧の効力のひとつです』

鏡の中の自分へ釘付《くぎづ》けになっているハリエットに、リーシェはそのことを説明した。

本当は、別の効力についても知ってもらいたい気持ちもある。けれど、いまのハリエットに受け入れてもらいやすいのは、『隠す』方の化粧だろう。

侍女長は、目の前にいるハリエットのことを、難しい顔で見つめている。

「ハリエット殿下、そのお姿は……」

「ご、ごごご、ごめんなさい……!!　ええとっ、その、変でしょうか……!?」

侍女長がその目を丸くする。彼女が驚いた理由について、リーシェもなんとなく分かる気がした。

きっと今までのハリエットであれば、『変ですよね』と自虐で断定していただろう。

けれど、いまのハリエットは違っていた。

一番近くにいる侍女長こそが、その変化をもっとも理解しているはずだ。俯いたまま、怯《おび》えるように肩を震わせているハリエットは、それでも上目遣いに侍女長を見ている。

オリーブ色をしたその双眸《そうぼう》は、分厚い前髪に隠れていない。

それを真っ直ぐに見下ろして、侍女長はゆっくりと口を開いた。

「…………お綺麗ですわ。ハリエット殿下」

「!!」

ハリエットの顔が、泣きそうに歪《ゆが》む。

それは、恥ずかしそうな想いの滲《にじ》み出た表情だ。けれど、それ以上にはっきりとしているのは、大きな安堵《あんど》の感情だった。見ていたリーシェも嬉しくなって、ハリエットに言う。

「申した通りでしょう？　ハリエットさま。きっと侍女長さまも、褒めて下……」

「です、が!!」

ぴしゃりと叱り付けるその声音に、ハリエットの肩がびくりと跳ねる。

「ハリエット殿下、一体なんなのですその姿勢は!?　何度も申し上げているでしょう、猫背にはお気を付けくださいと！」

「はっ、はいいい!!」

「背筋を伸ばす、胸を張る！　そうでなければ、せっかくの装いも台無しですわよ！」

ハリエットはあわあわと動揺しながら、慌てて背筋を伸ばそうとしている。

そのやりとりがなんとなく微笑ましくて、リーシェはくすくすと笑うのだった。まさか、こうしてはにかんだハリエットの顔が、すぐさま曇ることになるとは思わない。

事件が起きたのは、それから一時間後のことだった。

＊＊＊

「本当に、ごめ、ごめんなさい……」

ヴィンリースの街の片隅で、泣きそうなハリエットが頭を下げる。

夕暮れ前のやわらかな陽光が、金色の髪に当たって美しい。ハリエットの消え入りそうな謝罪の声に、リーシェはにこにこと首を横に振った。

「大丈夫ですよ。お気になさらず、ハリエットさま」

「いーいえ！　ハリエット殿下は、くれぐれも反省なさいますよう。貴女《あなた》さまが『夕食までの時間、街で買い物をしてみたい』と仰ったから、リーシェさまがお付き合い下さっているのですよ？　ご自身で持ち物のお支度をなさると仰るから、感動してお任せしたらこの有り様……！」

眉間に皺《しわ》を刻んだ侍女長が、大きな溜《た》め息《いき》をつく。

「ガルクハイン金貨の入った袋ではなく、ファブラニア金貨の袋を侍女に持たせるとは……」

ハリエットの項垂《うなだ》れ方は、頭の上にずうんと重石《おもし》が乗っているかのようだ。そんな主君へ追い討ちをかけるように、侍女長が言い重ねる。

「ファブラニア金貨では、ガルクハインのお店で買い物などできません。両替所のある街だったからよかったものの……」

「そう！　ここが両替所のある街だから、問題は一切ございません」

侍女長とハリエットの会話に割り込んで、リーシェはハリエットに微笑みかけた。

「ハリエットさまの侍女さんが、ガルクハイン金貨への両替をして下さっていますから。それが終わったら、夕食までのお買い物を楽しみましょう」

「う、あう、ありがとうございます……」

「リーシェさまの寛大なお言葉、心より有り難く存じますわ。ハリエット殿下、くれぐれもそれに甘えたりなさいませんように」

侍女長の厳しさに苦笑しつつ、リーシェはちらりと後ろを振り返る。

リーシェたちが侍女を待っているのは、両替所のある建物のすぐ傍だ。邪魔にならない隅にいるとはいえ、通行人の視線を集めてしまうのは、十人以上の大所帯になっているからだろう。

その理由は、「体調が回復した」というファブラニアの女性騎士たちが、五名ほど買い物に同行しているからだった。

当然ながら、ラウルの連れてきたシグウェル国の護衛も傍にいる。これ以上目立つことも避けたいため、リーシェに普段ついている護衛騎士は、城で留守番をしてもらった。

（ファブラニアの騎士とシグウェルの騎士に、アイコンタクトや会話の様子はないわ）

どうやら、互いに協力してハリエットを護《まも》ろうというのではなく、あくまで個々の任務についている認識のようだ。

（シグウェル国の騎士よりも、ファブラニアの騎士の方が練度が上ね。――ファブラニアの国王陛下は、婚約者さまにしっかりとした護衛をつけていらっしゃる）

リーシェは少しだけ考え込んだ。

（ファブラニア国王は、ハリエットさまにたくさんのお小遣いを渡して、ガルクハインで自由に買い物などをして過ごしてくるようにと仰ったのよね。……そしてハリエットさまの護衛には、数少ないはずの女性騎士の中でも、優秀な人材を選んでいるように見える）

幼いハリエットを傷つけたのは、ファブラニア国王の言葉によるものだ。しかし、いま現在のファブラニア国王は、行いだけならばハリエットを大切にしていると言えなくもない。

頭を悩ませながら、視線を感じて顔を上げる。すると、リーシェがいる場所から離れたところの両替所前に、オリヴァーが立っているのが目に入った。

お互いの顔は見えるものの、会話をするには遠い距離だ。オリヴァーが微笑んで一礼したので、リーシェも同じく一礼を返した。

（オリヴァーさまはひょっとして、アルノルト殿下のお使いかしら？）

案の定、オリヴァーは両替所の中に入っていく。

アルノルトの話によれば、回るべきところは残り数軒だと言っていた。

とはいえ、リーシェが自分の調査を頼んでしまったために、アルノルトの仕事は増えてしまったはずだ。その結果、オリヴァーにも負担を掛けてしまうのを、申し訳なく感じた。

そのとき不意に思い出したのは、浜辺で交わしたアルノルトとの会話だ。

『ガルクハインの通貨を、金銀含有量が少ないものに作り替えるご予定なのですか？』

『……そうだな』

アルノルトにしては曖昧な返事だと、あのときに感じた。

それは一体どうしてなのだろう。アルノルトにはまだ、この件で秘密があるのかもしれない。

そんな思考を巡らせていると、不意にこんな声が聞こえてきた。

「ハリエット殿下。気を抜いてはなりません、また猫背になっていらっしゃいますよ」

「ひゃっ、ひゃい！」

裏返った声で返事をしたハリエットが、慌てたように背筋を伸ばす。だが、彼女がわざと背を丸めているわけではないことは、傍《はた》で見ているとよく分かった。

「どうしてそのような姿勢を取られるのです？　いつも申しておりますが、堂々となさいませ」

「うあ、その……」

悲しそうな表情のハリエットに代わり、リーシェはきっぱりと口を開く。

「侍女長さま。背中が丸まってしまうのは、決して心の根の問題ではございません」

「……と、いいますと？」

「――その問題を解決するのは、ハリエットさまの筋肉です！」

真面目な気持ちで言ったのに、ハリエットと侍女長はぽかんと口を開いた。

「筋……なんと仰いました？」

「背筋を真っ直ぐのままに保っておくのは、筋肉の力、つまりは体を支える力が必要なのです。ハリエットさまに足りないのは気合ではなく、筋力です」

リーシェは言い、自分自身のお腹《なか》を手で触りながら説明する。

「まずは腹筋。それから背筋。ハリエットさまの姿勢を拝見したところ、骨格の歪みにまでは至っていないようですが、二十歳を超えてくるとどんどん深刻になって参ります」

「し、深刻というと……」

「筋肉で体を支えられない結果、背中や首が丸まってしまうのです。負担が掛かっているので、その年数が長くなっていくにつれて、首肩や腰の痛みに繫《つな》がって参ります」

そこまで症状が進んでしまうと、日常生活にも影響が及んでしまう。

「ハリエットさま。座っているだけでお体が痛くなってしまうと、読書をするにも大変になってしまいますよ」

「ひい……!?　そ、それは、どうすれば防ぐことが出来るのでしょう……!?」

「まずは最低限の運動が必要ですが、『背筋を伸ばす』のも運動の一環です。礼儀作法ではなく、健康のための鍛錬と考えて、毎日少しずつ積み重ねていくのも良いかもしれません」

そしてリーシェは、両替所の白い壁に嵌《は》め込まれた、大きな窓を指さした。

「ハリエットさま。窓硝子《まどガラス》をご覧いただくと、ご自身のお姿が映っていますよね？」

自分の姿が見慣れないのか、ハリエットが戸惑ったように瞳を揺らす。

そこに映し出されたハリエットは、やっぱり美しい。

しかし、その姿は少々猫背気味で、侍女長はそれが気になったのだろう。

「背筋を伸ばし、胸を張ってみてください。……そう、お上手ですよ！」

「こ、この姿勢でいるだけでも、大変ですね……」

「最初はそうかもしれません。ですが、もう一度窓をご覧ください」

リーシェの言葉に従ったハリエットの目が、驚きに丸く見開かれた。

「あ……」

そこに映ったハリエットは、髪型もドレスも、数分前とはもちろん変わっていない。

けれどもはっきりと変化があった。

ドレスのシルエットはより美しく見え、体付きがすっきりと感じられる。胸を張って顔を上げたお陰で、顔付きも明るく見え、目元に施したお化粧がきらきらと輝いた。

「背筋を伸ばして胸を張るだけで、まったく違った印象になりませんか？」

「ほ、本当、ですね……？」

ぱちぱち瞬きを繰り返すハリエットに、微笑みながらリーシェは告げる。

「姿勢を美しく保つのは、慣れないうちは大変です。ですが、『力を入れているあいだは、着ているドレスが素敵に見えている』のだと思うと、ちょっとだけ頑張れるような気がしますよね」

ハリエットは、窓硝子に映った自分の姿を見つめたまま、リーシェの言葉をしみじみと噛《か》み締めたようだった。そして、自らが纏《まと》ったドレスを見下ろして、はにかんだように微笑む。

「……はい……」

「……!!」

その微笑みを目にしたリーシェは、慌てて侍女長に耳打ちをした。

「侍女長さま、いまのご覧になられました……!? ハリエットさまのはにかんだ笑顔、とても素敵でお可愛《かわい》らしく……!」

「な……なりません、まだまだですわ!! 他国で常ににこやかで愛らしくお過ごしいただくのは、外交に来ている以上当然のこと……!!」

「でも、素敵でしたよね？」

「ま、まあ、それはそうではございますが……!!」

侍女長はそう言ったあと、不覚を取ったようにはっとして、自身の口元を右手で押さえた。かといって、その発言を取り消すようなことはしない。もじもじしているハリエットと、侍女長のそんな様子を見て、リーシェはにこにこしてしまう。

(ハリエットさまが、少しでも楽しく過ごしてくださっているようで良かった。夕食前だしすぐにお城に帰らなくてはならないけれど……ハリエットさまに喜んでいただけるようなお店を、いっぱい回っておきたいわ)

ハリエットは、どんなお店が好きだろうか。

このあとの買い物について、リーシェはわくわくと想像を巡らせるのだった。

＊＊＊

王女ハリエットは、新しい装いのドレスの他に、小さな鞄《かばん》を手にしていた。

自分で買い物の支度をすると言い、それで用意した鞄である。侍女長と話すリーシェに背を向けたハリエットは、その鞄の留め金を開くと、人に見られないようにその中を覗き込んだ。

「……お金……」

そこには、数枚の金貨が入っている。

刻まれているのは、ガルクハインの国章である鷲《わし》の意匠が簡略化されたものだ。その羽の部分を、ハリエットは白い指でつうっと撫でた。

「ガルクハインのお金。……お金、お金、お金……」

そして、鞄を静かに閉じる。

彼女が紡ぐのは、ほとんど吐息と呼べるほどの小さな声だ。

海風と波音に搔《か》き消されるほどの声が、ぶつぶつと呟く。

「……このお金で、私の欲しかったものが手に入る……」

＊＊＊

数軒の店を見て回り、やがて夕暮れが訪れたころ、リーシェとハリエットは馬車を使って城へと戻った。エントランスホールについた際、出迎えの侍女が、そっと言伝《ことづて》をしてくれる。

「おかえりなさいませ、リーシェさま。早速ではございますが、オリヴァーさまよりご伝言で、アルノルト殿下がお呼びとのこと」

「ありがとう、すぐに執務室へお伺いするわね。ハリエットさま、また後ほど」

「はっ、はい、ありがとうございました……!!」

何度も頭を下げるハリエットと別れ、アルノルトの執務室へ向かう。

扉をノックすると、オリヴァーが迎え入れてくれた。

「失礼いたします、アルノルト殿下」

「ああ」

ペンを動かしているアルノルトは、シャツ姿に着替えている。襟元のボタンは外していて、普段は隠している傷痕が見えていた。そこへ、オリヴァーがやれやれと口を開く。

「聞いていただけますかリーシェさま。まったく我が君ときたら！　ちょっと目を離した隙に、何《な》故《ぜ》か着衣のまま海に浸《つ》かられたようで……」

「えっ」

リーシェはぎくりと身を強張《こわば》らせ、オリヴァーをぎこちなく振り返った。

「一体何があってそんな状態になったのか、問い質《ただ》してても話してくださらないんですよ。息抜きは是非ともしていただきたいですが、やんちゃをなさるのも……」

「あ、あのオリヴァーさま!!　その件については殿下でなく、私が……」

「……リーシェ」

オリヴァーが見ていない隙に、アルノルトがくちびるの前に人差し指を立てる。

恐らくは、「秘密にしろ」という意味なのだろう。

（うぇえ……？）

無表情だが、まるで悪戯《いたずら》をしたあとの子供のようだ。

アルノルトがオリヴァーに叱られたのなら、リーシェは事情を話さなければならない。

だというのに、そんな仕草をされてしまっては、この場で強行するのは難しかった。

（どうして内緒になさりたいのかは、分からないけれど。……オリヴァーさまには、アルノルト殿下のいらっしゃらないところで、真実を話して謝罪しなきゃ……）

そう思っているところへ、オリヴァーがリーシェを呼んでくれた。

「リーシェさま、こちらの長椅子へどうぞ。……我が君も」

アルノルトが立ち上がり、低いテーブルを挟んで置かれた長椅子の片方に腰を下ろす。

隣に座るよう促され、リーシェもその横にちょんと座った。アルノルトがオリヴァーに合図をすると、オリヴァーは一礼のあとに、リーシェとアルノルトの向かいへ着座する。

「我が君と自分めから、リーシェさまにお願いしたいことがございまして。――アリア商会の、ケイン・タリー殿に取り次ぎをお願いしたく」

「タリー会長に？」

オリヴァーは頷いて、テーブルの上に一枚の紙を広げた。

それは、リーシェが先ほどアルノルトに渡した金銀の相場表だ。

「こちらの情報について、我が君と自分とで検討させていただきました。恐らくは単純な情報収集のみならず、さまざまな世界情勢を鑑みたものとお見受けします」

(……さすがだわ。おふたりは商人でないのに、この情報を集める労力がお分かりだなんて)

穏やかな紫色をしたオリヴァーの瞳が、リーシェを見つめてにこりと微笑む。

「貨幣改鋳の計画については、リーシェさまも既にご存じとのこと。……我が君」

その合図に、アルノルトがまなざしで許可を出す。

オリヴァーは、テーブルの端で丸まっていた書簡を手に取ると、リーシェの前でそれを広げた。

「わあ……!」

現れた美しいその図柄に、リーシェは思わず声を漏らす。

描かれているのは一羽の鷲だ。翼は大きく広げられて、細やかな羽の模様がある。

その上には数枚の花びらが散らされて、二本の剣が交差していた。

「とても綺麗な絵ですね。華やかな上に威厳があって、それでいて繊細で……」

思わず見惚《みと》れてしまったが、そのあとでリーシェは首を傾《かし》げる。

「ひょっとして、この複雑な図柄を、新しい貨幣の意匠になさるおつもりですか?」

「ご名答です」

オリヴァーが爽やかに言い切るが、これはとんでもないことだった。

「やはり、さすがのリーシェさまも驚かれますよね。なにしろ貨幣とは、大量生産が必要かつ、一切の不備がない状態のものを作らねばならないのですから」

「オリヴァーさまの仰る通りです。原型を彫り、鋳型を作って流し込んでも、これほど緻密なデザインでは抜ききれないのでは？　鋳造にあたって、よほど高い技術を使わなければ……」

そこまで言って、リーシェはようやく理解する。

傍らのアルノルトを見上げると、最初からこちらを見ていたアルノルトと目が合った。

（……昨日、私の指輪に触れたアルノルト殿下が、コヨル国の名前を出した理由……！）

その理由が、コヨル国の金銀枯渇によるものだという推定も、恐らくそれ自体は外れていない。

しかし、あのときアルノルトがコヨルの名前を出したのには、もうひとつの意味があったのだ。

「――改鋳に、コヨル国との技術提携を使ってくださるのですか!?」

隣のアルノルトに確かめると、アルノルトは楽しそうに目を細めた。

「やはり、俺が想像していた通りの表情をしたな」

「！」

一体どんな顔をしてしまったのか不安になって、思わず両手で頬を押さえる。

恐らくは、嬉しさを感じたのが顔に出てしまった。気恥ずかしくなってしまうものの、これは仕方がないと思う。

（あのアルノルト殿下が、コヨル国を……カイル王子を頼ろうとしてくださったなんて）

リーシェの嬉しさを分かってくれたのだろう。オリヴァーにちらりと視線を向ければ、彼は頷きながら教えてくれる。

「ご参考までに。……コヨルの名前を出されたのは、自分ではなく我が君ですよ」

「使えるものを使う。それだけの話だろう」

素っ気ない言い方ではあるものの、嬉しいものは嬉しいのだ。

（……だけど、違和感があるような気もするわ）

リーシェの胸中を知らないまま、オリヴァーはこう続ける。

「定期的な改鋳の目的は、贋金《にせがね》の流通を防ぐためです。せっかく作り直すのであれば、贋金自体を作りにくくしたいもの。細やかな金細工を作ることに特化したコヨルの技術なら、贋金作りを目論《もくろ》む者たちが模倣するのも難しいはず。そしてアリア商会には、改鋳後に他国へどのように金銀を流すかといった相談や、改鋳に必要な仕入れの話をさせていただきたいと思うのです」

「私にお手伝い出来ることであれば、もちろん協力は惜しみません。タリー会長にも、さっそくお声掛けしたいところですが……」

リーシェはアルノルトの瞳を見上げ、先ほどの違和感についてを口にする。

「おふたりは、迷っていらっしゃいますよね？」

「…………」

指摘したその瞬間に、アルノルトが小さく眉根を寄せた。

オリヴァーは目を丸くしている。その反応を見るに、リーシェの推測は当たっていたようだ。

「リーシェさま。何故、そのように感じられたのですか？」

少し慌てた様子のオリヴァーに対して、アルノルトは黙ったままリーシェを観察している。

ふたりの視線を向けられながら、リーシェは言った。

「こちらの緻密な意匠を持つ金貨は、コヨル国から提供される技術があれば製造出来るでしょう。……ですが、たとえ技術的に製造が可能だったとしても、製造の費用が掛かりすぎます」

物の価格とは、原料の価値だけで決まるものではない。それを作るための設備、人材、原料の輸送や仕入れ、出来上がった品の流通に掛かる金額も含まれるものだ。

それは、金貨や銀貨だって同じことである。

金貨一枚を発行するにあたり、金貨一枚分以上の費用が掛かるのであれば、発行すればするほど国が貧しくなってしまうのだった。

「タリー会長へのご相談も、その費用を抑えるためにご所望なのでは？　つまり、アリア商会を交えた計算結果によっては、こちらの改鋳案も無かったことになるような……」

「……これはこれは……」

「それに、アルノルト殿下が」

リーシェが再び隣を見上げると、アルノルトは僅かに目を伏せてこちらを見た。

「殿下から改鋳のお話を聞いた際、私は『ガルクハインの通貨を、金銀含有量が少ないものに作り替えるご予定なのですか？』と質問いたしました。ですが……」

それに対する返事は、『そうだな』という、アルノルトらしからぬものだった。

「いただいたのは、どこか曖昧なお答えです。あのときは私に隠し事をなさっているのかとも思いましたが、アルノルト殿下であればもっと完璧に隠されるかと。……あるいは、明らかに嘘《うそ》と分かる冗談を仰るはずです」

「……」

「ですのでアルノルト殿下には、隠し事ではなくお悩みがあるのではないかと感じました」

それが、アルノルトらしからぬ返事に繋がったのではないだろうか。

オリヴァーは、ふっと柔らかい笑みを浮かべてアルノルトを見る。

「さあ我が君。婚約者さまは、どうやらお見通しのようですよ？　いい加減、お心の内をお話くださったらいかがでしょう。自分もお力になれるかもしれません」

その言葉に、リーシェは意外な気持ちになった。

「殿下がお悩みの内容について、オリヴァーさまもご存じないのですか？」

「普段なら、もう少しご相談していただけるのですがね。この件に関して、我が君は一度、『別案』を検討なさったようなのですが」

しかし、長椅子の肘掛けに頬杖《ほおづえ》をついたアルノルトは、つまらなさそうな表情で言うばかりだ。

「……あれは、どうあっても現実味のない策だ」

またしても、彼らしからぬ言葉だった。

アルノルトはいつだって現実的だ。そんな彼から、『現実味のない策』が出てきたこと自体、アルノルトにとっても不本意らしい。

「夢物語に近い案で、馬鹿げていると言ってもいい。だから、その別案は検討するまでもなく、すでに切り捨てている愚策に過ぎん」

「……まあ、我が君がそこまで仰るのでしたら……」

「ですが、アルノルト殿下」

リーシェは真っ直ぐにアルノルトを見上げ、口を開いた。

「あなたが本気で願うなら、実現可能な夢ではありませんか？」

「………………なに？」

アルノルトが、驚いたようにリーシェを見る。

けれどもリーシェは信じているので、真顔でそのまま説明を続けた。

「夢物語を現実に近付ける。アルノルト殿下は、それだけの力をお持ちだと思いますよ？　その上、コヨル国やアリア商会のように、他者と協力し合う姿勢までお持ちになったのです」

「……お前は」

眉根を寄せたアルノルトが、リーシェに尋ねる。

「本当に、どこまでも俺を信じるつもりか」

「はい。出会ってから今日までの二ヶ月間、殿下はずうっと証明して下さいましたから」

リーシェがアルノルトの力を信じるのは、未来を知っているからではない。

こうしてすぐ近くで、彼の行動を見てきたからなのだ。

「アルノルト殿下は、ご自身のお力が信じられませんか？」

その問い掛けに、アルノルトは眉根を寄せる。

「殿下が夢物語だと感じられたものでも、他の誰かにとっては違うかもしれません。第三者の技術や知識があれば、それは実現可能な夢にも成り得ます。同じ夢を見るひとが集まれば、その輪郭が見えてくるかも」

「……そんな人間は存在しない」

「どうでしょうか。だってそれは、……っ」

アルノルトの手が、リーシェのおとがいに触れた。

その指に上を向かされて、アルノルトと真っ向から視線が重なる。

「リーシェ」

そんなことをしなくても逃げないのに、アルノルトはいつもより僅かに低い声で、リーシェに言い聞かせるように口にした。

「形のないものの実体を信じられる人間など、いるものか」

「……」

アルノルトは、どうしてそんなに寂しい目をしているのだろう。

口を開こうとして、リーシェは何も言えなくなる。こちらを見下ろすアルノルトの瞳が、リーシェの言葉を拒んでいるように見えたからだ。

「――我が君」

オリヴァーの声に、リーシェはびくりと肩を跳ねさせた。

アルノルトは小さく舌打ちをしたあと、リーシェからするりと手を離す。ちょうどそのとき、扉からノックの音がした。

「アルノルト殿下。オリヴァーさま。明日の警備の件で、お時間をいただきたく」

騎士の声に、リーシェは長椅子から立ち上がる。

「では、私は一度失礼します。アリア商会には、話を通しておくようにいたしますので」

「リーシェさま。申し訳ございません」

「お役に立てることがあれば、またお申し付けください。……アルノルト殿下、後ほどまた夕食で」

アルノルトは、立ち上がったリーシェの手を取ると、するりと指を絡めるようにしながら言った。

「……あとでな」

「！」

そう言った彼からは、先ほどの空気が消えている。

ひどく寂しい目もしていないし、それでいてリーシェの言葉を抑えつけるような素振りもない。

リーシェは困惑しながらも、小さな声で返事をした。

「……はい……」

そして、騎士たちに挨拶をしたあとで部屋を出る。

（ご機嫌を、損ねてしまったのかと思ったけれど……）

どうやら、そういうわけではないらしい。

（もしかして……あれは、何かに葛藤していらした？）

だとしたら、それは何に対してなのだろう。

そんなことを考えていると、頭の中がアルノルトでいっぱいになってくる。彼が何を思い、どのようなことを懸念しているのか、それらを出来るだけ知りたいと感じた。

そのせいで、気配を殺した人物が、すぐ傍にいたことに気付けない。

「!!」

「よお」

柱の影に引っ張り込まれて、リーシェは瞬きをした。

リーシェの背中を壁に押し付け、手のひらで口元を塞いだラウルが、カーティスの姿で笑っている。

「いまなら晴れてふたりっきりだな、お嬢さん」

「……まむぐ」

大きな手に口を塞がれたまま、リーシェはもごもごと彼を睨んだ。

「ハリエットを見たぜ。『妹』を随分と可愛くしてくれて、ありがとな？」

リーシェがじとりと目を細めれば、ラウルはにんまりと満足そうだ。

「良い目。そういうの、すっごく俺の好みだ」

「……」

口を塞いでいた手がようやく離れ、リーシェは言葉を取り戻す。

「カーティス殿下のお姿で、この振る舞いはいかがなものかしら？」

「その声も良い。俺のことももっと叱ってほしいな」

「……埒《らち》があかないわね」

どこまでも冗談めかしたラウルの態度に、心の底から溜め息をついた。

狩人《かりゆうど》人生では、いざというときにとても頼れる存在だった相手だ。それなのに、味方でない立場だとこうも扱いにくいのかと驚愕《きょうがく》する。

「なあ、あんた」

リーシェを壁に押し付けたまま、ラウルが顔を覗き込んできた。

「――ハリエットに、新しい世界なんか見せないでくれよ」

「なんですって？」

聞き捨てならないその言葉を、リーシェは真っ向から聞き返す。

だが、ラウルはあくまで軽やかな口調のまま続けた。

「残酷なことをしないでくれって言ってんの。あいつがあんな風になったのは、生き残るための戦略なんだぜ？『自分が悪い』ってことにして、外の世界を遮断する。母親の教え通り、それさえ上手《うま》くこなしていれば、自分が酷《ひど》い環境にいるって気付かずに済むんだから」

「……」

「前を向ける幸せなんか知っちゃったらさ。……婚約者のところに帰って、また言いなりの人生に戻るのが、耐えられないくらいに辛いことだって分かっちゃうだろ？」

明るい声音で紡ぎながら、ラウルはにこにこと微笑んだ。

「それとも、そういう作戦なのか？」

「……作戦？」

「それはもちろん、ハリエットの心を折るための」

思いもよらないことを言われ、リーシェは目を丸く見開いた。

「あんたは本当に『良い目』をしてる。その人間が誇りにしていること、恥じていること、最後のよすがにしているもの……そういうものを把握して、心の中に入り込んでるんだろ？」

ただでさえ間近にあったラウルの顔が、ますますリーシェに近付いてくる。

「大切なもののため、誇りのため、明るい未来のために。あんたに見抜かれた人間は、希望を持ってしまいたくなるみたいだ」

リーシェは顔を顰め、ぐっとその肩を押しやるものの、男の体はびくともしない。

抵抗を嘲笑《あざわら》うかのように喉を鳴らし、機嫌が良さそうに見つめてくる。

「それっていいよ、すごくいい。……だってさあ」

赤い瞳が、暗い光を帯びながらリーシェを射抜いた。

「誰かの心を折ることだって、すっごく簡単に出来そうじゃないか」

それは、獲物を狙う狩人そのものの声音である。

「……あのね、ラウル」

狩人人生のような心境で、かつての頭首をたしなめた。

「そういうの、なるべく止《や》めた方がいいと思うわ」

「そういうのって？」

「仕事に関係のないところでまで、自分に嘘をつくところ」

そう言うと、ラウルが一瞬だけ息を呑む。

「完璧な嘘でもない。だからといって、純粋な本心でもない。……嘘の中に真実を交ぜたり、本音の中に偽りを交ぜたりし続けた結果、ときどき自分でも分からなくなっているのでしょう？」

それは、狩人人生でも告げたことのある言葉だった。

ラウルの振る舞いは飄々《ひょうひょう》としていて、一見すると芯がない。仲間たちは、ラウルらしい軽薄さだと笑っていたが、リーシェには違って見えることもあったのだ。

本当は痛くて辛いのに、平気な顔をして笑ったり。

真剣に怒ってみせたいのに、冷静なふりをしているのではないかと感じられた。

（きっと、あのとき同様に、『そんなことはしていないよ』と誤魔化すのでしょうけれど……）

覚悟したのに、目の前のラウルから返ってきた返事は、五度目の人生とは違っていた。

「……本心をさあ」

ラウルは目を細め、ごくごく小さな声で言う。

「見抜かれたら、全部終わりだって思わない？」

その言葉に、リーシェは思わず瞬きをした。

こんなやりとりをしたところで、ラウルには届かないだろうと想像していたのだ。

しかし、思いのほか真摯なその声音が、リーシェの間近で紡がれる。

「俺は、他人に全部を知られる方が、よっぽど怖いよ。……たとえば、自分の本心がぐちゃぐちゃになるよりも」

これは、今回の人生のラウルにとって、リーシェが他人だから話してくれた言葉なのだろうか。

「あんただって、そう思わない？」

空虚な響きを帯びた声を、リーシェは受け止めて口を開く。

「いいえ」

脳裏に浮かぶのは、昼間に浜辺で見たアルノルトの横顔だ。

「全部を言えたらって。……自分の秘密を、この人には知っていて欲しいって、そう思ってしまう相手だって存在するわ」

「だけど、あんたも言えていない。てことは、本当のことを喋ることが不利益になるってこともちゃあんと理解できてるんだろ？　なのに俺だけ叱るなんて、ひどいよなあ」

赤い瞳が、リーシェのことを探るように見据えてくる。

「あんたにとって、ガルクハイン皇太子との結婚って一体なに？」

リーシェは思わず瞬きをした。

「そもそも政略結婚って、女の子の方はどういう気持ちなの。やっぱ、儀式の途中で現れた旧知の男に、攫《さら》って逃げてほしいとか夢見たりする？」

「……そんなことを聞いて、一体どうするの」

「鈍感だなあ」

ラウルは、その甘く整った顔立ちに笑みを浮かべ、少しだけ掠《かす》れた声で言う。

「あんたが、あの皇太子さまと結婚したくないんなら、俺が攫ってやろうかと思ってんの」

「……」

リーシェは心底呆《あき》れてしまい、いよいよ大きな溜め息をつく。

誰かに聞かれたら、それこそ外交問題に発展しそうな発言だ。ラウルの肩を全力で押し戻し続け、腕がふるふると痺《しび》れてきたけれど、平気なふりをして彼を見上げた。

「そういう演技は、やめた方がいいと言ったでしょう」

「けっこう本気で心配してるぜ？　政略のための結婚なんて、花嫁は幸せにしてもらえない」

その言葉に対し、リーシェははっきりと反論する。

「あの方に幸せにしてほしいだなんて、願ったことなんか一度もないわ」

ラウルの顔に、どこか歪んだ笑みが浮かんだ。

「……へえ？」

「私の幸せな生き方は、私自身が作り出すものだから。たとえあの方との結婚で、どんな災いが降り掛かることになったとしても、不幸になるとは思わない」

大きな戦争に巻き込まれても。その所為で、死ぬことになったとしても。

他の全ての人生のように、『皇太子妃』である今回の人生だって、『この道を選ばなければ良かった』だなんて思うはずもない。

後悔のない最期を迎えられるのなら、間違いなく幸せな人生だ。

「私にとって、この結婚がどんな意味を持つものになるのかはまだ分からないけれど。たとえあの方に婚約破棄されようと、お傍を離れないって決めているの」

だから、攫って欲しいだなんて願わない。

「あの方の花嫁になる。——私は、この人生をどんな風に生きるかを、すでに選んでいるわ」

そんな意思を込めてラウルを睨むと、ラウルはふっと笑みを浮かべた。

それは、これまでそこにいたラウルの顔ではなく、彼の演じる『カーティス』の笑い方だ。

その瞬間、第三者の気配が近付いていることを悟る。これまで気が付けなかったのは、ラウルが巧妙にリーシェの意識を引き付け、妨害していた所為なのだろう。

「アルノルト殿下……」

現れた人物の名前を呼んで、リーシェは眉をひそめた。

いまのリーシェは、ラウルによって壁に押し付けられている。

肩をその手に強く掴《つか》まれ、顔を間近に覗き込まれて、あまりにも近しい距離だった。

「……」

青い瞳が、真っ直ぐにラウルのことを見据える。

その瞬間、ぴりっと張り詰めた場の空気に、リーシェの背筋がぞくりと粟立《あわだ》った。

アルノルトの表情には、強い感情の片鱗《へんりん》はない。ただ、淡々とした冷たい目が、ラウルの方へと向けられているのだ。

「離れろ」

「……っ」

発せられた言葉は短いのに、鼓膜がびりびりと痺れるような心地がする。

リーシェですら、思わず息を詰めてしまったのだ。それを直接向けられたラウルの方は、もっと強い威圧を感じているだろう。

「これは、申し訳ございません。アルノルト殿下」

一瞬だけ口の端を引き攣《つ》らせたあとに、ラウルは穏やかな笑みを浮かべる。

「言い訳の、しようもない場面を、見られてしまいましたね」

「……カーティス殿下！」

却《かえ》って誤解を生みそうな発言に、リーシェは顔を顰めた。

「失礼いたしました。あなたの婚約者殿が、目も眩《くら》むほどにお美しくて」

（本当に、何を考えているの……!?）

いまの自分が、シグウェル国第一王子を演じている自覚があるのだろうか。

いつだって対象を完璧に演じてきたラウルが、カーティスとしては有り得ない言動を取っている。

そのことに混乱しつつも、ずっとラウルの体を押しやっていた腕の力を強くした。

「聞こえなかったのか？」

悠然と歩くアルノルトの靴音が、こつこつと廊下に響き渡る。

アルノルトは、ラウルの挑発をまったく相手にする気がないという表情でこちらに歩いてくる。

一見すれば、いつもとなんら変わらない振る舞いだ。

けれども双眸の冷たさと、声に込められた殺気の硬質さが、この場の空気を支配していた。

「妻から離れろと、そう命じた」

「————……」

ラウルが殺されてしまうかもしれない。

反射的にそう感じるほどの重圧に、焦燥を抱く。ラウルは肩を竦《すく》めたあとで、リーシェからそっと手を離した。

アルノルトが、解放されたリーシェの腕を掴んで引き寄せる。

とてもやさしい触れ方だが、有無を言わさない強さもあった。アルノルトはリーシェの顔を覗き込み、ラウルが押さえていた肩口の辺りをくるむようにして、静かな声で尋ねてくる。

「怪我《けが》は」

「あ、ありません」

「他には何処《どこ》を触られた？」

「口を手のひらで塞がれたくらいで、あとは何も……」

形の良い眉が、僅かに歪められる。しかしアルノルトは、ここで何かを耐えたようだ。

「……それ以外に、不快な思いはしていないか？」

リーシェはすぐさま頷いた。それを見て、アルノルトはゆっくりと目を伏せる。

たったそれだけの仕草なのに、やはりぴりぴりとした威圧を感じた。それでいてアルノルトは、ラウルの方を見もしない。

「部屋まで送り届ける。行くぞ」

リーシェの手を引こうとした彼の背中に、穏やかな声が投げられる。

「本当に、心から婚約者殿を大切にしていらっしゃるのですね」

ラウルの言葉には、アルノルトをわざと刺激するような響きが含まれていた。

「私があなたの立場であれば。……略奪者である私に見せ付けるべく、この場でリーシェ殿に口付けているでしょうに」

「カーティス殿下。どうか、ご冗談はそのくらいで――」

「あるいは、この場で私を斬っているかもしれませんね。アルノルト殿下が冷酷な皇太子殿下だというお噂《うわさ》は、根も葉もないもののようだ」

ラウルは明らかに挑発している。そんな振る舞いをする理由が分からなくて、リーシェは思い切り顔を顰めた。

しかし、アルノルトの表情は落ち着いている。

それどころか、どこか余裕のある笑みを浮かべ、ラウルを見下すように目を伏せた。

「……なるほどな。『お前』がこの国に来ているのは、主人の意思に反してのことらしい」

驚きを露《あら》わにしてしまったのは、ラウルでなくリーシェの方だ。

ラウルはといえば、不思議そうな表情を貼り付けている。心の内は読めないものの、想定外の事態ではあったようだ。

「どういう、意味でしょう？」

「お前はカーティス・サミュエル・オファロンを演じているだけの、第三者だ。まさか、気が付かないとでも思っていたのか？」

ラウルの変装が、見破られている。

そんな場面は、狩人人生を含めても初めて見た。戸惑った顔のラウルが、困ったように口を開く。

「アルノルト殿。一体何を仰っているのか、私には……」

「他人を真似《まね》ている人間の動きは、少し見ていればすぐに分かる。無意識の手振りと、意識的な振る舞いとでは、その体の使い方がまったく異なるからな」

とんでもないことを平然と言い切って、アルノルトはラウルを眺めた。

「その声色もそうだ。声帯の震わせ方を意図的に変えている所為で、ごく僅かに発声の歪む音がある。——まったくもって、耳障りなことこの上ないな」

「ふっ、はは！」

本物のラウルの笑い声がするも、それはどこか乾いた響きのものだ。

「……あんた、化け物かよ」

表情には微《かす》かな畏怖が交じっている。ラウルはひょいと肩を竦め、楽しそうに言った。

「分かっていたのに、なんで俺を泳がせた？　……ああ。シグウェルの真意を探るためか」

「わざわざ答えてやる理由もないな。行くぞ、リーシェ」

「なあ。そんなに大切な相手なら、政略結婚なんかせず自由にしてやった方がいいんじゃない？」

背中へと声が突き刺さるも、リーシェの自由を勝手に決められたくはない。

「その方が、婚約者殿もあんたに感謝すると思うけど」

「っ、ラウル！　私は……」

振り返り、反論しようとしたところ、アルノルトが先にこう告げた。

「――この婚姻によって、どれほど俺が憎まれようとも」

リーシェの手首を掴んだまま、アルノルトが顔だけ振り返ってラウルを睨んだ。

「逃がすつもりはない。……これは、必ず俺の妻にする」

先ほどまでとは明確に違う、鋭いまなざしがラウルを貫く。

リーシェの左胸は、ひどく痛んだ。

（……どうして）

ずきずきする心臓のすぐ傍から、悲しい気持ちが滲み出す。

ラウルはその笑みを歪めつつも、再度アルノルトを挑発した。

「ひっどいなあ。不幸にするって自覚があるくせ、その子を強引に奥さんにするのか」

「その通りだ。……リーシェ」

アルノルトは今度こそ、リーシェの手を引いたまま歩き始める。

言葉を紡ぎたいけれど、なんにも形になる気がしない。俯いたリーシェは、アルノルトにされるがまま、ゆっくりと歩を進めた。

（やっぱり、左胸がぎゅうっとなる……）

疼《うず》くようなその痛みの所為で、呼吸をするのが苦しいほどだった。

アルノルトも口を閉ざしたまま、何も言わない。

彼がこちらを振り返ったのは、四階への階段を上り終えて、ふたりの部屋の前に立ったときだ。

「すまなかった」

リーシェの手首を戒めていた手が、ゆっくりと離れる。

そうかと思いきや、まるで指輪を嵌めてくれるときのように、リーシェの手を取って眺めた。

「少々、強く掴み過ぎたな」

「……」

「痛みは？」

ふるふると、黙って首を横に振る。

アルノルトは謝るけれど、その掴み方は決して乱暴ではなかった。確かに強い意志で手を引かれたものの、リーシェの骨を軋《きし》ませてもいなければ、赤い痕になっているわけでもない。

リーシェが痛みを感じるのは、掴まれた手首などではないのだ。

「どうして、あんなことを仰るのですか？」

かなしい気持ちが、尋ねる声音にも滲んでしまった。

「……安心しろ」

アルノルトは穏やかな声でそう言って、リーシェの頰に手を伸ばす。

「逃がさないからといって、お前を縛る気はない」

深く俯いていた所為で、リーシェの横髪が頰に掛かっていた。アルノルトはそれを梳《す》くように、とてもやさしい仕草で触れてくる。

「お前はこれからも、なんでも望むことを言えばいい。――叶えてやれる限り、あらゆるすべてを叶えると誓おう」

だが、リーシェが『あんなこと』と言ったのは、アルノルトが口にした部分ではない。

「この婚姻によって、私に憎まれるおつもりだと仰いました」

「ああ、そうだな」

はっきりとした肯定をしながらも、珊瑚《さんご》色の髪を耳に掛けてくれる。

「俺に嫁ぐのが、恐ろしくなったか？」

「……っ」

まるで、幼子をあやすかのようだ。

まなざしも声も、触れ方からも、リーシェのことを労《いた》わるような温度を感じる。リーシェは、それこそ子供みたいにいやいやをしたあとで、アルノルトの手の甲に自分の手を重ねた。

顔を上げる気にはなれなくて、上目遣いにアルノルトを見る。

「……殿下のばか……」

「――……」

アルノルトが、リーシェの言葉に目を瞠《みは》った。

「ばか。……きらい」

小さな小さな声で、抗議を告げる。

「そんな風にやさしくされるのは、きらいです……」

アルノルトは時々意地悪だ。

自分の本心を隠すために、わざと突き放すような物言いをする。けれどもいまのアルノルトは、リーシェのことを気遣っていた。

つまりは、本当に心の底から、リーシェがこの婚姻を恐れるかもしれないと考えているのだ。

「私が、あなたの花嫁になることを、怖いと思うはずもありません」

アルノルトを睨みたくなどないけれど、そうしないともっと情けない顔をしてしまいそうだ。

だからリーシェは、眉根にぎゅうっと力を込めつつも、上目遣いのままにこう続ける。

「それに」

アルノルトの手の甲に触れた手へ、力を込めた。

「この婚姻を受け入れるのは、私自身が決めたことなのです」

彼の手を、自分の頬に押し付けているかのような形になる。

このままくるんでしまいたいのに、男性らしく大きな手には、上から指を絡めるように重ねるだけで精一杯だ。

「何があっても、あなたを憎んだりなんかしない。……『どれほど憎まれようとも』なんて、そのようなお言葉は、いりません」

「……リーシェ」

名前を呼ばれ、胸の奥が一層強い疼きを覚える。

形良く筋張った手に、自身の頬を摺《す》り寄せたのは、半ば無意識のことだった。

顔を見られたくなくて、同じくらいこの手を離したくなくて、感情の整理が上手くできない。

「この婚姻に」

口にするのが怖かったけれど、どうして怖いのかが分からなかった。

その恐怖を捻《ね》じ伏せ、恐る恐るでも顔を上げて、真っ向からアルノルトをじっと見上げる。

「私への、負い目を感じていらっしゃるのですか？」

「……」

すると、アルノルトが目を伏せた。

長い睫《まつげ》毛の落とす影が、その瞳に映り込んでいる。いつも鋭い光を湛《たた》えている双眸が、どこか茫《ぼう》洋《よう》として見えた。

「俺は、あのとき」

アルノルトは、静かに言う。

「お前を妻にするためなら、どのようなことでもしただろう」

「……っ」

恐らくは出会いの直後である、求婚の際のことを指しているのだ。

（たった二ヶ月前のことなのに、まるで遠い日の出来事のよう……）

それはもしかしたら、アルノルトにとっても同様だったのかもしれない。

彼は、いつも以上に柔らかな声音のまま、穏やかに言葉を紡いでいった。

「俺はお前に希《こいねが》う側であり、お前はそれを審判する側だ」

アルノルトの親指が、リーシェの頬をゆっくりと撫でる。

「その時点で、俺とお前は対等ではない。……分かるな？」

「……」

そんな訳はなくて、ふるふると首を横に振る。仕方のない子供をあやすようにされたって、聞き分けられるはずもない。

「私は」

リーシェは苦しい気持ちのまま、ぐずぐずに揺れそうな声で反論する。

「私が、あなたに我《わ》が儘《まま》を言った分だけ、あなたの願いだって叶えたいのです」

与えられてばかりでなく、同じようにそれらを返したいのだ。

「国同士の契約に纏《まつ》わる婚姻ならば、お互いに得るものがあるはずでしょう？　それなのにこの結婚では、いつも私が与えられてばかり。これが政略結婚だと仰るのであれば、あまりにも歪《いびつ》な状態のはずです」

頬を撫でてくれるアルノルトの手を取って、緩やかに指を絡める。

「あなたが、私に願って下さるものを」

告げながらも、左胸が苦しくて仕方ない。

「……私からだって、あなたにたくさん差し出したい……」

泣きたいような心地がするのに、少しも泣ける気がしなかった。

行き場を無くしたかなしみが、胸の内でべとべとに溶けていく。心臓が鼓動を刻むたびに、どんどん熱を持つかのようだ。

「だから、お願いです」

リーシェは懸命な願いを込めて、青い瞳を一心に見つめる。

「アルノルト殿下……」

「……」

彼の名前を口にすると、どうしてかとてもさびしかった。

いままでのどんな人生でだって、こんな気持ちで誰かを呼んだことはない。ほとんど祈るような心地のまま、小さく息を吐き出した。

「リーシェ」

アルノルトは、リーシェから目を逸《そ》らさないでいてくれる。

そして、やっぱりやさしい声音で言った。

「俺がお前を娶《めと》るのは、政略結婚などではない」

「――……」

身を屈《かが》めたアルノルトが、リーシェの耳元にくちびるを寄せる。

耳のふちへ口付けられそうなほどの近しさに、くすぐったくて息を呑んだ。僅かに掠れた彼の声音が、リーシェの鼓膜を震わせる。

「だから俺は、お前に何も望まない。それを、お前にねだられたとしてもだ」

「……っ!!」

その瞬間、胸の奥がひときわ強く痛む。

アルノルトはリーシェから身を離すと、まっすぐに視線を合わせたままで笑った。

瞳に暗い光を宿す、自嘲めいた笑みだ。彼はそのままで、リーシェが口にした言葉を真似る。

「……『きらい』か?」

アルノルトの親指が、リーシェのくちびるを緩やかになぞった。

『その言葉』をリーシェに紡がせたがるかのように、弱い力で表面を押す。

何も望まないだなんて、そんなことを言われるのは大嫌いに決まっていた。だから頷きたかったのに、それが出来ない自分に気が付く。

寄る辺なくて、途方に暮れてしまった。

(殿下はいつも、ご自身の考えを隠すために、わざと意地悪なことをなさるわ)

そのことを、リーシェはすでに知っている。

だからこそ偽悪的な言葉より、振る舞いの誠実さを信じてきた。けれど、先ほどアルノルトが言った言葉からは、紛れもなく彼の本心が感じられてしまったのだ。

(私に『望まない』というお気持ちは、殿下のやさしさから来ているってちゃんと分かる……)

だからこそ、いつもの意地悪なんかより、そのやさしさの方がよっぽど苦しいのだ。

『――この婚姻によって、どれほど俺が憎まれようとも』

アルノルトは心から、リーシェに憎まれることも辞さないと考えている。

（妻になる覚悟など、しなくていいと仰った……）

以前に言われたことまでも思い出し、ぐらぐらと視界が歪んだ気がした。

（……駄目）

これ以上、情けない姿を見せたくない。

かといって、対話することも諦めたくない。リーシェはぐるぐると考え、考え抜いて、俯いたままそっと手を動かした。

「…………」

ゆっくりと、顔の横辺りで挙手をする。

「…………なんだ、その手は」

怪訝《けげん》そうなアルノルトの声が上から降ってきて、発言のための深呼吸をした。

「ごめんなさい、アルノルト殿下」

いまから行おうとしているのは、とてもよくないことだと分かっている。

けれど、ここで議論を中断しては堂々巡りだ。

向き合うことから逃げたくない。上手く出来るかは分からないものの、リーシェはそれを始めることにした。

「僭越ながら」

だから、アルノルトを見上げて口を開く。

「……これより、『初めての夫婦喧嘩《げんか》』を宣言します……!!」

「…………」

アルノルトは数秒を置いたあと、見たことのないものを見るような表情をして、尋ね返した。

「いま、なんと言った？」

「ですから、これが初めての夫婦喧嘩です!!」

実際はまだ夫婦でないのだが、ほかに適切な呼び方も無いだろう。

リーシェは悲しい気持ちのまま、それでもふんすと気合を入れ、婚約者を見つめてやるのだった。

第四章

その夜のこと。アルノルトの執務室をノックしたリーシェは、部屋から出て来たオリヴァーの前に、一抱えのバスケットを差し出した。

「――オリヴァーさま。どうか、こちらをアルノルト殿下にお渡しください」

「ええと、リーシェさま。これは一体……？」

オリヴァーは微笑《ほほえ》んでいるものの、その様子は明らかに戸惑っている。執務室にいるはずのアルノルトから、おおよその事情は聴いているらしい。

「アルノルト殿下のお夜食用に、サンドイッチを作りました」

「夜食……」

オリヴァーは困惑したような笑顔のまま、そっと首を傾《かし》げてみせた。

「……差し出がましいようですが。おふたりは現在、喧嘩《けんか》をなさっているはずでは……？」

「ええ、仰《おっしゃ》る通りです」

こくりと大きく頷《うなず》いたあとで、これまでの数時間を振り返る。

先ほどアルノルトとの夫婦喧嘩を宣言してみたものの、リーシェは困り果ててしまったのだ。

夫婦喧嘩を実行するには、どんなことをすればいいのかが分からない。

ひとりで部屋に籠り、過去の記憶を引っ張り出すも、参考になる夫婦喧嘩が浮かばなかった。

（団長は家を追い出されていたけれど、アルノルト殿下にそんなことしたくない。『実家に帰らせていただきます』も、私の実家では遠すぎるわ。『夫のシャツを全部裏返しに仕舞う』というのも見たけれど、朝のお仕度の邪魔は出来ないし、大変になるのはオリヴァーさまだし……）

ぐるぐると考え、夕食は侍女たちの食事に交ぜてもらい、とにかく検討に検討を重ねた。

侍女たちは当然困惑していたが、リーシェが「アルノルト殿下と喧嘩をしたの」と説明すると、すべてを察した顔になったのである。その末に思い付いたのが、この作戦だ。

「この中に入っているサンドイッチには、パンのところにソースで悪口がしたためてあります」

「……パンに。ソースで。悪口が」

「はい。殿下の馬鹿、と書きました！」

これならば、立派な夫婦喧嘩だと胸を張れる。言いたいことは他にもあるが、ソースで書くのは大変だし、これで十分にリーシェの意見を思い出してくれるだろう。

「えーと……」

オリヴァーは微妙な顔をしたあと、何かを誤魔化すような咳払《せきばら》いをした。

そのあとで、ぎこちない笑みを作り直してから尋ねてくる。

「リーシェさまは、我が君と夫婦喧嘩をするために、わざわざお料理をなさったのですか？」

「……」

くちびるをちょっとだけ尖《とが》らせたリーシェは、俯《うつむ》きながら説明した。

「私が作る夜食でも、具材を挟むだけのものであれば、大きな事故は起きないはずなので……」

「んんん……っ」

オリヴァーが右手で口元を押さえ、小さく肩を震わせる。

「こほん、失礼しました。……我が君も、今日は遅くまで公務をなさると仰っていましたから、夜食はきっとお喜びになるかと」

（ソースで悪口が書いてあるのに……!!）

思わず良心が痛み、しょげた顔をしてしまう。

料理下手なリーシェが作ったものよりも、もっと美味《おい》しいものを食べてほしくなったが、いまは喧嘩の最中なのだ。自分にそう言い聞かせていると、オリヴァーが口を開いた。

「ところで。今回の夫婦喧嘩なるものについて、我が君はなんと？」

「……『分かった』と、それだけ仰って」

それから緩やかに目を伏せて、リーシェの頭を撫《な》でた。

そのあとですぐに踵《きびす》を返し、執務室に戻ってしまったのだが、撫でられたことは言わないでおく。

オリヴァーは顎に手を当てて、納得したように呟《つぶや》いた。

「なるほど、なるほど……。ああ、自分のことはお気になさらず。本日は何時ごろにお部屋にお戻りいただくか、その段取りを考えておりまして」

従者の仕事は多岐に亘《わた》る。この夫婦喧嘩によって、彼にも影響が出ているのかもしれない。

「ごめんなさい。私の我《わ》が儘《まま》で、オリヴァーさまにもご迷惑をおかけします」

「滅相もない。今回は単なる『喧嘩』ではなく、『夫婦喧嘩』ということなのでしょう？　であればなんら、問題はないかと」

どういう理屈かは分からないが、オリヴァーは本心からそう言ってくれているようだ。リーシェはほっとしたあとに、閉ざされた扉をちらりと見遣《みや》る。

「我が君のご様子が気になりますか？」

「……はい」

「では、敢《あ》えて秘密にしておきましょう」

「!!」

があんと衝撃を受けたリーシェに対し、オリヴァーは微笑ましそうな顔をする。

「ご安心を。夫婦喧嘩の公平性を保つべく、リーシェさまのご様子についても黙秘しますので。……ほらリーシェさま、どうやらお迎えが来たようですよ？」

オリヴァーの示した先に、リーシェの侍女たちがいるのは分かっている。

彼女たちは、リーシェが用意させた荷物を手に持ったまま、こちらの様子を窺《うかが》っていた。

「うう……では、これで失礼します」

「はい。夜食をお持ちいただき、ありがとうございました」

一礼したオリヴァーに見送られ、侍女たちの方に歩いていく。離れた場所で待っていてくれた彼女たちは、心配そうにリーシェを見ていた。

彼女たちに謝りつつも、リーシェは続いてハリエットの部屋へと向かう。

そうして侍女たちに持たせていた荷物を受け取ると、お礼を言ってから彼女たちを帰した。

廊下でひとりになったリーシェは、アルノルトとの『夫婦喧嘩』を一旦忘れ、扉をノックする。

中から顔を覗《のぞ》かせたのは、エルゼだった。

「お待ちしていました、リーシェさま……！」

エルゼはちょうど一時間ほど前から、ハリエットの部屋に滞在しているのだ。

彼女に状況を聞こうとして、問うまでもないことに気が付いた。リーシェを見上げるエルゼの顔は、『早く見てほしい』と言いたげにうずうずしている。

その理由は、部屋の中央を見た瞬間にすぐ分かった。

「わあ……！」

そこには、可愛《かわい》らしいナイトドレスに身を包んだハリエットが立っているではないか。

「い、いらっしゃいませ、リーシェさま……」

長椅子の前へ立ち、袖をもじもじと弄《いじ》るハリエットは、真《ま》っ直《す》ぐに背筋を伸ばしている。ふくらはぎまでの丈であり、ほんのりとしたミント色のナイトドレスは、その金髪や瞳によく映えていた。

胸の下からの切り返しがふわふわと広がり、よく似合っている上に、前髪は緩い編み込みだ。

つまりは顔が見えている。本物のカーティスと同じ、オリーブ色の瞳を見詰めることが出来る光景に、リーシェは心の底からはしゃいだ。

「ハリエットさま、とっても素敵です！」

「うあっ、そ、そんなことは……いえ、あの」

反射でそうしてしまうのか、ハリエットが目元を両手で隠す。

しかし、すぐにおずおずと手を離し、リーシェに深く頭を下げた。

「ありがとう、ございます……その、エルゼさんを、お借りしてしまってごめんなさい。それに、リーシェさまのドレスやバッグも、たくさんお借りしてしまいました……」

「お気になさらず。明日以降の買い物のためには、傾向を絞っておいた方が楽しいですから！」

貴賓室の長椅子には、こんもりとドレスが積まれている。

今回の旅に持ってきているものだが、この旅程ですべて着ることはない。袖を通さないまま持ち帰るくらいなら、ここでハリエットに試着してもらった方がいいのだ。

「そんなことよりハリエットさま。早速ですが……」

リーシェは、エルゼに抱えてもらっていた荷物に視線をやる。

その荷物とは、大きな鉄鍋だ。リーシェはにこにこしながらも、受け取った鉄鍋をテーブルに置く。そして、中からほかほかのタオルを取り出した。

これこそが、サンドイッチを作りながら厨房《ちゆうぼう》で用意し、加熱の頃合いを見て運んでもらったものの正体である。

「それではハリエットさま！　こちらの長椅子に寝転がってください」

「ひへ!?　え、ええっとでもそんな、リーシェさまの前で……！」

「こちらにどうぞ。はい座って、仰向《あおむ》けになって、お腹《なか》の上で両手を組んで……」

てきぱきと患者を転がす技術は、薬師時代に身に付けたものだ。エルゼには廊下で待っていてもらうよう頼みつつ、長椅子に横たわったハリエットの瞼《まぶた》に、ほかほかのタオルを乗せる。

ハリエットは、その感覚に戸惑ったようだ。

「ひわあっ!?　な、なんだか不思議な良い香りが……」

「中に薬草を包み、その薬草ごと蒸気で温めたタオルです。筋肉の凝りをほぐすもので、温めるとより一層の効果がありまして」

「き、筋肉……というと、目の辺りの、ということでしょうか……?」

このやり方であれば、皮膚から薬効を吸収すると共に、タオルの熱によって筋肉自体を温めることが出来る。タオルの布地は薄いものだから、成分がじわじわと染み出しているはずだ。

「目元の緊張が和らぐと、それだけで随分と楽になりますよ」

ハリエットの気にしている『しかめっ面の癖』にも、それなりの効き目が見込めるはずだ。

「ふわあ……」

心地よさにとろけてしまいそうな、そんなハリエットの声が漏れる。

リーシェはくすっと笑いながら、もうひとつの調合薬を仕上げに入った。

「寛《くつろ》いだ心地になれますか?」

「と、とっても気持ちいいです……」

「よかった。薬草の種類や調合配分などは、別で書き記しておきますね」

薬瓶の中身を調薬する音が、部屋の中にかちゃかちゃと響き渡る。ハリエットはしばらく沈黙したあと、遠慮がちにそっと口を開いた。

「あのう、リーシェさま。し、質問をしても、よろしいですか?」

「はい、なんなりと！　薬草の育て方からタオルの温め方まで、私にお答え出来ることであれば！」

「……婚約者さまと、何かあったのですか？」

「…………」

貴賓室は、しいんと静まり返った。

一拍置いたあと、慌てた様子のハリエットが声を上げる。

「あ、ああああのっごめんなひゃい、不躾《ぶしつけ》なことを……！」

「大丈夫、大丈夫ですから！　お客さまに感じ取らせてしまって、申し訳ありません!!」

飛び起きようとしたハリエットを宥《なだ》め、再び長椅子へ横たわらせる。リーシェは無意識に俯いたあと、萎《しお》れた気持ちで口を開いた。

「夫婦喧嘩を、しておりまして」

「ふうふげんか……」

「あの方に怒っているのです。なので、私が駄々を捏《こ》ねてしまったのですが……」

薬液を硝子棒《ガラスぼう》でぐるぐると混ぜながら、小さく呟く。

「本当は、喧嘩にもなっておらず」

その声は、思った以上にぽつんとしてしまった。

「私が夫婦喧嘩をしたいと望んだから、いつものように受け入れて下さっただけ。あの方はきっと、私と『喧嘩』をしては下さらない……」

独白に近いことを口にしたあと、それに気づいてはっとする。

いきなりこんなことを聞かせても、困惑させるだけだろう。話題を切り替えようとした瞬間、ハリエットが口を開く。

「ひょっとして、リーシェさまはお寂しいのですか？」

左胸の奥が、ずきりと疼《うず》いた。

「そういう、わけでは」

否定しようとして、はっきりと出来ない自分に気が付く。

ハリエットはタオルをそっと取ると、ゆっくり身を起こし、向き合ったリーシェにこう言った。

「リーシェさまは、婚約者さまに、怒っていらっしゃる……？」

自分の感情を眺めてみて、リーシェは首を横に振る。

心の内で渦巻くのは、明確な怒りとは違っていた。

アルノルトに向けて抱くのは、もっと幼い感情だ。それに、彼に甘えている自覚もある。

「私は、拗《す》ねているだけなのでしょうね」

そのことに気が付いて、苦笑した。

「ハリエットさまの仰る通り、寂しいみたいです。あの人の為《ため》に出来ることが何もなくて、それで不甲斐《ふがい》ないのかもしれません。……胸の奥がぎゅうっとなって、切なくて、ずきずきする……」

自分の左胸にそっと手を置いて、リーシェは僅かに眉根を寄せる。

「――私に出来ることなら、なんだって叶《かな》えて差し上げたいのに」

けれどもそれは、届かない。他ならぬアルノルト自身から、はっきりと拒絶されているからだ。

「リーシェさま……さ、差し出がましいようでしたら申し訳ありません。もしかしたら、すごく的外れなことを言っているかも。ですが、あの、その……っ」

真剣な目をしたオリーブ色の瞳が、かつてない強さでリーシェを見た。

「――そのお言葉を聞けるだけで、きっと、たくさんのものを贈られた気持ちになれるはずです」

彼女の言葉に、リーシェは目を丸くする。

ハリエットは、一瞬だけ自信がなさそうに俯いたあと、ふるふると首を横に振って顔を上げた。

「もしも、私が。自分の傍《そば》にいる人に、そんな言葉をいただけたら……。そうまで言ってくれる自分の味方が、この世界にひとりでもいると分かったら！」

ハリエットが、胸の前でぎゅっと両手を重ね合わせる。

「それだけで、十分に幸せだと思います……！」

そう告げられて、思わぬ気付きを得たような気持ちになる。

（何も出来なくとも。……何でもしたいと、そう告げるだけで）

ゆっくりと、瞬《まばた》きをした。

（アルノルト殿下の、お力になれることも、あるということなのかしら……？）

そんな自信はないけれど、思い出されることがある。

それは、アルノルトもリーシェに向けて、同じ約束をしてくれたことだ。

（『叶えられる限り、あらゆるすべてを叶えると誓う』と仰った）

アルノルトが先ほど言った言葉は、求婚のあとにも告げられたことである。

「……ありがとうございます、ハリエットさま」

リーシェはふっと目を細め、少し震えているハリエットに微笑んだ。

「ハリエットさまのお言葉で、やっぱりあの方に向き合いたいと、改めて感じました。お心遣い、とても嬉《うれ》しいです」

「い、いえそんな……！」

あわあわと首を振ったハリエットは、自分を鼓舞させるように深呼吸をする。

「わ……私は。ウォルター陛下と、自身の婚約者と、喧嘩をしたいと思ったことがありません」

視線を彷徨《さまよ》わせ、懸命に言葉を選びながら、ハリエットは続ける。

「そもそも、そんなこと、私に許されてはいないのです！　わ、私に出来るのは、人形のようなお飾りの王妃として、黙って従っているだけで……」

「ハリエットさま。それは」

「生まれ持ったものは、変えられないって思っていました。王女に生まれたことも、私が役立たずなことも、婚約者に嫌われるような顔をしていることも……！　わ、私が悪いんだから、ごめんなさいって。生まれてきてすみませんって、ずっと考えて……でも私、気が付いたんです！」

リーシェを見つめたハリエットの瞳には、小さな光が宿っていた。

「他の人からみたら、ほんのちょっとだけ、かもしれません。お……お化粧をして、素敵なドレスを着て、前髪を編んだだけって言われるかもしれません。でも、私にとっては、そうではなく」

前髪で顔を隠し、俯いていたときには見えなかったその光が、涙目にゆらゆらと揺れている。

「鏡を見られるようになりました。お風呂のあとの着替えで、信じられないくらいにわくわくしました。今まで距離のあった私の侍女が、今日だけで、たくさん話し掛けてくれました。これだけで、全部が変わったような気がしたのです」

ハリエットの声は、泣きそうだ。

それでも懸命にリーシェを見て、彼女の想《おも》いを伝えてくれている。

「生まれ持ったものは、変えられないと思っていました。……でも、もしかしたら、少しだけでも変えられるのかもしれない。私にとっては、それこそがとっても大きな変化で、それはリーシェさまが変えて下さったもので……そんな風に思えるのが、夢みたいなんです」

小さな声が、「だから」と繋《つな》ぐ。

「リーシェさまの言葉は、婚約者さまにも、届きます。……絶対に」

「……！」

リーシェが息を呑《の》んだ瞬間、ハリエットはばっと両手で顔を覆った。

「ごごご、ごめんなさい喋《しゃべ》り過ぎました！　恥ずかしい、絶対今日の夜に寝台の中で、このことを思い出して眠れなくなっちゃいます……!!」

「ハリエットさま！　お、落ち着いてください、大丈夫ですから!!」

長椅子に沈んだ彼女を宥めつつ、リーシェは頬が緩んでしまう。

先ほど話してくれたことは、ハリエットにとって勇気のいることだっただろう。

けれどもリーシェを励ますために、一生懸命伝えてくれたのだ。

「ハリエットさま。……あなたとお友達になれて、本当によかった」

「お、お友達……!?」

オリーブ色の瞳がリーシェを見上げ、ますます泣きそうな顔をした。

（ハリエットさまは、変わろうとなさっている。……だけど）

脳裏に過《よ》ぎるのは、彼女に訪れる未来のことだ。

（この方が処刑される要因が、どこにあるのかが分からない。ラウルの目的も読めないし……）

「……失礼します。リーシェさま」

「エルゼ」

ノックの後に扉が開き、ハリエットと一緒に振り返る。

エルゼはいささか困った顔で、そっと自身の背後を見遣った。

そこにいるのは、白い軍服に身を包んだ女性騎士たちだ。

（……シグウェル国ではなく、ファブラニアの騎士たちね）

「み、みなさん……！　あの、これは」

「困りますね、ハリエットさま。兄君と侍女以外の他人が傍にいるときは、我々護衛騎士を傍につけていただくようにと、国王陛下からのお言葉があったはず」

三人ほどの騎士たちが、そのまま入室してくる。

殺気があるというほどではないが、にわかに物々しい空気となった。ハリエットは慌てた様子で、ぶんぶんと首を横に振る。

「で、でも、リーシェさまですから……！」

「お相手がどのようなお方であろうと、関係ありません」

「大丈夫ですよ、ハリエットさま」

リーシェはにこりと微笑んで、調合していた薬瓶に蓋をした。

「私はそろそろ御暇《おいとま》します。この瓶の中の薬液を、眠る前に瞼へ塗ってお休みください。ドレスとバッグはお邪魔でしょうから、回収いたしますね」

「あ！　で、ではせめて、お手伝いを……！」

ハリエットは立ち上がり、数か所に置いたドレスやバッグをばたばたと集め始める。

その厚意に甘えることにして、エルゼと一緒にドレスとバッグを抱えた。

「それではハリエットさま、おやすみなさい。護衛の皆さまも、夜分にお騒がせしてしまい、申し訳ございませんでした」

「り、リーシェさま……！　あの、本当に、ありがとうございました！」

「お礼を申し上げるのは、私の方です」

励ましてもらえたお陰で、夫婦喧嘩も前に進めそうな気がする。

ハリエットは照れ臭そうに俯いたあと、ぺこんと頭を下げた。

「お……おやすみなさい、リーシェさま」

「はい。また明日」

手を振りたかったけれど、いまのリーシェはたくさんのドレスを抱えている。

ハリエットに見送られながら、廊下を歩き始めた。

「重くない？　エルゼ」

「はい、大丈夫です！　リーシェさまは、平気ですか……？」

「ええ。今日はもう遅いから、衣装《いしょう》部屋へ運ぶだけにして、ドレスの片付けは明日にしましょう」

そんな会話を交わしながら、階下へと下りていく。

「──……」

廊下に立ったハリエットが、すうっとその両目を細め、リーシェの背中を見詰めていたことには気付かない。

＊＊＊

衣装部屋にドレスやバッグを置き、エルゼと別れたリーシェは、寝室に戻って息を吐き出した。

（アルノルト殿下は、まだご公務中ね）

ふたり用の部屋に、ひとりきりの沈黙が満ちてゆく。すると、余計なことを思い出してしまった。

（幽霊……）

慌てて部屋中のランプへと火を灯《とも》し、室内を明るくしたあと、急いで寝台に潜り込んだ。

頭まですっぽりと上掛けを被《かぶ》り、波音から逃げてみるものの、やっぱりどうにも心細い。

「……」

リーシェはそっと起き上がると、自分が使っていた寝台から降り、上掛けを被ったまま移動した。

そうして向かったのは窓際だ。

つまりは昨日、アルノルトが寝ていた方の寝台に乗ると、ぽすんとそこに沈み込んだ。

上掛けもシーツも枕も全部、今朝方リーシェが交換し、新しいものに替えてある。昨日のアルノルトが使ったものは、この寝室に残されていない。

それでも、こうしているとアルノルトの気配に包まれたような気がして、リーシェはほうっと息を吐いた。

（殿下はきっと、この部屋にお戻りにはならないわ）

そんなことを考えながら、枕に顔を埋《うず》める。

（パンに悪口を書いちゃったし。一緒に寝てほしいのは、私の我が儘だし……）

でも、と息を吐き出した。

（ご無理を、なさっていないかしら）

せめて体調のことだけでも、オリヴァーに聞いておけばよかったと悔やむ。

（昼間は雨に濡《ぬ》れた上、海にまで浸《つ》からせてしまったのに。体を鍛えていらっしゃる方でも、毎日遅くまでお仕事をしていたら、体力がどんどん消耗するわ……）

心配な気持ちを抱えながらも、思考が端から溶け始めた。昼間に体力を消耗したのは、リーシェの方も同様だ。

「……殿下」

アルノルトが戻る訳もないのに、心の片隅で待ってしまう。そんな心を誤魔化しながら、リーシェはゆっくりと目を瞑《つぶ》った。

次にリーシェが目覚めたのは、それから数時間ほど後のことだろうか。

(……いつの間にか、寝ちゃってたんだわ……)

目を開き、いまが深夜であると把握する。

瞬きを何度か繰り返し、再び眠りに落ちそうになってから、すぐ隣の気配に気が付いた。

リーシェの傍で、アルノルトが静かに眠っているのだ。

そう認識した瞬間、一気に目が覚めてしまった。

(な、なんで!?　どうしてここに、アルノルト殿下が……!)

慌てて上半身を起こしつつ、仰向けで目を閉じているアルノルトを見下ろす。

(それも、私と同じ寝台でお休みに……?)

ひょっとして、リーシェが彼の寝台を使っていた所為《せい》だろうか。

仕事を終えた後、この部屋に戻ってきてくれたらしいアルノルトは、リーシェが寝ているのを見て困ったのかもしれない。

二台ある寝台のうち、彼がもう一台を使わなかった理由は分からないが、すぐ傍に並んで寝ていた事実に動揺した。

（と、とにかく、殿下を起こさないように注意しないと）

リーシェが真ん中を陣取っていた所為か、アルノルトがいるのは寝台の端だ。狭くなかったかと心配になり、じりじりとアルノルトから離れる。

（……今日は、この部屋にお戻りにならないと思ったのに）

窓から差し込む月明かりが、夏用のカーテンを透かしている。

月光は寝室を淡く照らし、アルノルトの白い頬に、くっきりとした睫毛《まつげ》の影を落としていた。

（私が幽霊を怖がるから、この部屋に戻ってきて下さった？）

きっと、その考えは当たっているだろう。

リーシェと一緒に眠るという、そんな約束を守ってくれたのだ。胸の奥がきゅうっと締め付けられ、リーシェは上掛けを抱きしめる。

（自分の寝台に、戻らなきゃ……）

分かっているけれど、なかなか動くことが出来ない。

離れてしまうのがさびしいような、ずっと寝顔を見詰めていたいような、そんな気持ちに誘われる。ちょうどそのとき、アルノルトの形良い眉根が寄せられ、僅かにその表情が歪《ゆが》んだ。

もしかして、起こしてしまっただろうか。ぎくりとしたけれど、どうやらそうではないようだ。

アルノルトの額には、僅かな汗が滲《にじ》んでいた。

どこか意外に感じたあと、なんらおかしくはないと思い直す。人形のように美しい造形をしていても、彼は確かに人間なのだ。

汗の雫《しずく》は、それをはっきりと知らしめるようでもあった。

（きっと、お部屋が暑いんだわ）

リーシェは窓辺に目を遣った。

海側の窓は閉ざされている。ひとりきりの部屋で、窓を開けるのが怖かったからだ。

アルノルトはひょっとしたらそれを汲《く》み、窓を開けないままでいてくれたのかもしれない。けれども夜とは言え、七の月というこの季節に、この状態では寝苦しいはずだ。

（ちょっとでも、ゆっくり眠っていただかないと）

それには、この閉め切った部屋をどうにかする必要がある。リーシェは意を決し、寝台から立ち上がろうとした。

窓辺に近付くのは恐ろしい。それに加え、カーテンを開けるのはもっと怖かった。少しでも隙間を開けてしまうと、何かと目が合いそうな気がするからだ。

運悪くもちょうどその瞬間、窓の外を小さな影が過ぎった。

「！」

心臓が止まりそうになる。傍に置いていた黒色の剣を抱き締めつつ、慎重に窓の外を警戒した。

（だ、大丈夫。あの影の動き方は、どう考えても蝙蝠《こうもり》だもの）

狩人《かりゅうど》人生の知識からも、そのことは間違いない。だが、分かっていても怖かった。

（ぜったい幽霊じゃない、ぜったい……！）

リーシェは自分に言い聞かせる。

呼吸を止め、渾身《こんしん》の覚悟で立ち上がって、カーテンの隙間に手を入れた。そのまま手探りで窓枠に触れ、解錠してから窓を開ける。

(ゆっくり、静かに、起こさないように)

吹き込んできた海風が、ふわりとカーテンを押し開いた。

ほっと息を吐き、急いで窓を離れる。物音を立てないよう、それでいて素早く寝台に乗り、剣を手放してからアルノルトの隣に収まった。

(これで大丈夫……! 窓は開いたし、外には何もいないし、問題は解消されたはず!)

無理矢理そういうことにし、寝台に両手をついて、そろりと体を起こす。

穏やかな眠りを妨げないよう、慎重にアルノルトの顔を覗き込んだ。

前髪が汗で張り付いており、梳《す》いてあげたい気持ちになる。けれど、伸ばそうとした手は止まってしまった。

アルノルトのくちびるから、短い吐息が零《こぼ》れたからだ。

「……っ」

その呼吸には、どこか苦しそうな響きが滲んでいた。

汗が滲んだ肌の上を、柔らかな海風が撫でていく。しかしアルノルトは、その眉をますます歪めるばかりだ。

額に汗が滲むのは、暑気によるものではないのかもしれない。

(……夢を、見ていらっしゃる……?)

そのことに気が付いて、アルノルトの方へと改めて手を伸べた。

それが良くない夢ならば、いますぐ彼を揺り起こしたい。

けれどもそうでないならば、少しでも長く眠ってほしい。そんな感情の狭間《はざま》にあって、何が出来るのかと逡巡《しゅんじゅん》する。

だが、次の瞬間。

「ひゃ……っ」

ぐるりと世界が反転した。

手首を掴《つか》まれ、肩を押される。受け身を取ろうとしたけれど、指一本動かす隙もない。

そのまま仰向けに寝台へ沈み、体の上から圧《の》し掛かられる。両の手首が顔の横へと縫い付けられ、そこにぐうっと体重を掛けられた。

見上げた瞬間にまみえたのは、肉食獣のような鋭い目だ。

「……っ」

氷のように冷たい瞳が、リーシェを真っ直ぐに見下ろしていた。

けれどもそれは一瞬で、アルノルトはすぐさま目を見開く。それから静かに伏し目をして、ここに居るはずのないものを呼ぶみたいに、独白じみた言葉を漏らした。

「――……リーシェ」

何かを確かめるような、そんな声だ。

リーシェは押し倒されたまま、無抵抗の形でアルノルトを見上げる。

詰めていた息を吐き、くたりと体の力を抜いて、彼に応えた。

「はい。……アルノルト、殿下」

アルノルトはそこで、眉根を寄せる。

ゆっくりと身を屈《かが》め、リーシェに覆い被さる格好のまま、ぽすんと寝台に突っ伏してしまった。

「殿下?」

リーシェの耳元で、掠《かす》れた声がこう囁《ささや》く。

「……すまない」

「っ」

鼓膜が震え、リーシェはぞくりと身を竦《すく》めた。

くすぐったいのを堪《こら》えるため、そのまま僅かに身を捩《よじ》る。けれどもアルノルトに捕まっていて、少しも自由に動けない。

「殿下、手」

困り顔で視線を向けるのは、アルノルトに捕まった手首である。

体が密着した状態では、懇願するのも一苦労だ。

「手、離して……」

「……」

リーシェがねだると、ほんの一秒ほどの間が置かれた。

「ああ」

アルノルトが、一言ずつ刻むように言葉を紡ぐ。

「……分かっている」

覆い被さられた状態でも、リーシェはちっとも重くない。

恐らくは潰れてしまわぬよう、アルノルトが気遣ってくれているからだ。彼はまずそのままの体勢で、リーシェの手首を解放した。

離すのを惜しまれているのかと錯覚するほど、少しずつ指が解《ほど》けていく。

強く掴まれた気がしたのに、手首には痕すらついていなかった。自分の手首が白いままなのを、リーシェは何処《どこ》かぼんやりと見つめる。

やがてアルノルトが身を起こし、ふたりの体が離れた。

リーシェはそれを確かめたのち、自分も寝台に起き上がる。

膝立ちになり、自由になった両手を、迷わずに前へと伸ばした。

「！」

そして、アルノルトをぎゅうっと抱き締める。

すぐ傍で、アルノルトが息を呑んだ気配がした。手首を離してくれたお陰で、こうして抱き締めることが出来たのだ。

リーシェは左手をアルノルトの背に、右手を彼の頭に回して、その黒髪を柔らかく撫でる。

「怖い夢を、ご覧になったのですか？」

我ながら、幼子にするような問い掛けだ。

けれども確信めいた予感のお陰で、どうしてもこうせずにいられなかった。不躾でも、勇気のいる行いであろうとも、アルノルトを抱き締めたかったのだ。

この問いは、アルノルトによって否定されるだろう。

そう覚悟していたはずなのに、リーシェにされるがままのアルノルトは、視線を少し下に落としてから返事をする。

「――……昔の夢だ」

アルノルトの手が、リーシェの背へと回された。

「お前のお陰で、すべてが消えた」

抱き返すほどの力でなく、ほとんど添えているだけの触れ方だ。

しかし、こうしているのを許されたような気持ちになって、リーシェは腕の力を強くした。

「……ごめんなさい、殿下」

左手はぎゅうぎゅうとアルノルトを抱き締めながら、右手はそうっと後ろ頭を撫で続ける。

「私が傍に居て、眠りにくかったからですよね」

するとアルノルトは、短く息を吐き出して言う。

「これは別段、珍しいことではない」

そのあとで、やさしい声音が教えてくれた。

「だから、お前の所為でもない」

その言葉に、先日のことを思い出す。

大神殿を訪れ、そこで負傷をした際に、リーシェはアルノルトと同じ寝台で一緒に眠ったのだ。そのあとで、妙な夢を見なかったと告げられた。

（アルノルト殿下にとっての、恐ろしい『昔の夢』）

彼に語られた過去を思い、リーシェは胸が締め付けられる。

（たくさんのご兄弟が、殿下の前で殺《あや》められたこと？）

想像するだけでも痛ましい光景を、アルノルトは実際に目にしている。

（それとも、殿下を憎んでいらしたという、母君のこと……）

首の傷は、アルノルトが幼い頃に負ったものだ。リーシェが知っている以外にも、きっとたくさんの過去があるのだろう。

（けれど、そこに私が触れることは出来ない）

室内には、穏やかな波の音が響いている。

まったく無音の部屋よりも、この方が一層静かなように思えた。リーシェはするりと身を離し、アルノルトのことを見つめる。

すると、無表情に近いアルノルトの瞳も、リーシェのことを真っ直ぐに見下ろした。

いつもより茫洋《ぼうよう》としているその目には、たくさんの想いが宿っているようにも、ひどく空っぽなようにも見える。

底が知れない青色の双眸《そうぼう》は、窓から差し込む月光を受けて、淡く透き通っているのだった。

「――……海」

先ほどまでと同じように、アルノルトの頭をそうっと撫でた。

「いっぱい遊んで、楽しかったですね」

「……」

脈絡の感じられない話であると、彼には不可解に聞こえたかもしれない。

(いまの私に出来ることなんか、本当に少ない)

アルノルトの『夢』を知ることはもちろん、そこに踏み込むことだって、資格たるものを持ち合わせていないのだ。

それでもせめて、アルノルトの手を取って、その夢から遠いところに歩いて行きたかった。

(アルノルト殿下にとって、忌むべき記憶が消えないなら)

少しでもいいから、異なる感情で掻《か》き消したい。

これから先に見る夢が、ひとつでも恐ろしくないものになればいい。昼間の海辺をよすがにして、リーシェは彼にそう願う。

すると、表情を変えないままのアルノルトが、ぽつりと口を開いた。

「……あの浜の存在を、思い出したとき」

リーシェが首を傾げると、無表情のアルノルトがこう告げる。

「お前が好むかもしれないと、そう浮かんだ」

「！」

リーシェは思わず瞬きをした。

「俺にとってはただの景色だが。……お前であれば、きっとあの海を美しいと言うのだろうと、そう感じたんだ」

アルノルトの声音は淡々としている。

なんでもないことを紡ぐように、それでいてはっきりと、思いを口にしてくれるのだ。

「たとえ、俺自身には分からなくとも」

アルノルトの手が、リーシェの頬をするりと撫でた。

「……『お前が喜ぶもの』という見方であれば、少しは理解できたような気がした」

信じがたいことが起きたような気持ちになって、リーシェはひとつだけ瞬きをする。

「お前が行きたいと言っていた、ただそれだけが理由ではない」

昼間に尋ねたことの答えを、月光の中で告げられた。

「俺が、お前に見せたいと感じたから、あの海にお前を連れ出したんだ」

「……っ」

アルノルトは以前、言っていたのである。

リーシェが尊ぶものを、同じように感じることは出来ないと。

蛍火は戦火に見え、皇都の景色は忌々しいものに感じられると、そう話してくれた。

そんな彼が、リーシェに海を見せようと、そう思ってくれたのなら。

「──連れて行っていただけて、嬉しかったです」

思わず震えそうになる声で、彼に向けてひとつずつ告げてゆく。

「本当に、とても、ものすごく」

伝えられる言葉が見つからないのに、差し出したくて必死に探した。

それでも結局は伝え切れず、拙い言葉を繰り返すだけだ。

「……いまも、泣きたいくらいに嬉しい……」

「……」

向かい合って見上げるアルノルトを、もう一度抱き締めたくて仕方なかった。

けれどもそれは阻まれる。彼に腕を回すより先に、アルノルトがリーシェのことを抱き寄せて、腕の中に閉じ込めたからだ。

「アルノルト殿下」

リーシェはもちろん驚くものの、彼を押し退《の》けるようなことはしない。すると、アルノルトはぐっと腕に力を入れたあとに俯いて、リーシェの耳元でこんなことを言った。

「……意に沿わず押し倒されたり、抱き締められたりしたときは、もう少し抵抗するものだ」

むしろ負けじと抱き締め返して、アルノルトの背中に腕を回す。

「殿下がご無体をなさるはずはないと、私は信じていますから」

すると、アルノルトからは自嘲めいた笑みが溢《こぼ》れた。

「やはり、どこまでも俺を信じようとするんだな」

「もちろんですよ。……『形のないものの実体を信じられる人間などいない』と、あなたは、そんな風に仰っていたけれど」

リーシェはやはり、そう思わない。

「私は幽霊が怖いのです。たとえ形が無くとも、その存在を信じているし、本気で怯《おび》えもする」

アルノルトにだけは打ち明けられる弱みを、恥ずかしいけれども口にした。

それから、と続ける。

「先日のドマナ聖王国で目にしたように、クルシェード教に属する人々にとっても、その信仰は揺るぎ無いものでしょう？」

女神の血を引くとされるアルノルトは、何かを考えるように沈黙した。

「そして、あなたが私に『海を見せたい』と思って下さった心は、形が無くとも確かなものです」

あやすようにその頭を撫でながら、彼にそうっと言葉を継ぐ。

「私はそのお気持ちを信じていますよ。……そして、だからこそ何度でもお伝えします。あなたの望みを、私だって叶えて差し上げたいのだと」

そんな誓いを立てるだけで、相手の支えになれることもある。

ハリエットの教えてくれたことを、リーシェは真っ直ぐにアルノルトへ告げた。

「そうすれば、いつかは信じて下さいますか？」

「……お前のことをか？」

「いいえ」

リーシェのことを信じてくれなくても、構わない。

そんなことよりもリーシェには、アルノルトに分かっていてほしいことがある。

「アルノルト殿下ご自身が、何かを望んでも良いのだということをです」

「――……」

そして、アルノルトは小さく息を吐く。

アルノルトは、リーシェに回した腕の力を、ほんの少しだけ強くした。

「……誰かに何かを願ったことなんて、一度もなかった」

耳元で紡がれる彼の声は、ほんの僅かに掠れている。

「手元に届きようがないものを引き寄せ、留《とど》めておこうと動いたのは、お前が唯一でひとつだけだ」

「……アルノルト殿下」

左胸が、軋《きし》むようにきゅうっと疼いて苦しい。

アルノルトは、そんなリーシェの胸中も知らずに、こんな言葉を囁いてみせる。

「俺の妻になれ」

リーシェの耳へ口付けるようにして、囁くのだ。

「――今はそれ以上、何も望まない」

「……っ」

苦しくて、泣きたくなったのを必死に堪えた。

アルノルトの背中にしがみついて、リーシェはなんとか口を開く。

「あまりにも、欲がなさすぎます」

そうすると、アルノルトはふっと自嘲めいた笑みを溢す。

「お前のことを、無理やり娶《めと》った人間に対して言うことではないな」

彼はやはり、この結婚をそんな風に思っているのだろう。それが不服で仕方なく、子犬が唸《うな》るような気持ちで抗議をする。

「……この結婚をお受けしたのは、最後には間違いなく私の意思ですよ」

だが、アルノルトは分かってくれないのだ。「それは違う」と言いたげな手が、リーシェの頭を緩やかに撫でる。

「あそこでお前が頷かなくとも、俺はお前を手に入れていた」

腕の中に閉じ込められたまま、リーシェは耳を傾けた。

「どんな手段を使っても。……お前が、どれほど拒もうともだ」

眉根を寄せると、身じろいでアルノルトから体を離そうとした。

しかし、それは許してもらえない。アルノルトはリーシェを抱き込んだまま、ぽすんと横向きに寝台へ倒れる。

ふたりで寝転ぶような体勢で、少しだけ腕の力が緩められた。リーシェは顔を上げ、アルノルトを間近に見据える。

「……夫婦喧嘩は続行です」

「へえ？」

「アルノルト殿下が、分からずやなので」

不服をめいっぱい込めてそう告げると、アルノルトはふっと小さく笑った。

「いくらでも」

リーシェの頬に掛かった横髪を、耳へ掛けるように指が梳く。

くすぐったくて身を竦めると、あやすような声で告げられた。

「お前が望む限り、付き合おう」

やはり、本当の喧嘩にすらしてもらえないのだ。そのことが不満で仕方ないのに、やさしいまなざしを向けられると何も言えない。

「だが、もう目を閉じろ」

改めて抱き込まれた後に、ぽんぽんと背中を撫でられた。

「……夫婦喧嘩とやらの続きは、明日してやる」

思うに夫婦喧嘩とは、そういうものではないような気がする。けれども口には出さないまま、悔し紛れにくっついて、ぎゅうっと目を閉じた。

上手な夫婦喧嘩というものは、とても難しい。

そう感じつつ、どうすればアルノルトに分かってもらえるのかを考えているうちに、リーシェは再び眠りへ落ちたのだった。

＊＊＊

翌朝、リーシェが目を覚ますと、アルノルトは部屋にいなかった。

寝台に座ったリーシェは、それを確かめながらぼんやりと瞬きをする。のそのそと寝台から降り、いつもの倍くらい時間を掛けて身支度をした。

ドレスを着替えたあと、サイドテーブルに目をやれば、そこには数枚の書類が置かれている。

アルノルトに頼んでいた、両替所のとある記録だ。リーシェはそれを手に取り、目を通したあとに、ふうっと小さく息を吐く。

（アルノルト殿下に、お礼をしなきゃ……）

そんなことを考えていると、部屋にノックの音が響いた。

リーシェとアルノルトがこの部屋を使っていることは、あとひとりしか知らないはずだ。扉を開けると案の定、そこにはオリヴァーが立っている。

「おはようございます、リーシェさま。実は、我が君に執務室を追い出されまして」

不思議に思って首を傾げると、オリヴァーは爽やかな苦笑を浮かべた。

「おひとりで集中して公務をなさりたいときは、よくあることなのです。他人の気配があると、それだけで煩わしく感じられるようで」

「まあ」

「手持ち無沙汰ですので、リーシェさまのお手伝いでも出来たらと。侍女を呼べない中で、何かお困りのことはございますか？」

　リーシェがアルノルトと寝ているのも、すべては幽霊が怖い所為だ。侍女に気付かれたくないため、この部屋にいることすら内緒にしているから、オリヴァーは気遣ってくれているのだろう。

　一度は遠慮しようとしたものの、リーシェはふと思い出した。

「では、オリヴァーさま。よろしければ、荷運びにご協力いただけないでしょうか」

　昨日の夜、ハリエットに試着してもらったドレスやバッグは、ひとまず衣装部屋へと山積みにしておいた。それなりに重さがあるものなので、片付けるために男手は助かる。

「喜んで拝命いたしましょう。ご朝食も準備を進めておりますので」

「ありがとうございます。では、お願いします」

　オリヴァーと一緒に部屋を出て、一階にある衣装部屋へと下りていく。すると、途中でぱたぱたと軽い足音が聞こえてきた。

「リーシェさま……！」

「どうしたの？　エルゼ」

　階下から上がってきたエルゼが、リーシェを見付けて泣きそうな顔をする。

「あ、朝早くに申し訳ありません。リーシェさまに、ご報告が……!!」

「顔色が悪いわ。大丈夫、ゆっくりでいいから」

　階段の途中で浅い息をついているエルゼに駆け寄り、そっと促した。

　エルゼは肩で呼吸をしながら、手にしていた麻袋をリーシェに差し出してくる。

「衣装部屋で、昨日のバッグを整理していたのです。そ、そうしたら、これを見付けて……」

麻袋は紐《ひも》が緩んでおり、開いた口から中が見える。その輝きに、リーシェは目を瞠《みは》った。

「ガルクハイン金貨……？」

袋に詰め込まれている黄金は、鷲《わし》の意匠が施された金貨だ。

そして麻袋の真ん中には、ファブラニアの国章が刺繍《ししゅう》されている。誰がどう見ても、これをリーシェの持ち物だとは思わないだろう。

（こんなものが、私のバッグに入っている理由は……）

リーシェの中で、瞬時に状況が整理されていった。

これは間違いなく、ハリエットの持ち物だ。恐らくはファブラニア国王に持たされたという、ガルクハインの金貨だろう。

リーシェのバッグに入ったタイミングは、昨日のハリエットの部屋に違いない。問題はこれが、どうしてバッグに入ってしまったかだ。

（お部屋から出るときに急いだ所為で、偶然紛れ込んでしまった？　……有り得ないわね）

バッグをまとめて置いていたのは、部屋にある長椅子の上である。金貨がいっぱいに詰まった袋を、ハリエットが投げ出していたとは考えにくい。

「エルゼ。この袋はどのバッグに入っていたか、思い出せる？」

「はい。持ち手が細い鎖になっている、赤色の……」

昨夜の記憶を揺り起こし、ハリエットの部屋を頭に描く。赤色のバッグは長椅子の中央、他のバッグとぎゅうぎゅうに並んで置かれていたはずだ。

（……あのとき）

ファブラニアの女性騎士たちがやってきて、リーシェはすぐに部屋を出ることになった。

その際、長椅子の中央にあったバッグをまとめてくれたのは、エルゼではなくハリエットだ。

（ハリエットさまが、私のバッグに金貨の袋を入れた――……）

それに気付き、心底自分の未熟さを恥じる。

騎士たちの動きを警戒して、ハリエットに気を配ることが出来なかった。しかし、ハリエットのやったことが分かっても、その理由までは不可解なままだ。

「どうしましょう、リーシェさま……」

青褪《あおざ》めたエルゼが、彼女の懸念であろう事項を口にする。

「これでは、ハリエットさまから、金貨を盗んだと誤解されてしまいそうです……！」

そうなれば、重大な国際問題に発展するのは間違いない。

これまで静観していたオリヴァーが、いつもの微笑みを消してリーシェを呼んだ。

「リーシェさま。どうか、仔細《しさい》をお聞かせいただけますか？」

普段は穏やかなオリヴァーから、ぴりっと張り詰めた空気を感じる。オリヴァーは十年前、負傷によって騎士の道を断たれたと聞いているが、怪我《けが》の前は本当に優れた剣士だったのだろう。

とはいえオリヴァーに話したことは、すべてがアルノルトの耳に入る。だからこそ、慎重に言葉を選ばなくてはならない。手元に視線を落としたとき、リーシェははっとした。

（……まさか）

麻袋を開き、新品らしき金貨を一枚手に取ってみる。ガルクハイン国章の彫られた表面は、鏡のように輝いていた。

（これが、私やエルゼが疑われるような行動を、ハリエットさまが取られた理由……）

そこに映り込んだリーシェの瞳が、リーシェ自身を見据えている。

脳裏に浮かべたのは、アルノルトに調べてもらった両替所の情報だ。過去の人生で起きたことと照らし合わせ、ひとつの結論に辿《たど》り着いた。

（ハリエットさま。――だからあなたは、未来で処刑されたのですね）

リーシェは短く息を吐く。そして、オリヴァーを真っ直ぐに見上げた。

「オリヴァーさま、状況は後ほどお話しします。けれどもまずは、お願いしたいことが……」

それからのリーシェは、狼狽《ろうばい》するエルゼを宥めたあと、早速オリヴァーに動いてもらった。

これから行うことは、当然アルノルトに黙っているわけにはいかないことだ。しかし、アルノルトが『集中して公務を行う』と言っていた以上、その邪魔はしたくない。

それに、下手にアルノルトの耳に入れてしまうと、却《かえ》って彼に迷惑をかける可能性もある。オリヴァーもそれは承知してくれて、報告を一旦保留にしたまま、リーシェはいくつか準備をした。

そして朝食後、リーシェはハリエットではなく、別の人間を訪ねていた。

「よお。朝から俺なんかを尋ねて来てくれて、嬉しいぜ」

テーブルを挟んで向かい合うのは、カーティスに扮《ふん》したラウルだ。オリヴァーも同席してくれて、彼はリーシェの後ろに立っている。

事前に話を通した所為か、見張りの騎士などはいない。ラウルは自らの手元でお茶を淹《い》れ、リーシェの方に押し出した。

「珍しい色の茶だろ？　俺が育った国で飲まれてたものだ」

翡翠《ひすい》のような緑色をしたお茶は、独特の芳《かぐわ》しい香りがある。狩人人生でも、ラウルはこのお茶を好んでおり、たびたびリーシェたちに振る舞ってくれた。

「そっちの銀髪の従者さんは？　あんたも飲む？」

「いいえ、結構です」

オリヴァーはやんわりと辞退するが、その声音はどこか硬いものがある。

この『カーティス』が偽者であることを、アルノルトから聞いているのだろう。恐らくは、リーシェがそのことに気付いていながら、アルノルトに報告していなかったことも知っているはずだ。

「それじゃ、本題に入ろうか」

ラウルはティーカップを手に取って、それを一口飲んでから切り出した。

リーシェもカップに口を付け、久しぶりの苦味を味わう。ゆっくりとソーサーにカップを戻し、改めてラウルの目を見た。

「ハリエットさまのお部屋の周囲に、シグウェル国の騎士を手配してくれてありがとう」

「『話をしたいから時間を作れ』っていう伝言のあと、『ハリエットを部屋に閉じ込めて護衛を増やせ』だもんな。本人はともかく、侍女長とファブラニアの騎士を黙らせるのが大変だった」

そのことは申し訳なく思いつつも、リーシェは一呼吸置いて口を開いた。

「あなたがこの国に来た目的に、協力したいの」

「……目的もなにも」

ラウルはにやりと笑い、椅子の背凭《せもた》れに体を預ける。

「ご覧の通り、カーティスの影としてやってきた。あいつ、いま、ちょっと体調崩しててさ。ガルクハイン皇太子夫妻の婚礼祝いに、うちの王太子が出ないなんて出来ないだろ？」

「それは嘘《うそ》。あなたの行動は、シグウェル王室の意思に反しているはずよ」

正しくは、了承を得ていないと言うべきだろう。

ラウルの思考は分かっている。シグウェル王家に許されそうもないことならば、そもそも最初から許可を求めたりしない。黙って国を抜け出して、黙って行動しているはずだ。

「王室の指示でカーティス殿下を名乗るなら、あなたは最後まで徹底したはず。素の姿で私の前に現れたり、自分の名前を明かしたりしないでしょう？」

「随分と、俺のことを買ってくれているんだな」

（……当然だわ）

狩人として傍にいたリーシェは、ラウルがどれほど『影』として優秀なのかを知っている。本来のラウルであれば、本物のカーティスがしないようなことは、間違ってもしない。

「でも、あれはしょうがないだろ。『カーティス』としてあんたの前に立ったとき、見抜かれてるってすぐに分かった。隠しても仕方ない」

「それも嘘。私は、あなたが偽者だと気付いていないように振る舞ったわ。それを利用するのではなく、開き直って会いに来るなんて、どう考えても不自然なの」

どうしてそんな行動を取ったのか、リーシェにはずっと不思議だった。だが、いまなら分かる。

「王室の指示であれば、アルノルト殿下に対して無礼なことなんかしないはず。……ハリエットさまからお聞きしたカーティス殿下は、そんなことをなさるようなお方ではなさそうだもの。なのに、何故《なぜ》あなたはわざと私を口説くようなふりをしたり、近付いて来るのかが不思議だった」

そう言うと、ラウルがくすりと小さく笑う。

「そんなのは、あんたが可愛いからだよ」

「……それも嘘だわ」

げんなりしつつ、楽しそうに細められた赤色の瞳を見据える。

「あなたがここに来ている理由は、ハリエットさまをファブラニアから救い出すためね？」

ラウルが、緩やかな瞬きをひとつ刻んだ。

「ハリエットさまは、男性への接近を厳しく制限されている。たとえ護衛であろうとも、男性はハリエットさまに近付けない。──いいえ、女性の姿に変装しようとも、ファブラニアの護衛騎士は離れてくれないでしょうね」

事実、昨日のリーシェもそうだった。護衛なしでハリエットに会っていることを咎《とが》められ、女性騎士たちに睨《にら》まれてしまったのだ。

「ハリエットさまとふたりきりになるのであれば、ハリエットさまのお身内である、カーティス殿下のお姿を取るのが最善だわ」

「……なるほど、そんな風に考えたのか。あんたやアルノルト・ハインに対し、カーティスのふりを徹底しなかったのは、俺の騙《だま》したい相手がファブラニアだったからだろうって？」

「いいえ。……あなたはきっと、私たちが最後まで気付かなかった場合、自ら正体を明かそうとしていたのでしょう？」

そう告げると、ラウルが僅かに驚いたような表情をする。

「あなたの振る舞いは危険すぎるわ。カーティス殿下としてハリエットさまを逃がすのは、ファブラニアに対しての国家的な裏切りになる。シグウェル王家のために動くのであれば、あなたは最後の最後には、『カーティス殿下の偽者だった』と明かさなくてはならない」

リーシェの前に姿を見せたのは、彼の気まぐれや、リーシェを口説くためなどという目的ではない。『あれは王子カーティスではなかった』ということを、証言させるためなのだ。

カーティスとは違う瞳の色を、ハリエットのように前髪で隠すことすらしていないのは、その瞳が重要な証拠となるからだろう。しかしラウルは、やっぱり軽薄な笑いを浮かべる。

「そもそもどうして俺がハリエットを救うんだ。ファブラニア国王に認められず、不遇な扱いを受けているから？　いやいや、それぐらいはよくあることだろ。政略結婚で幸せになれる妃《きさき》なんていないし、そういうもんだってハリエットも分かってる」

そして目を細め、皮肉っぽい口振りで告げるのだ。

「わざわざ俺が救う必要なんて、何処にもない」

リーシェはゆっくりと口を開く。

「ハリエットさまが、ただ婚約者と上手《うま》くいっていないだけならば、そうかもしれないわね」

「……ふうん？」

「ゆうべ、ハリエットさまにお使いいただいた私のバッグに、こんなものが入っていたの」

麻袋の口を緩め、中身が見えるようにして、テーブルの上に置いた。

ラウルはそれに視線を注ぎながら、表情を変えずに尋ねてくる。

「状況から、これをバッグに入れたのはハリエットさまだわ」

「なるほどね。ひょっとして、ハリエットがあんたに泥棒の汚名でも着せようとしたって話？」

「汚名を着せるだなんて、そんなわけがない。だって、こんなものにそれほどの価値はないもの」

リーシェは手を伸ばし、麻袋から金貨を一枚取り出す。

その金貨は、流通による擦れや傷などの痕もなく、つやつやと鏡のように光っていた。

「……侍女長さまからお聞きしたわ。ハリエットさまがお持ちのガルクハイン金貨は、ファブラニアの国王陛下が用意し、『ガルクハインで存分に買い物をしてくるよう』仰ったのだと」

それだけ聞けば、婚約者が望む限りの贅沢《ぜいたく》をさせようとしている言葉にも聞こえる。

だが、実際はそうではない。

「だったらこの金貨は、ガルクハインでなく、ファブラニアで流通していたものになるわよね？」

「まあ、だとしても何もおかしくはないさ。この街の港にだって、外貨を扱う両替所はあるだろ？　ガルクハインからの旅人や商人が金貨を使えば、ファブラニアにも流通しているはずで……」

ラウルが話すのをぴたりと止めた。それを見て、リーシェは頷く。

「気が付いた？　他国で使われて流通し、それを集められた金貨なら疑問は持たないの。……けれど、ここにある金貨はとても綺麗《きれい》だわ。出来立ての貨幣だなんて、国内にもそれほど数はないのに、これはまるで造られたばかりの金貨のよう」

ラウルに向けて、リーシェは金貨を差し出した。

「どうしてファブラニアから来た金貨が、流通の痕跡もなく新品同様のものばかりなのかしら」

「……その聞き方は、人が悪いな」

受け取ったラウルが、それを目の前に翳《かざ》して目を眇《すが》める。

「ファブラニアで造られた贋金《にせがね》だって、あんたはとっくに気付いてる癖に」

やはり、ラウルもこのことに気が付いていたのだ。

金貨が新しすぎること自体は、これが偽物である根拠にはならない。しかし、アルノルトにもらった両替所の記録を見れば、この金貨の存在はやはり不自然だった。

あの情報は元々、両替記録から貿易の状況を知ることで、ガルクハインと各国の取引動向が探れないかと思って依頼したものだ。それを見ると、ガルクハインの金貨が一定額以上のファブラニア金貨と交換された記録は、ここ数年では存在しない。

大きな貿易を行なっておらず、最も近い港においてまとまった両替の記録もない相手国が、新品の金貨を麻袋いっぱいに保持しているのは奇妙だった。

疑いさえ持てば、鑑定することで本物かどうかを見極めることが出来る。リーシェは過去の人生で、商人として何度も物の真贋《しんがん》を確かめて来た。

ここにあるのは間違いなく、法定の黄金量を含有していない、安価に作られた贋金だ。

「この金貨の作成には、ファブラニア国が関わっているはずよ。ハリエットさまの意思で用意できたとは、到底思えないもの」

なにしろハリエットは、読む本の種類すら制限されているのだ。ささやかな自由すら許されない彼女に、独断で贋金を作ることは出来ない。ラウルはぞんざいに足を組み、頬杖《ほおづえ》をついて笑った。

「まったく不思議だなあ。ファブラニア国が、なんのためにガルクハイン金貨を作るんだ？」

「贋金を作る原料は、その貨幣の額面価格よりも安価に抑えられるわ。つまりは安い素材を使って、高価な品が手に入れられる」

「ふむふむ。つまりファブラニア国は、ガルクハインで金持ちになりたくてこんなことをしたと」

「……国家が他国の贋金を作る場合、狙える効果はいくつかあるわね」

未来のことを思い出し、リーシェは顔を顰《しか》めながら言った。

「贋金の流通は、相手国の経済的な消耗を招く」

贋金が流通してしまうと、経済は非常に混乱するのだ。

未来でも、ちょうどそんなことが起きていた。いくつかの国で贋金が発見され、貨幣そのものへの信頼度が下がってしまい、些細《ささい》な金銭のやり取りでも真贋の確認が必要になったのである。

その国々の経済は、あっという間に鈍化した。

ファブラニアの国内にも、贋金の流通が確認されていたはずだ。しかしこれまでの人生では、それすらも『王妃ハリエットの所為で』と語られていた。

(……きっと、ハリエットさまが『諸外国から宝石類を買っていた』という行為そのものは、事実だったんだわ)

リーシェはぎゅっとドレスの裾を握り締めた。

(けれど、『そうしろと国王に命じられていた』のではないかしら。贅沢をしていたのではなく、『相手国の贋金を使って、相手国の所有する財産をファブラニアのものにするため』に……)

現にファブラニア国王は、ガルクハインへ向かうハリエットに贋金を渡し、『存分に買い物をしてくるよう』と伝えている。

(かつての人生で耳にしたハリエットさまの噂《うわさ》では、国内でなく国外の品々ばかりを買っていたと聞くもの。宝石もドレスも、国内からだって手に入るはずなのに)

その理由こそ、他国に贋金を流し、その贋金で財を奪うためなのだろう。

(ファブラニア王室による、ファブラニアを豊かにするための、他国の贋金。……あまりにも、目先の利益しか考えられていない)

アルノルトは、ガルクハインの経済を守るための策として、金銀の不足による他国の困窮が起きない方法を取ろうとしている。

自国が豊かでいるためには、取引相手となる他国も豊かでなくてはならないのだ。それに対し、ファブラニア側が取ろうとしているのは、いずれ自国をも追い詰めかねない悪手だった。

（事実、ファブラニアの経済は、いまから四年後には完全に破綻してしまっている）

ファブラニアはそれを、『王妃ハリエットが散財し、国庫を潰した為』だと罪を着せて、国民の悪感情を処理するための生贄《いけにえ》にした。

（ハリエットさまが処刑されたのには、口封じの意味もあったように思えるわ。『罪人』であれば、ハリエットさまが贋金のことを告発しようとしても、その信憑性《しんぴょうせい》が薄れるもの）

これまでの人生の彼女を思い、胸が締め付けられる。

（国民が飢える中でも、ファブラニア王室にはたくさんの財が集められていた。だからこそ未来では、シグウェル国などを傘下に加えた上で、ガルクハインと戦争が出来ている）

やはりファブラニア王室の本懐は、国民の飢えを解消させることよりも、ガルクハインへの戦勝だったのだろう。

「商人を呼んでの買い物の際、ハリエットさまはずっと怯えたご様子だったわ。けれどもそれは、侍女長さまに叱られたからでも、高価な買い物が怖かったからでもない。……恐らくは、『婚約者の命令通り、贋金を使わなくてはならない』という恐怖心によるもの」

そう考えると、彼女が昨日犯した『失敗』にも納得がいく。

「昨日、街へ買い物に出た際に、ハリエットさまは『自室にガルクハイン金貨を忘れた』と仰ったの。取りに戻るのも時間が掛かるから、そのときはお手持ちのファブラニア金貨と両替することになったわ」

「……ふうん」

「けれどもあれは、本当に忘れたのではなくて。――たとえご自身が叱られようとも、ガルクハインの贋金を使用しないために、咄嗟《とっさ》に取った行動だったのではないかしら」

ハリエットはあの買い物の前、侍女に用意させるのではなく、自分で支度することを申し出ていた。その結果に金貨を忘れたということで、侍女長に呆《あき》れられていたのだが、実際はわざとそうしたように思えるのだ。

「きっとハリエットさまは、私に罪を着せようとしたのではない」

目の前のラウルに、はっきりと告げる。

「むしろあの方は、告発しようとなさったはず。ファブラニアと……そして、ご自身がしようとしていることを」

その告発を決意したのは、昨晩のことなのだろう。

けれどもファブラニアの騎士たちが入室し、リーシェに打ち明けることは出来なくなった。

「ファブラニアの騎士たちは、『騎士の立ち会いなく、兄君と侍女以外の他人と会わないように』とハリエットさまに告げたわ。だからハリエットさまは、これが最後の機会だと思い、この麻袋を私のバッグに入れたのかもしれない」

そして、ファブラニアがそこまでハリエットから他人を遠ざけようとするのも、ハリエットが秘密を話してしまわないようにという危惧からではないだろうか。

「オリヴァーさま。ファブラニア国王陛下は、アルノルト殿下の妹君との婚姻を望まれていたものの、その婚約は叶わなかったのですよね？」

「ええ。以降も何度かガルクハイン側との交友を望んで来てはいますが、皇帝陛下は興味がないご様子です」

未来のファブラニアは、ハリエットの罪状を盾にシグウェル国を従わせ、ガルクハインと戦争をするための兵力に加えている。

かの国の動機には、自国の利益だけでなく、ガルクハインへの敵意もあるようだ。

アルノルトの妹姫との婚約を断られたことに、逆恨みめいた感情があるのかもしれない。

（過去の人生では、ガルクハインとファブラニアの関係はそれほど友好ではないままだった。貿易も盛んではないから、ファブラニアの贋金がガルクハインに流れることは少なかったはず）

しかし今回は、ハリエットがシグウェル国の王女としてガルクハインにやってきた。

「オリヴァーさま。ファブラニアがガルクハインとの友好関係を望むのは、ガルクハインがもっとも近隣にある大国であることも影響しているかもしれませんよね？」

その問いに、オリヴァーは頷いてくれる。

「贋金の件が事実であれば、他国の財を略取し、困窮させることが目的でしょうから。大きな貿易が出来る大国相手なら、贋金による利益も増えます」

ガルクハインの金貨は現状、真似《まね》るのにさほど技術は必要のない意匠だ。

これまでも、幾人かの人間が偽造を目論《もくろ》み、それによって贋金が出回ったこともあるだろう。しかし今回は、他国が国家規模でその犯罪を目論んでいる。

「ラウル。……あなたは、この贋金に気が付いたのよね？」

リーシェは、彼の赤い瞳を正面から見据えた。

「ハリエットさまが婚家の犯罪に巻き込まれてしまえば、ハリエットさま個人が不幸になるだけではないわ。そのうちに、きっとシグウェル国をも巻き込んで、国際的な大問題に発展する……」

事実、これまでの人生ではそうなった。

ハリエットの処刑後、ファブラニアは無茶な理論でシグウェル国に賠償を求めている。書物以外の特産物がなく、同盟国に守られる形で国家を運営してきたシグウェルは、ファブラニアの要求に従うしかなかった。賠償金が払えない代わりに、無謀ともいえる戦争に参加させられるのだ。

あの戦争で多くが死んだし、ラウルも無事ではいないだろう。

シグウェル国の結末は分からない。だってリーシェは、そこで命を落としたからだ。

「だからあなたは、いまのうちにハリエットさまを救おうとしたのではないの？　……たとえ、王家の命令でなくたって」

ハリエットは、花嫁修業のためファブラニアに向かって以来、一度も自国に帰れていないらしい。

彼女がこの国に来られたのは、『リーシェとアルノルトの婚儀』という祝い事のためだ。

この機会がなければ、ハリエットは兄のカーティスやラウルに会えていない。これまでの人生においては、ハリエットの救出は不可能だった。

「ファブラニア国がハリエットさまの外出を許したのは、『ガルクハイン皇太子の婚儀のため』という名目があったから。この機会に、ガルクハイン金貨の贋金を流通させるよう、ハリエットさまに指示をしたはず」

ハリエットの参列は、ファブラニア国にとってまたとない機会だ。

そしてそれは、ラウルにとっても同様だっただろう。

（この婚儀がなければ……私とアルノルト殿下が結婚しなければ、ラウルがこうしてハリエットさまに近付くことは出来なかった。これまでの人生のうち、この七回目にして初めて起きた、ハリエットさま救出の機会なのだわ）

そう考えれば、ラウルがこの機会を逃すことなく、カーティスに化けてまで近づいてきた理由も分かる気がするのだ。

「……ああ、なんてことだ」

組んでいた足を正したラウルは、前のめりになって顔を覆った。

「信じられないな。まさかあのハリエットが、あんたに贋金の存在を明かしていたなんて……」

「ラウル。アルノルト殿下にお力を借りることは、現時点では難しいかもしれないわ」

アルノルトがやさしい人であることを、リーシェはもちろん知っている。

けれども同じくらい、彼が非常に合理的であることや、父帝を警戒していることも分かっている。

コヨル国の時と同様、無条件に他国を助けるような選択はしないはずだ。

「それでも、なにか私に手伝えることがあれば、是非とも協力させてほしいの」

「……」

ラウルは大きな深呼吸をする。

かと思えば、その肩が僅かに震え始めた。それを不思議に思う前に、ラウルがぱっと顔を上げる。

「ふ、はは！」

楽しそうな笑い声を上げたあと、彼はリーシェを見て笑った。

「――――なあんてな！」

「……!?」

べえっと赤い舌を出して、嘲笑《あざわら》う視線を向けてくるのだ。

「うそうそ。本当は、嫌な予感はしてたんだよなあ！　あんな愚鈍な姫さまを相手に、あんたは随分とおやさしかったから。ハリエットが懐いてしまって、全部打ち明けてもおかしくはない」

ラウルは膝の上に頬杖をつくと、にやにやとリーシェを眺め始めた。

「俺はあんたの言う通り、贋金の情報を掴んでた。それだけじゃなく、ファブラニア国王のウォルターが、ハリエットの騎士に命じた内容もな」

（……やっぱりシグウェル国の王室は、ファブラニアの調査を『狩人』たちに命じていたのね）

けれども五度目の人生で、贋金の話なんか聞いたことはない。ラウルは知り得た情報を、きっと王室に報告していなかった。

「あの騎士たちは当然、ハリエットに他人を近付けるなという命令を受けていた。兄のカーティスが接近を許されるのは、贋金のことを知ったところで動けないからだ。ファブラニアに差し出した王女が人質にされる以上、シグウェル王室は口をつぐむしかない」

「シグウェル王室には何も出来ないから、贋金のことを報告しなかったというの？」

「どうかなあ。……それと、他にも面白い命令があってさ」

ラウルは言い、顔の横で二本の指を立てる。

「ハリエットが贋金をちゃんと使うよう、ちゃんと行動を見張ること。部屋に忘れたふりって手段でも、二度目は見逃されなかっただろうな。……それからもうひとつ」

赤色の目に、鋭い光がちりっと揺れた。

「贋金の存在が知られたら――『そのときは、ハリエットのことを殺してしまえ』とさ」

その言葉に、リーシェとオリヴァーは息を呑む。

「どうして、ハリエットさまの殺害なんて……」

「もちろん口封じだけじゃない。ハリエットの護衛を買って出たあんたなら、その理由も想像つくんじゃない？」

リーシェは眉根を寄せ、想像した内容を口にした。

「……ハリエットさまがガルクハイン領で殺されれば、当然ガルクハイン側も責任を問われるわ」

「その通り！　哀れ、愛する婚約者を失った国王ウォルターは、嘆き悲しんでガルクハインを糾弾するだろう。……その賠償として、莫大《ばくだい》な金額を要求したり、代わりの花嫁を差し出すように詰め寄っても来るかもね」

「――ひどい浅知恵だな」

ぽつりと声を零したのは、リーシェの傍に立つオリヴァーだ。

穏やかなのに、ひどく冷め切った声音だった。ラウルは面白そうに、喉を鳴らして笑う。

「どれだけ俺が語ったところで、こんなのは『カーティスの偽者』による与太話だ。こんな馬鹿げた計画、ファブラニア王室が考えていたなんて、国際社会じゃあ信じてもらえないだろうなあ」

「……ラウル、あなた……」

リーシェは言葉を発しかけたあと、ゆっくりと右手で口元を覆った。

「リーシェさま？」

オリヴァーの強張《こわば》った声がする。

リーシェはそれに返事をすることなく、口元を押さえたままぎゅうっと目を瞑った。

「お。そろそろ薬が効いてきたか？」

「……貴様。リーシェさまに何を飲ませた？」

オリヴァーの放った殺気により、頬にぴりぴりと痛みを感じた。

「オリヴァー、さま」

リーシェは手を伸ばし、オリヴァーの着ている上着をぐっと握り込む。すると、彼が驚く気配が伝わってきた。

「あんたはこれから意識を失う。そろそろ手足も痺《しび》れてきて、まともに話せなくなる頃合いだろ」

「……っ、ラウル、あなた……」

「いまごろハリエットは、ファブラニアの騎士と、シグウェルの騎士……つまりは俺の部下によって、城外に連れ出されてる」

リーシェがぐっとラウルを睨むと、彼は軽やかに肩を竦めた。

「俺がハリエットを救い出そうとしているだって？　買い被りもいいところだ。俺はハリエットの首を手土産に、ファブラニアへ転職するつもりだったたってわけ」

「……っ」

「俺とあんたが話しているあいだ、ファブラニアの騎士からハリエットを守るために、シグウェル国の騎士を見張りにつけさせたんだろ？　――でも残念。俺はシグウェル国を裏切った身であり、ファブラニアとグルなのでした、と」

ラウルが立ち上がり、大きく伸びをする。リーシェは浅い息をつきながら、言葉で追い縋《すが》った。

「やっぱり、侍女たちが見た『幽霊』は……」

「俺の部下だよ。城で不審者が目撃されれば、街中の警備を城内に回すだろ？　お陰でヴィンリースの街にはいま、そっちの騎士なんざ殆《ほとん》どいない」

リーシェがぎゅうっと身を丸めたのを見て、ラウルは小さく息を吐く。

「随分と体調も悪そうだ。……これで、アルノルト・ハインの動きを封じるくらいは出来るかな」

「待て。貴様をこの部屋から出すわけにはいかない」

「やなこった」

オリヴァーに言ったラウルが向かうのは、廊下に出る扉などではない。迷わず窓辺に歩み寄ると、窓を開け放して窓枠に足を掛ける。

「楽しかったぜ、お嬢さん。また会える日が来たのなら、そのときは俺にも可愛く笑ってくれよ」

「ラウル……！」

「じゃあな。ばいばい」

そう言ってラウルは、三階の窓から飛び降りた。

「くそ――」

オリヴァーが舌打ちし、項垂《うなだ》れたリーシェの前に膝をつく。

「リーシェさま。……リーシェさま、お加減は……！」

「はい、大丈夫です！」

「!!」

リーシェはぱっと顔を上げると、けろりとした顔でオリヴァーを見上げた。

「私の演技に合わせていただき、ありがとうございました。事前にお話しした手筈《てはず》通り、少し泳がせた後でラウルを追いましょう」

「で、ですが、リーシェさま」

明らかに戸惑った顔のオリヴァーが、信じられないという顔でリーシェを見る。

「本当に問題ないのですか？　あの男の言い分では、薬の類を盛られたと……」

「ええ。恐らくそう来ると想定して、事前に解毒剤を飲みましたので」

リーシェはにこっと微笑んで立ち上がり、ドレスの裾をひらりと摘《つま》む。

まったく不調はなく、異変も起きていないことが、これで少しでも伝わるだろうか。

（こんなとき、ラウルが使ってきそうな手段は熟知しているもの）

方法そのものだけではない。

用意するであろう薬の種類や、その用量。『効いたふり』をするにはいつくらいが信用されるかも、罠《わな》の類も。

（五度目の人生における五年間、ラウルによる『狩り』を、誰より近くで学んで来たわ）

リーシェは、呆気《あっけ》に取られているオリヴァーに告げた。

「効いた演技をした結果、ラウルは私を封じられたと思っているでしょう。……それと何故か、アルノルト殿下の動きについても」

油断している隙に詰めるべく、わざと薬入りのお茶を飲んだのだ。小さなバッグから地図を取り出し、ヴィンリースの港町を俯瞰《ふかん》して眺める。

「オリヴァーさま。騎士の配置をお任せしてしまいましたが、仔細をお伺いしても？」

「え、ええ……。ここ数日、城内に偏って配置されていた騎士たちを分散させております。不審な動きがあれば、狼煙《のろし》での報告が上がるかと……起点となる場所に印をつけます」

「さすがです。この数と位置であれば、大抵の異変には気付けますね」

現在の状況は、ラウルの言っていた『城内の警備を優先し、街中が手薄な状況』とは異なる。

それもこれも、アルノルトの代理で騎士を動かしてくれたオリヴァーのお陰だ。

「私を信じて下さって、ありがとうございます。オリヴァーさま」

そう言って深く頭を下げると、オリヴァーはやはり驚いたようだった。

「……リーシェさま。あなたは、あのラウルという男と話す前には、すでにハリエット殿下のご不在を確かめていらっしゃいましたよね」

オリヴァーの言う通りである。

実のところ、リーシェは贋金のことに気が付いた直後、真っ先にハリエットの部屋を探りに行ったのだ。扉から近付くのは怪しまれるので、四階からロープを使って壁を降りた。

そして、三階にあるハリエットの部屋に、彼女の気配がないことを確認したのだ。

その時点で、取るべき手段をハリエットの保護ではなく、救出の方に切り替えた。

ハリエットの居場所を探るには、ラウルを逃がすことが必要だ。それを手伝ってくれたオリヴァーは、リーシェに尋ねてくる。

「あの男にハリエット殿下の護衛強化を依頼したのは、殿下誘拐に気付いていないふりをし、油断させる作戦ですか？」

「作戦というより、ほとんどおまじないのようなものですが。彼の配下に同席されるよりは、無人の部屋を守っていてもらった方が都合も良いので」

そう言って、リーシェはにこっと微笑んだ。

「……あなたは……」

「な……なんでしょう？」

リーシェが瞬きをすると、オリヴァーは柔らかな笑みを浮かべる。

「いいえ。ただ、リーシェさまと我が君のご結婚が、今後ますます楽しみだなと」

「!?」

この流れで、一体どうしてそんな流れになるのだろうか。リーシェは内心で慌てつつ、表面上はなんでもない風を取り繕った。

オリヴァーの発言の真意を聞きたいが、いまはラウルを追わなければならない。彼が向かった場所に、きっとハリエットもいるはずだ。

「オリヴァーさま。このことはまだ、アルノルト殿下には内密にしておいていただけますか」

リーシェの願いに、従者である彼は戸惑いを見せる。

「本来であれば、迅速に我が君へと報告しなくてはならないことですが……」

「分かっています。ですが、『アルノルト殿下は、ハリエットさま誘拐事件が起きたことをご存じなかった』とした方が、ファブラニアの不当な要求を撥《は》ねのけやすいはず」

もちろん、ファブラニアにハリエット誘拐の賠償を要求されたって、ガルクハインがそれに屈することはないだろう。

けれど、安心材料は多い方がいい。ファブラニアがガルクハインに贋金を流そうとしたことにも、ハリエットを殺そうとしている目的にも、ガルクハインを攻撃したいという意思が見えるのだ。

「この件を知っていたのは私だけで、殿下には何もお伝えしなかった。――その筋書きであれば、ガルクハインにとって不利な流れになった際も、私ひとりを切り捨ててくだされば事足ります」

オリヴァーであれば、きっと分かってくれるだろう。

そう信じて真っ直ぐに彼を見ると、オリヴァーは目を伏せて一礼した。

「騎士たちが彼を見付ける前に、ご移動手段の手配をして参ります」

「……ありがとうございます！」

退室したオリヴァーは、きっと迅速に動いてくれる。

有り難く感じると共に、心の中でそっとアルノルトに詫《わ》びる。

(勝手な行動をした上に、従者さまをお借りしてごめんなさい……)

小さく息を吐き、リーシェは室内を見回した。

ここはラウルの使っていた部屋で、彼の性分は分かっている。夏場で使用しない暖炉に目をつけて、下から煙突の中を見上げた。

(——やっぱり)

そこには案の定、弦の外れた弓が隠されている。

若干の煤《すす》を手早く拭い、弓を曲げて弦を張った。矢筒も同様に隠されており、矢もたっぷりと入っている。弓矢を確保したリーシェは、続いて自室のある四階に戻り、寝室に置いていたトランクを開けた。

そこからローブを引っ張り出し、ドレスの上からそれを羽織る。そのあとで、立て掛けてあった黒色の剣を手に取った。

これは一昨日、アルノルトから借りた剣だ。アルノルトが数年前に使っていたものであり、いまの剣に替えてからは、予備として残されていたと聞いている。

男性の身長と腕力に合わせた造りのため、リーシェが扱うにはやはり重い。それでも、一昨日使った剣帯を装着し、剣と矢筒をそこに据えた。

弓だけはローブの中に隠せないため、左手に持ったまま階下に向かう。ちょうどそのとき、オリヴァーも準備が終わったらしく、階下から声が聞こえてきた。

「発見の狼煙が上がりました。駿馬《しゅんめ》の用意が出来ましたので、どうぞこちらへ！」

城内に配置された警備の騎士たちが、弓を手にしたリーシェを見てぎょっと目を丸くする。気にせずオリヴァーと合流して、エントランスではなく裏口に向かった。

「東の空をご覧ください。街外れの区画から昇っている、青色の狼煙です」

「ありがとうございます。まさか、これほど早く見つかるだなんて……」

厩舎の方に駆けつつも、リーシェは真っ青な空を見上げた。

オリヴァーの指示の的確さや、包囲網を巡らせた騎士たちのお陰だろう。しかし、その中に僅かな引っ掛かりも感じてしまい、僅かに俯いた。

（あまりにも簡単すぎるわ。やっぱり、ラウルの目的は……）

真っ直ぐに走ろうとしたリーシェの背中に、オリヴァーの声がする。

「リーシェさま、馬のご用意は右手の厩舎に！」

「え!?　ですが、あちらは確か皇族用の――」

オリヴァーに言われた右手を見遣って、リーシェは思わず立ち止まった。

そこには、淡い金色に輝く美しい馬と、その手綱を引く男の姿があるではないか。

「っ、アルノルト殿下……!!」

「……………」

アルノルトはリーシェのことを見て、呆れたように眉根を寄せる。

「……お前は一体、何をしている」

「殿下こそ、どうしてこちらに……」

オリヴァーには口止めを頼んだはずだ。慌てて振り返ると、銀髪の従者はにこっと微笑む。

それを見て、リーシェはすべてを理解した。

確かに先ほどのオリヴァーは、アルノルトに黙っていてほしいと言うリーシェに対し、一言も承知とは返さなかったではないか。

（『従者さまをお借りしてごめんなさい』なんて、烏滸《おこ》がましかったんだわ……！）

オリヴァーは、リーシェの頼みを聞いてくれたのではなく、主君の命令下で動いていたのだ。

「説教は後だ、早く乗れ。あの男をこれから追うんだろう」

「……アルノルト殿下。あなたのお力を借りてしまうと、これが国同士の問題であることが決定付けられてしまいます」

すると、当然のことのように言葉が返される。

「自分の妻が巻き込まれている時点で、いまさら看過出来るはずもない」

「……っ」

やはり、アルノルトは事情を把握している。こうなれば問答の意味はない。リーシェは諦めて踏み台を使い、繊細な装飾の施された鞍《くら》へと跨《また》がった。

アルノルトは自身も馬に乗り、リーシェの後ろから手綱を取る。抱き込まれるのと似た体勢になり、思わぬ近さになってしまった。

それを意識しないようにしつつ、鞍の持ち手を掴む。アルノルトは手綱を握ると、何らかの意志を込めた視線を従者に送った。

「オリヴァー」

「はい、行ってらっしゃいませ。……リーシェさまも」

オリヴァーにお礼を言おうとしたものの、リーシェたちを乗せた馬が、アルノルトの合図によって進み始めた。

賢く、よく訓練された馬なのだろう。乗っているこちらに負担が掛からないよう、それでいて軽やかに、ぐんぐんと速度を上げてくれる。

城から離れ、街に向かって緑の丘をくだる中で、リーシェはそっと口を開いた。

「……ハリエットさまをお守り出来ず、申し訳ありません」

たとえば昨晩のうちに、ハリエットの抱えた葛藤に気が付けていれば。

そうすれば、ハリエットに身の危険が及ぶ可能性も、それをガルクハインの責にされるようなこともなかっただろう。

（ハリエットさまも、怖い思いをなさっているはず……）

たとえ怪我ひとつなく救い出せたとしても、攫《さら》わせてしまった時点で失態だ。

俯いたリーシェの後ろで、アルノルトがこう言った。

「お前の職務は、シグウェル国王女の護衛騎士ではない」

それだけ聞けば、何処か突き放すような言葉である。

けれども違うと知っていた。アルノルトはリーシェを諭すように、淡々と紡ぐのだ。

「この国における、お前の立場を言ってみろ」

「……アルノルト殿下の、婚約者です」

「そうだ。そしておおよそ一月後には、皇太子妃となるな」

大きな手が、馬の邪魔にならないように手綱を握りながら、言葉を続ける。

「――お前に出来ることは、自身の剣をもって、王女を危険から守ることだけか」

「……!」

その言葉に、リーシェは目を丸くした。

リーシェがハリエットの騎士であったなら、出来るのは彼女を守ることだけだっただろう。けれどもそうではない。アルノルトの言ってくれた通り、剣だけではなく別の力で、ハリエットの力になれることもあるかもしれないのだ。

それに気付いたリーシェは、振り返ってアルノルトの青い瞳を見上げた。

そして、はっきりと口にする。

「……いいえ」

「分かれば良い」

柔らかな肯定に頷いて、リーシェはローブのフードを被った。

ここから狼煙の場所へ向かうには、港の市街を突っ切る必要があるのだ。

珊瑚《さんご》色の髪は目立つため、このままフードで隠しておきたい。顎の下でリボンを結び、風で脱げてしまわないようにしておく。

そして、道中の懸念は他にもあった。

「アルノルト殿下。あちらは追跡への対策として、道中に罠を仕掛けている可能性があります」

「では、最短距離は避ける。……敵の武器に心当たりはあるか」

「弓矢かと。足止めを図るため、鏃《やじり》に痺れ薬などが塗られているかもしれません」

リーシェは言い、ラウルの部屋で弓矢を見つけたのだと補足した。

「カーティス殿下の『影』だった人物は、私にいくつかの情報をくれました。ラウルという彼の通称や、彼が複数の部下を従えていることです」

実際は、今世のラウルから教わったことなど数少ない。けれどもこう話しておけば、リーシェが知りすぎていることへの疑問も減るだろう。そのために昨日、ラウルの名を口にしておいたのだ。

「お前の指示で、騎士たちは上着を脱いでから街に出たと聞いた。弓兵への的にならないためか」

「はい。ですが私たちは、城を出た時点からあちらに監視されているはずです」

狩人たちは単眼鏡を覗き、確実にこちらを警戒している。このまま彼らの射程に入れば、すぐさま矢が飛んでくるだろう。

しかし、アルノルトは平然と口にした。

「矢が来たら、剣で叩《たた》き落とせば良いだけのことだろう」

（……とんでもない所業を、なんでもないことのように仰るわ……）

とはいえリーシェは知っている。未来の戦争や、先日の大神殿で起きた騒動の際、アルノルトは実際にすべての矢を落としてしまったのだ。

ヴィンリースの港町は、すでに目前へと迫っていた。

路地に入るため、馬の速度が落とされたとき、リーシェとアルノルトは同時に反応する。

「――殿下！」

「ああ」

左手に手綱を持ったまま、アルノルトが剣を抜き払った。

ぱきんと乾いた音がして、空中の矢が真っ二つに折れる。直後に風を切ったもう一本も、アルノルトは迷わずに返し斬った。

無駄がない上に的確な、凄《すさ》まじい剣速だ。

（本当に、なんて方なの……！）

しかし、いまの数秒で気が付いた。

アルノルトは、リーシェを庇《かば》いながら剣を振るおうとしている。矢からだけでなく、リーシェを馬上から振り落としてしまわないよう、さまざまな配慮をしてくれていた。

（アルノルト殿下は完璧だけれど、狩人のみんなだって凄腕《すごうで》だもの。このままでは確実に、私という荷物を利用して、殿下もろとも崩しにくる……）

リーシェは短く息を吐くと、アルノルトを振り返った。

「アルノルト殿下」

肩に掛けていた弓を下ろしながら、彼にねだる。

「手綱をお持ちの方の腕で、私のことを、ぎゅうっとしていていただけますか」

「…………………は？」

アルノルトの眉根が寄せられたが、リーシェは構わずに身を捩る。

そして、美しい金色の毛並みをした馬の首筋を撫で、その耳元にお願いした。

「ごめんね、殿下のお馬さん。変な乗り方をしてしまうけれど、なるべくあなたが走る邪魔にならないように気を付けるから、ちょっとだけ許してね」

「おいリーシェ。何を……」

リーシェは馬の鞍に片手をつき、腰を浮かせると、その鞍へ片膝をつくようにした。

当然不安定な体勢のため、ぐらりと体が大きく揺れる。アルノルトが咄嗟に腕を回し、リーシェの腰を抱き止めてくれた。

「っ、何をしている……！」

「殿下、もっとです」

リーシェは鞍の上で膝立ちになり、アルノルトの方を向く格好で、矢をつがえた。

「もっと、ぎゅっとして。……私の体を、殿下《あなた》にくっつけて」

「――……」

リーシェがやろうとしていることに、アルノルトは深い溜《た》め息《いき》をつく。

そのあとに、リーシェの腰を強く抱き寄せてくれた。馬上でアルノルトと向かい合い、抱き抱えられた状態になったリーシェの体幹は、これで随分と安定する。

矢が飛んできた方角の屋上へ、リーシェは迷わずに狙いを定めた。

「このまま、いまのペースで走らせてください」

「……分かっている」

狩人たちが身を隠しそうな場所は、方角さえ分かればすぐに読める。

あちらの殺気が増幅した。片目を瞑り、呼吸を止めてぎりぎりと弦を引き絞る。

次の瞬間、リーシェは建物の屋上に向け、まっすぐに矢を射《う》った。

「が……っ」

短い悲鳴が上から聞こえ、辺りがすぐさま静まり返る。

ちりちりとした殺気が消えたことに、アルノルトも当然気が付いたのだろう。

「当たったか」

「殺傷力が低い矢ですから、恐らく死んではいないはずです」

狩人たちはみんな、急所となり得る場所に防具を着けている。この矢の鏃は小さいもので、防具の革を貫通することはない。狙った狩人が沈黙したのは、鏃の痺れ薬が原因だろう。

「私はこのまま弓矢を使い、遠方の敵を排除します。殿下は、……っ」

飛ばされた殺気に息を呑む。それと同時、アルノルトが剣を翻した。

刃がリーシェの目前を掠め、剛速の矢を弾《はじ》き落とす。リーシェを狙ったのであろう矢は、石畳の上にばらばらと落ちた。

「こちらに来る矢のことは考慮しなくていい。自分の手元に集中していろ」

「ありがとう、ございます……！」

不安定な馬上で、片手にリーシェを抱えているにもかかわらず、アルノルトの剣は揺るぎない。

恐らくは、馬上での戦闘も慣れているのだろう。

手綱捌《さば》きも的確な上に、この馬も主人の意を汲んでいる。その安定感に身を預け、リーシェは次の矢をつがえた。

アルノルトは剣を、リーシェは弓を手に、ヴィンリースの港を突き進む。

「後方西、敵の弓兵を落としました。次、東の二名を封じます！」

「分かった。三分十秒後に裏路地へ入る、速度を落とすのは二分後だ」

「路地を抜けた先の海側にご注意ください。恐らくは、海面の反射を利用して来るかと！」

お互いに報告と指示を投げ合いながら、それぞれの役割をこなしていく。アルノルトは矢を落とし、リーシェが敵を射ながら、どんどん狼煙に近付いていった。

「殿下、あの建物の右手に回り込めますか」

「問題ない。――上方を」

「お任せ下さい。出来るだけ、速度をそのままに！」

リーシェが望んだ通りのことを、アルノルトは的確にこなしてくれた。そして同じようにリーシェの方も、アルノルトの望むまま弓を操る。

（すごい……。まるで、お互いの心が読めるみたい）

思わずそんなことを考えてしまい、リーシェは無意識に下を見た。

リーシェを支えてくれているアルノルトが、それに気付いてリーシェを見上げる。そして、少しだけ悪戯《いたずら》っぽい笑みを浮かべ、挑むような声音で尋ねてきた。

「――今度はどうしたい？」

「〜〜〜〜……っ!!」

ぞくぞくと、ある種の高揚が背中を駆け登る。

アルノルトが一緒に戦ってくれるのなら、なんでも出来そうな気がしてしまった。戦場には危険な感覚を振り払い、リーシェはなんとか冷静に言う。

「……狼煙の昇っている教会まであと僅かですが、依然として最短距離は危険です。少々遠回りになりますが、このまま見通しの良い道を」

「分かった。――とはいえ、教会の扉は固められているだろう」

その見解については、リーシェも同様の考えだった。正面からの突破には、それなりの時間が掛かるはずだ。

「到着したら、正面以外の経路から侵入しますので」

「……正面以外？」

アルノルトが怪訝《けげん》そうに繰り返したが、リーシェは矢を射るのに集中する。

（絶対にハリエットさまをお助けしないと。……それに、ラウルの考えについても……）

第五章

その小さな廃教会は、街の中央に大きな教会が建てられたことにより、人々の記憶から忘れ去られたかのようだった。

女神像が撤去され、がらんどうになった講堂の会衆席には、うっすらとした埃《ほこり》が積もっている。

ラウルは、その背凭《せもた》れに腰掛けて、膝の上に頬杖《ほおづえ》をついた。

ファブラニアの女騎士たちはラウルに背を向け、お互いだけで準備を進めている。ラウルはその光景を眺めながら、のんびりとした口調で茶々を入れた。

「おたくら、ちょっと集まってくるのが遅いんじゃない？」

狙い通り、女騎士たちはラウルを睨《にら》んでくる。

「黙りなさい。あなたと違って、こちらは陛下のご命令を遵守せねばならないのです」

「ピリピリしてるなあ。ま、そりゃそうか」

ラウルは笑い、ちらりと後ろを振り返る。

「……ハリエットを上手《うま》く殺さないと、ガルクハインに罪をおっかぶせるのに不都合だし？」

講壇には、後ろ手に縛られたハリエットが、力なく項垂《うなだ》れるように座っていた。

「言葉が過ぎますよ。あなたが頭を下げるから、計画の一員に加えてやったことを忘れぬよう」

「そっちこそ、俺がカーティスの偽者だってことに気付かなかったくせに？　俺がファブラニアの味方だったから良かったものの、もしハリエットを助けに来た立場だったら……」

「黙れ、と言ったはずです」

彼女たちにも、失態だった自覚はあるらしい。ラウルは笑い、廃教会の中を見回した。

「なんでもいいけど、さっさとファブラニアの騎士全員ここに連れて来いよ」

ここにいるファブラニアの女騎士は、全部で二十人だ。

いないのは残り十人ほどだろうか。ラウルはこきりと首を回しつつ、冗談めかして言う。

「なにせ、ガルクハインの皇太子さまに喧嘩《けんか》売ってきちゃったからな。俺がファブラニアに逃げ切るまで、おたくらに守ってもらわなきゃ困る」

「……ふん。卑怯《ひきょう》者の、狩人《かりゅうど》風情が」

「その言い方はひどいだろ。ハリエット誘拐の功労者に向かってさ」

とはいえ勿論《もちろん》ラウルにも、細かいことを言うつもりはない。

じとりとした視線を浴びながら、ラウルは椅子の背凭れから下りる。そして、軽い足取りでハリエットに近付くと、彼女の前にしゃがみ込んだ。

「ハーリエット。泣いてんの?」

「……ラウル。どうして、こんなことを……」

ハリエットが震えながら顔を上げ、ラウルは意外に思う。

彼女は怯《おび》えてはいるものの、どうやら、涙を流して泣いていたわけではないらしい。

(驚いたな。こいつのことだから、絶対に青褪《あおざ》めて泣き続けるって想像してたけど……)

そう思いつつも、冷めた表情をハリエットに向ける。

「こっちの台詞《せりふ》だよ。お前、どうしてファブラニアを裏切るような真似《まね》をした？　ウォルター陛下から預かった金貨を、あのお嬢さんに渡しちゃったりしてさ。……あのお嬢さんなら、贋金《にせがね》を見抜いて、助けてくれるかもしれないって期待したみたいだけど」

実際に、あのリーシェという少女は探り当ててしまったのだ。流石《さすが》のラウルも、あれには驚いた。

「王女の癖に悪い子だ、ハリエット。そんなことしたら、ファブラニアに守ってもらえなくなって、シグウェル国が困るって分かってたよなあ」

「う、うう……っ」

「だってシグウェル国には、せいぜい造本技術しか得意なことがない。同盟国と助け合わなきゃいけなくて、同盟の代表であるファブラニアに睨まれたらお終《しま》いだ。……俺たち『狩人』は、あくまで金で雇われた傭兵《ようへい》集団で、お前たちに忠誠を誓った騎士でもないんだから」

ファブラニアの女騎士たちが、侮蔑の視線をハリエットに向ける。

一介の騎士ですら、王族であるはずのハリエットを軽んじているのだ。ファブラニアがシグウェル国のことをどれほど見下しているのか、騎士を見るだけでもはっきりと分かる。

その国へ花嫁修業に行き、不当な扱いを受けてきたであろうハリエットは、しばらく会わないうちに痩せていた。蒼褪《あおざ》めた彼女を眺めながら、ひどくつまらない気持ちで続ける。

「お前が気弱なのは分かるけど、ガルクハインを騙《だま》すなんて簡単だっただろ？　罪悪感を我慢して、適当に買い物でもしとけばよかったんだよ。たったそれだけで、お前はファブラニアの王妃として認めてもらえたんだぜ？」

ハリエットが息を詰め、ふるふると首を横に振った。

「つ……使わない」

彼女は、何かを覚悟したように、拙くともゆっくりと話し始める。

「偽の金貨を使えば、私の『欲しかったもの』が手に入るって分かってた。ウォルター陛下によくやったと褒めていただける、『利用価値がある』って思われる……でも、それは駄目」

震える声が、怯えながらも紡ぐ。

「……偽の金貨は、一枚でも市場に出てしまったら終わりだもの。それだけで、その国に流通する全部の金貨が、信じられなくなっちゃう。金貨の信用が失われて、経済が駄目になって……」

ラウルは口を噤《つぐ》み、ハリエットの小さなつむじを見下ろした。

「り……リーシェさまに、助けてもらいたくて、あの金貨をお渡ししたんじゃない。だって、私なんか、助けていただく資格ない……！」

そしてハリエットは、覚悟を決めたように、拙くとも紡いでゆく。

「そんな私を、リーシェさまは、お友達だと言って下さったの」

あの少女であれば、確かに言いそうな言葉だった。

人を見る目はありそうなのに、人を疑うことを知らなさそうな、矛盾した性質を持ち合わせた少女なのだ。出会ってほんの数日だが、観察していればすぐに分かる。

「ファブラニアのことは、絶対に、ガルクハインに伝えないと。……作ろうとしているのは、ガルクハインの金貨だけじゃない。他にも、たくさん」

（……知ってるよ）

あの国が目論《もくろ》んでいることくらい、ラウルだっておおよそ把握している。

「従っていれば、ファブラニアは贋金で豊かになって、シグウェルも恩恵にあやかれた」

「他の国に迷惑をかけて手に入れた豊かさなんて、すぐ消えてしまう……！　たくさんの本に書いてある。その苦しみを背負わされるのは、国民たちだもの。――ガルクハインに迷惑を掛けないためにも、無辜《むこ》の国民を守るためにも。私は、ファブラニアには、従えない……」

ファブラニアの女騎士たちが、ハリエットを忌々しげに睨みつける。

ハリエットの肩がびくりと跳ねた。だが、彼女の瞳は真《ま》っ直《す》ぐにラウルを見上げている。

「王女に生まれたんだから、思い通りに生きられる訳はないって、分かってるの。だけど」

勇気を振り絞るような声が、はっきりと言った。

「罪のない国民を苦しめるようなことだけは、たとえ殺されても、しないって決めた……!!」

怯えてばかりだったはずのハリエットが、いつのまにそんな決断をしたのだろう。

考えてみたけれど、きっかけとなった存在は明白だ。

ハリエットに自信を与え、誇りを取り戻させ、前を向かせた少女の存在が脳裏に浮かぶ。

「……考え無しの、馬鹿なお姫さま」

ラウルは、心の底から溜《た》め息《いき》をついた。

ここにいるハリエットは、丘の上にある城で起きていることを知らない。

あのリーシェという少女が、すぐさま贋金について見抜いたことや、ハリエットを救いたいと言っていたことを。そして、ラウルが彼女に痺《しび》れ薬を飲ませたこともだ。

自嘲めいた気持ちになりながら、意地悪くハリエットに問い掛けた。

「その結果、いまの状況はどうなってる？　ファブラニアの騎士たちに事が知れて、計画はお前の殺害に変更された。――それが遂行されれば、お前を死なせたガルクハインは、ファブラニアやいろんな国から糾弾されるだろうな」

もちろん、状況をきちんと見定めようとする国だってあるだろう。しかし、この出来事は間違いなく、ガルクハインの汚点となる。

国内で他国の王族が殺されたあとに、皇太子夫妻の婚儀なんて行えるはずもない。彼らの婚姻は延期となり、賓客も守れなかった国として、各国は噂《うわさ》を交わすはずだ。

その未来を想像しながらも、ラウルはぼんやりと思い出した。

『いつだって嘘《うそ》を吐《つ》き続けろ』

幼かったころ、ラウルは何度もこう言い聞かせられたのだ。

『いまのうちに、自分自身の望みや希望なんか捨てておけ。……いいな、ラウル』

白髪の老人は、狩人集団の先代頭首を務めていた人物だった。

『自分の心は邪魔になる。真実の感情は足を鈍らせる。完璧な影は、嘘を飼い慣らすものだ』

『うん。分かってるよ、爺《じい》さん』

それをきちんと理解していたから、ラウルは素直に頷《うなず》いた。

なにしろ老人に拾われるまで、自分ひとりで生きてきたのだ。ラウルの一番古い記憶といえば、路地の隅で亡くなった母親の、汚れた指先を見つめていた夜のものである。

生きるために必死で覚えたのは、大人を観察することだった。

食べるものや小銭を乞おうとしても、見込みのない相手にねだっては意味がない。だからラウルはじっとして、道行く人々のことを眺めたのだ。

彼らの懐に余裕はあるか。どのような振る舞いが好きそうで、何をすればラウルを救ってくれるか。毎日それを調べながら、様々な振る舞いを試行錯誤した。

そうすると、色んなことが分かってくる。

その人が欲しいものや、願いそうなこと。どんな媚《こ》び方に弱くて、何をすれば断られないのか。

(嬉《うれ》しくなくても笑え。悲しくなくても、涙を流して泣きじゃくれ)

幼いラウルは、自分に言い聞かせ続けていたのだ。

(……そうやって嘘をついてれば、とりあえず明日も何かが食える……)

きっと、そんな生き方が性に合っていたのだろう。あるとき出会った先代頭首は、ラウルの嘘を見抜いた上に、引き取って自分が育ててやると言ってくれた。

『ありがとう。俺のこと、気に入ってくれて嬉しい。俺、精一杯頑張るから』

そう言って笑ってみせたものの、本当は、まったく嬉しくなんてなかったのだ。

(でも、これからも嘘をついて笑っていれば、毎日飯が食えるんだ)

あのときの安堵《あんど》を、ラウルはいまでも覚えている。

自分を偽り、気に入られるように振る舞っていれば飢えることがない。重要なのはそれだけだったから、先代頭首の下に行ってからも、言われるがままに鍛錬をこなした。

褒められたら嬉しそうなふりをし、叱られたら反省したふりをする。大人のことを必死に観察し続けてきたお陰で、護衛対象そっくりに振る舞う『身代わり』も、どんどん上達していった。

（でも）

背丈が伸びていくにつれ、時々ふっと疑問がよぎるのだ。

（……俺って、どういうことを嬉しいって感じるんだっけ……？）

それがよく分からなくなってきたころ、ラウルはとある国で、王女の護衛をすることになった。

期間にすれば一年ほどに過ぎない、ほんのひとときの短い間だ。ラウルはそのとき十一歳ほどで、あの姫は確か、十六になったばかりだったと思う。

『ラウル。ラウルはどんなことを幸せだって感じる？』

屈託なく笑い、そんな風に問い掛けて来る王女を、ラウルは煩わしく思っていた。

（幸せなんて、『影』である狩人に必要ない）

『それと、どんなものが好きかしら？　ラウルが食べたいものを、料理人に作ってもらうわね』

（好きなものだっていらない。……そんなのを自覚したら、嫌いなものまで自覚しちゃうだろ）

『私、もうすぐ政略結婚で他国へお嫁に行くのよ。この国で過ごすのも、ほんの短い期間なの』

金色の髪をなびかせた王女は、その髪を耳にかきあげながら、寂しげに微笑《ほほえ》んだ。

『それまでに、あなたの本当の笑顔が見られるといいのだけれど』

『おやさしい姫さま。あなたはどうして、俺なんかにそんなことを望むんですか？』

へらへらと笑いながら尋ねれば、彼女はラウルの頭を撫《な》でた。

『それはね。嫁ぎ先で、少しでも幸せでいたいから』

『……？』

『私が結婚したことで、この国のラウルみたいな子供たちが、幸せになれたって信じたいから』

彼女の微笑みには、ほんの少しの翳《かげ》りがあったように思う。

『そう信じていられれば、私はきっと、嫁ぎ先でも幸せを感じていられるはずなの』

あのときのラウルは、王女がどうしてそんなことを言うのか、まったく分からなかったのだ。

それが嫌で仕方がなかった。観察していても正体が分からないなんて、その王女が初めてだったからだ。そして、だからこそ「知りたい」と思うようにもなったのである。

随分と久し振りに実感した、『自分自身の感情』だ。誰かに気に入られるためでもなく、誰かのふりをするために抱いたのでもない、そんな純粋な気持ちだった。

だから必死に観察した。彼女の傍《そば》にいるため、護衛を外されたりしないよう、狩人としての鍛錬をそれまで以上に行いながら。

（俺が笑うかどうかなんて、あの人の幸せに関係ないだろ？）

だが、主君を幸せにしたいというそんな願いも、大それたことだと理解していた。

（あの人を幸せにするのは、あの人の夫になる男だ。……だから、命をかけて守らないと）

そして、彼女は嫁いで行ったのである。

嫁ぎ先は大国で、王女との婚姻を命じてきたのは、相手国の皇帝だと聞いていた。

望まれて花嫁になったのであれば、きっと幸せになれるのだろう。たとえ政略結婚であろうと、彼女が望んだ通りに笑っていられると信じていたのだ。

けれど、そんな考えは甘かったのだと、ラウルはすぐさま思い知ることになる。

『――あの方が、自ら命を絶たれたらしい』

頭首から訃報を聴いたのは、それからたった一年後のことだった。

『狩人のひとりに探らせた。相手国からは病だと知らされていたが、それは偽りだ』

『ひょっとしたら、死産でお生まれになったという御子《おこ》のことでお心を……？』

『ご出産前からひどく痩せ細り、弱っていらしたという情報もある。何か辛《つら》い思いを……』

頭首を含めた狩人たちは、ひそひそと互いに囁《ささや》き合う。

『この国が攻め込まれずに済んだのは、あの方が政略結婚をし、すべての不幸を背負って下さったからだぞ』

どうやら王女が嫁いだのは、人質に選ばれたからだったらしい。

望まれて花嫁になっただなんて、そんな幸福な話ではなかった。だからこそ彼女は、嫁ぎ先で気丈に振る舞うため、ささやかな希望を集めていたのだろう。

『おいたわしい。……きっと、あの方にとっては、死よりも辛い環境だったのだろうな』

頭首はぽつりと口にした。

『――嫁ぎ先の、ガルクハインという国は』

そのときに覚えたことがある。

それは、国政の駒にされる姫たちが、政略結婚で幸せになれることなんて無いということだ。

実際に王室は、自国の姫がそんな目に遭っても、なにひとつ抗議などしなかった。

『あの子を差し出したお陰で、ガルクハイン皇帝はこの国を見逃してくれた。……あの子は、私たちの誇りだ』

どうやら王族というものは、国のために生きて死ななければならないらしい。その責務を果たすため、望まない結婚でも笑って受け入れ、嫌だと泣くことも許されないのだ。

（なんだ。じゃあ、俺たちとおんなじじゃないか）

本当の笑顔を見せてほしいと言われていた。けれどもラウルが抱いたのは、新たな決意だけだ。

（自分自身の感情なんて、持つものじゃない。……必要なときだけ笑って、必要なときだけ悲しんで、そう振る舞った方がずっと楽だ）

それからもラウルは、養い親である頭首たちと一緒に、色んな国を渡って行った。

この狩人集団というものは、言うなれば雇われの傭兵だ。金を出されればどこにでも行くし、その度に仕える主君を変える。

大金を出せる国でなくとも構わない。小国に仕えた際の情報は、大国に雇われたとき役立つからだ。特に先代頭首は、跡目であるラウルのために、小国の依頼も積極的に受けていた。

その中に、シグウェル国があったのだ。

そこに居たのは、当時のラウルと同じ十五歳の王子カーティスと、十歳のハリエットだった。

大人びた微笑みを浮かべたカーティスは、使い捨ての護衛でしかないラウルと目を合わせ、真っ直ぐに握手を求めてきた。

『これからよろしく頼む、ラウル。……こちらは妹のハリエットだけど、気が弱くてね』

兄の背中に隠れ、ラウルをじっと見ている少女だ。見た目だけは気の強そうな顔付きをしていた。

一見すれば、こちらを睨んでいるような様子だ。しかし、他人の観察に慣れているラウルには、怯えて恥ずかしがっているだけだということがすぐに分かった。

だから、にこやかに笑ったのだ。

気弱な少女を怖がらせないよう、明るく穏やかで、押し付けがましくない表情で。

『こんにちは。これからよろしくお願いします、カーティス殿下、ハリエット殿下』

『……！』

その甲斐《かい》もあって、ハリエットは少しずつラウルに懐いていった。ふたりの前で笑いながらも、ラウルは内心で考えていた。

（どうせこの王女さまも、政略結婚で不幸になる）

けれどもその一方で、彼ら兄妹はラウルに対し、屈託なく歩み寄ってくるのである。

『ラウル！　ラウルはすごいな。足音をまったく立てずに歩けるし、弓矢は百発百中だ。ラウルが私に化けたときは、父上たちだって中々気付かない。なあハリエット？』

『ん……！』

カーティスの言葉に、ハリエットは頬を紅潮させてこくこくと頷く。

こんなもの、生きるために身に付けただけだ。だが、ラウルは嬉しそうなふりをした。

『お褒めに預かり光栄です。両殿下』

『言っただろう、そんなに堅苦しい話し方をしなくてもいいと。私たちは歳《とし》も近いのだし、友人だと思って接してほしい』

『……友人？』

そのときばかりは、妙な顔をしそうになってしまった。

だが、カーティスとハリエットは、なんの疑問も持たずに微笑む。

『そうだ。ラウルは私たちの友人だよ』

『……だって、ラウルのことが大好きだから』

そのときは、彼らに心底呆《あき》れてしまった。

一国の王族と、傭兵になるため拾われただけの人間とが、友人関係になどなれるはずもない。

とはいえ、この場で求められているのは、まさしく友人らしき振る舞いなのだろう。

『ありがとう。……そう言ってくれて、嬉しいよ』

ラウルはそのとき、いつものように嘘をついたつもりだった。

だが、胸の内側に、なんとなく温かなものが生まれたように感じられたのだ。

（……なんだこれ）

不快なようで、落ち着かなくて、それでいて覚えのある感覚だ。

（もしかして俺は、嬉しいのか？）

冗談じゃない。

生きるのになんの必要もない感覚だ。こんなものを持っていては、仕事に支障が出てしまう。

（捨てろ捨てろ、こんなもの。この感情の所為《せい》で、こいつらを守るのに失敗したらどうする？）

今度こそ、守り切らなければいけないのだ。

そんな決意とは裏腹に、シグウェル国内での本格的な王妃教育が始まると、ハリエットはどんどん俯《うつむ》きがちになっていった。

ウォルターに言われたことを気にして、顔を隠すように前髪を伸ばし、周りの人間の目を見て話すのをやめた。もともと気弱な性格だったところに、母親からの厳しい教育も始まって、どんどん笑顔が失われていったのだ。

本を読んでいるときや、その本の話をしているときしか、明るい表情を見せなくなってしまった。

その状態で数年が過ぎ、養い親が亡くなって、ラウルは狩人の頭首を継いだ。そのころ、同盟国ファブラニアから、ハリエットを国へ招きたいとの申し出があったのだ。

名目は花嫁修業だが、どうにも嫌な予感がする。ラウルはカーティスに進言し、護衛としてファブラニアへの同行を申し出た。

男の護衛がつくことに問題があるのなら、女のふりをすればいい。しかしファブラニア側は、同行者を侍女一名までとし、一切の護衛を断ってきたのである。

『ラウル。どうか一度だけでも、ハリエットの様子を見てきてくれないか？』

カーティスがラウルに懇願したのは、ハリエットが旅立ってしばらく経《た》ったころだ。

『おかしいんだ。半年も経つというのに、手紙の返事すら来ないなんて……』

（馬鹿だな。妹の嫁ぎ先で起きていることなんか知ってどうするんだよ、お前は）

だって、どうにも出来やしないのだ。

（シグウェル国に、他国と渡り合えるような武器はない。同盟国同士で助け合わなければ、大国の侵略から身を守ることも出来ない。……同盟のリーダー格であるファブラニアに背いたら、この国は生き残れないだろうに）

それでもラウルは、慰めるようにカーティスの肩を叩《たた》き、にっと笑った。

『任せろよカーティス。俺がばっちり探ってきて、ハリエットに何かあったら助けてやる』

『ラウル……！』

そしてラウルはファブラニアに出向き、ハリエットに起きていることのすべてを知った。

蔑まれ、罵られ、嘲笑される。その挙句、贋金沙汰に巻き込まれているらしい。

同行させた侍女長は、必死にハリエットを庇《かば》っていたようだ。率先して叱ってみせることで、第三者がハリエットに何か言い難い空気を作っているらしい。

だが、そんな小細工ではどうにもならない。

『おかえり、ラウル。……ハリエットは、どうだった？』

シグウェル国に戻ったラウルは、憔悴《しょうすい》しきっていたカーティスに微笑んだ。

『忙しそうだけど、幸せそうだったよ。妹のことになると、お前は心配性だよなあ』

『ほ、本当か……!?』

きっと、あのときほど完璧な笑顔を浮かべられたことは無かったと思う。

『ハリエットは絶対に幸せになれる。だからお前も、妹を犠牲にしたなんて、自分を責めるなよ』

それからのラウルは、最善だと思える準備を重ねてきた。

諜報活動《ちょうほう》も、贋金の証拠集めも、自分の部下の訓練も。カーティスに進言し、女性の騎士を育てさせて、『機会』が来ればすぐさま動けるように準備をした。

けれども問題は、その機会の訪れる気配が無かったことだ。

たとえファブラニアに潜入しようとも、ハリエットには近づけない。贋金のことがある所為か、城内の警備が厳しいばかりでなく、ハリエットの傍にはつねに国王がついていた。

一度でも贋金を使わされればお終いだ。焦っていたところに、思わぬ話が飛び込んできた。

ガルクハイン皇太子が婚約し、各国に招待状を撒《ま》いたのだ。

予想通り、ファブラニアはこの機会に食いついた。これまで頑《かたく》なに国から出さなかったハリエットの外出を許し、贋金を使うよう命じたのだ。

一方のシグウェル国では、ちょうどカーティスが体調不良を起こしていた。ラウルは彼の影を申し出ると、ガルクハインに向かうのではなく、王室に黙ってファブラニアに向かった。

そうして船に潜り込み、ファブラニアの女性騎士たちの飲み物に薬を混ぜたのだ。ガルクハインに到着次第、護衛の騎士たちをハリエットから離し、『目的』を果たすつもりだった。

思わぬ誤算が生じたのは、リーシェという名前の、あの美しい少女が現れたからだ。

珊瑚《さんご》色の髪をした少女は、護衛がいなくなったはずのハリエットの傍に、凜《りん》とした姿で現れた。

ガルクハインに女性騎士などいなかったはずだ。ならば急拵《きゅうごしら》えの護衛かと考えたが、少女の体捌《たいさば》きには無駄がない。あれはほとんど、一流の騎士の立ち振る舞いだった。

ラウルは建物の屋上を飛び移り、気付かれるはずもない場所で監視していた。なのに少女は、ラウルのことを真っ直ぐに見上げたのだ。

桜色の柔らかそうなくちびると、通った鼻筋。単眼鏡越しに覗《のぞ》いていても分かるほど長い睫毛《まつげ》に、丸い形をした大きな瞳。意思の強そうなエメラルド色の双眸《そうぼう》が、ラウルを射抜いた。

思わず息を呑《の》むほどに、美しい目をした少女だった。

彼女が路地裏に入った瞬間、誘われているのは分かっていたのだ。けれどもその上で、反射的に彼女を追っていた。

その剣捌きは、とても繊細で鮮やかだ。

なのに、次に顔を合わせた彼女は、自らを『ガルクハイン皇太子の婚約者』だと名乗るのである。

（まさか、あのお嬢さんが本物で、ハリエットを見事に変えちまうとは）

ラウルは小さく息をつく。

（あのお嬢さんも、他人にかまけてる場合かよ？　……ガルクハインの花嫁で、政略結婚の人質。絶対に幸せになれるわけがない）

ラウルは彼女に言ったのだ。

『あんたが、あの皇太子さまと結婚したくないんなら、俺が攫《さら》ってやろうか』

冗談めかしたふりをして、その実は心からの提案だった。

政略結婚で輿入《こしい》れをしても、花嫁が幸せになれることはない。ハリエットも、かつて守れなかった王女も、みんなそうやって不幸になった。

挙句、リーシェという名の少女が嫁ぐのは、あの王女と同じガルクハインだ。

しかし、リーシェははっきりと口にした。

『あの方との結婚で、どんな災いが降り掛かることになったとしても、その所為で不幸になるとは思わない』

それは、一切の迷いすらない言葉である。

『あの方の花嫁になる。――私は、この人生をどんな風に生きるかを、すでに選んでいるわ』

反射的に、「この少女は危険だ」と感じた。

ラウルが恐れていることや、内心で望んでいることを、すべて見抜かれているように錯覚したからだ。出会ってほんの数日だというのに、まるで何年も傍にいたかのようだった。

浮かべている感情が偽りだと知られ、心の中にある本音に気付かれてしまえば、きっとラウルは立ち行かなくなる。

（……今更だ。怖いと思うことだって、不必要だろ？）

ラウルはゆっくりと瞼《まぶた》を開く。

礼拝堂の扉が開き、ファブラニアの女騎士たちが入ってきた。

（外の気配は、少し増えて十四。ここにいるのはこれで十五人。……二十九人、揃《そろ》ったな）

そしてその女騎士たちは、ラウルを窺《うかが》うような視線を寄越《よこ》してくるのだ。

（へったくそだな。殺気がまったく隠せてないし）

もっともこの場合、最初から隠す気がないというのが正解なのかもしれない。

ラウルはこきりと首を鳴らし、目の前で縛られているハリエットを見下ろした。

「……助かったよ、ハリエット」

小さな声で紡げば、ハリエットがびくりと肩を跳ねさせる。

「お前は昔から、周りの空気を読もうと必死になって、その所為でずっとびくびくしてた。……俺がやりたいことに気付いて、合わせてくれてたんだよな？」

「ら、ラウル。あなた、やっぱり……」

ラウルはハリエットに背を向けた。

「とはいえ、狩人としては若干傷付く。お前といい、あのリーシェってお嬢さんといい、こうも簡単に見抜かれたら立場が無い」

「……さっきから、何をこそこそと話しているのです？」

女騎士のひとりが、ラウルの前に歩み出る。

「なんでもないよ。ただ、今生の別れは済ませておこうかと」

「ラウル!!　だ、駄目……」

「そうですね。……なにせ、あなたたちはどちらもここで死ぬのですから」

安っぽい台詞に呆れてしまい、ラウルはひょいっと肩を竦《すく》めた。

「ひどい話だ。ファブラニアで雇われるのを楽しみにしてたのに、まさか騙されて殺されるとは」

「ふざけたことを。あなたは最初から、ハリエットを逃がすためにここに来たのでしょう?」

「そうだな。そしてあんたたちも最初から、俺とハリエットを両方殺すつもりだった——と」

馬鹿馬鹿しい茶番だ。この辺りで十分だろうと、ラウルは大きく伸びをした。

「……随分と余裕がありますね。たったひとりでその女を守り、三十人近い騎士を倒せるとでも?」

「根本的に勘違いしてる。俺たちはあんたら騎士と違って、『戦い』にはこだわらない」

彼女たちは、言っていることが理解できないという顔をする。だが、それでも別に構わなかった。

「それに、そもそもふたりで生き延びようなんて考えてないからな」

「……なるほど? その女を置いて、自分だけで逃げ出すと」

「最後にもうひとつ」

ラウルは笑い、すっと真上を指差した。

「別に、俺はひとりでいるわけじゃない」

次の瞬間、女騎士たちは一斉に警戒を露《あら》わにする。

けれども遅い。

彼女たちが瞬《まばた》きをしたその瞬間、ラウルの周囲には、五人の部下が天井から降り立っていた。

「馬鹿な!! 仲間など、いつのまに……!?」

「最初から。気配が読めなくて残念だったな」

「頭首! ハリエット殿下を確保しました!」

振り返らないラウルの後ろで、ハリエットが抱えられた気配がする。縛られた状態で抵抗しているのか、ハリエットが悲痛な声で叫んだ。

「待って、は、離してください……!! このままだと、ラウルが……!!」

「それじゃあ頼むぜお前たち。手筈《てはず》通りに」

「頭首。本当に……」

「行けって」

しっしと追い払う仕草をすれば、それ以上の異論は飛んでこなかった。

ハリエットの口が塞がれたらしく、くぐもった声だけがするようになる。部下たちは、天井から吊《つ》るしたロープを使い、このまま上に逃げる算段だ。

(戦うつもりなんか毛頭ない。……俺たちが目指すのは、ハリエットを逃すところまでだ)

ラウルはぺろりとくちびるを舐《な》め、首を傾《かし》げて軽い笑みを浮かべた。騎士たちには、それが不快に映ったのだろう。

「上に逃げるぞ、絶対に許すな！ 下から掴《つか》んで引き落と……っ」

「おっと」

駆け出そうとした騎士を目掛け、袖に仕込んでいたナイフを投げる。

騎士が怯《ひる》んだその瞬間、一気に飛び込んで間合いを詰めた。鳩尾《みぞおち》に膝を叩き込み、その勢いのまま体の軸を回して、別の騎士を踵《かかと》で蹴り飛ばす。

「貴様……!!」

たじろいだ騎士を、ラウルは冷めた目で真っ直ぐに見た。

「安心しろよ。殺しはしないでいてやるから」

「最期まで、舐めた真似を！」

「うーん。だから、台詞がいちいち安いんだよなあ」

別に侮辱のつもりはない。死体にするより気絶させておく方が、敵方の士気を削《そ》げるという話だ。

それに、ここで勝っては意味がないのである。

「っ、んん……!!」

ハリエットがこちらを呼んでいる、くぐもった声が聞こえていた。

教会の屋根には仲間がおり、ロープを引き上げているはずで、そこまで登りきってくれればなんとかなる。声の位置からして、残り数メートルというところだろう。

(単純にハリエットを逃すだけなら、事態はもっと簡単だ)

それこそ機会はいつでもあった。ファブラニアでも、ここまでの航路でも、ガルクハインで過ごした数日間にも。

(だが、それだけじゃあ意味がない。ここでハリエットが消えれば、ファブラニアは口封じのため、ハリエットに濡《ぬ》れ衣《ぎぬ》を着せてから捜索するだろうからな)

そうなれば逃げ道はない。シグウェル国に対しても、ハリエットがしたことの責任を取るように詰め寄ってくるだろう。

「頭首！　上窓に到着した、ここから抜けるぞ！」

「ああ。頼んだ」

「あなたたち！　ハリエットを逃してはなりませ……ぐあっ!!」

投げたナイフが騎士の足に刺さり、失神させる。刃に塗られた痺れ薬は、薄めていない原液だ。

ラウルは会衆席に飛び乗ると、その背もたれを飛び石代わりにした。主身廊に飛び降りると、扉に背を向けて道を塞ぐ。

「あと十二人？」

「……っ、殺せ!!」

騎士たちが一斉に掛かってきた。

ひょいっと軽く身をかわし、五本のナイフを放射状に飛ばす。細身の刃が突き刺さり、騎士たちが音を立てて崩れ落ちた。

続いて瞬時に身を屈《かが》めると、床に手をつく。斬りかかってきた騎士の足を払えば、面白いくらいに引っ掛かった。卑劣な手段を使ってくるファブラニアの騎士でも、剣での戦いは正攻法らしい。

正々堂々とした勝負なんて、ラウルにとってはくだらないものだ。

（評価されるのは結果だけだ。過程がどうであれ、目的を果たした方が勝つ）

あっというまに数は減り、残りは三人の騎士だけになる。ラウルは笑い、短く息を吐いた。

「……あんたらの国に忍び込んだとき、贋金についての綿密な計画書を見つけてさあ」

「……なに……？」

「国王ウォルターの直筆で書かれてて、署名もきっちり残してあるんだ。さすがはウォルター陛下！　素晴らしい計画に惚《ほ》れ惚《ぼ》れして、自分の手柄って記録しておきたくなったんだろうなあ」

「そ、そんなものが存在するはずはない！」

もちろん騎士の言う通りだった。いくら愚かな国王だって、わざわざそんなものは残さない。

けれど、存在しないのであれば作ればいいのだ。

ラウルはファブラニアの情報を集め、国王ウォルターの筆跡を覚えた。そうして計画書をでっち上げ、計画を始動させたのである。

「人間ってさ。面白くない真実よりも、面白そうな嘘の方が好きなんだよ」

「……貴様……」

「嘘をつくのが生業だから、そのあたりの心境には詳しくてね。面白そうな噂に、刺激的な後押しが加われば、それを事実として広めたがる連中は大勢いる」

ファブラニアの連中は、そのことをよく分かっているはずだ。ハリエットに罪を着せるにも、ガルクハインに汚名を被《かぶ》せるにも、民衆のそういった心理を使おうとしていたのだろうから。

「実態がないような噂でも、それを信じていることにして、真実であるかのように扱われることもあるんだよ。――だから、ここでひとつ」

ラウルは笑って、一本のナイフを取り出した。

「ファブラニアに敵対する人間の、死体を用意するとしよう」

「な……っ!?」

騎士たちが、信じられないものを見るような表情で絶句した。

「ウォルターの署名入りの、贋金計画書。それを盗んだと思われる、シグウェル国傭兵の変死体。

……そんなものの存在が、ファブラニアで制御できないガルクハイン国民に知られたら、情勢はどんな風に動くかな?」

「ま、まさか……」

「そう! 噂は広まりに広まって、いずれ正式な国交に関わる。国際社会に疑われたとき、実際に贋金を作っていたファブラニアは、どうあっても逃れることは出来ないだろ」

ラウルが言うと、騎士たちはじりっと一歩後ずさった。

「正気ですか……!? まさかあなたは、そんなことのために」

「死ぬよ。それが一番手っ取り早くて、全体の損害も少ないし」

ラウルは手にしたナイフを翳《かざ》し、ゆらゆらと遊ぶように揺らしてみせた。

「この刃には毒が塗られてて、そりゃもう苦しんで死ぬ猛毒だ。これで絶命した死体が出来れば、噂にはますます尾鰭《おひれ》がつくな」

「……やってみなさい。あなたがそれで自害しようと、死体を処分すればそれで済むこと」

「残念ながら、俺の部下が残って監視してる。俺が死んだらすぐさま騒ぎを起こして、民衆をここに呼び集めるって計画」

そうなれば、彼女たちはラウルの死体を隠すことはおろか、大勢の目撃者から逃れられない。

(――まあ、俺に出来るのはこの程度かな)

騎士たちの顔を見ながら、ラウルはふわりと微笑んだ。

(あのリーシェってお嬢さんにも、動けなくなる量の薬を盛った。……これで、ガルクハインは巻

き込まれただけの被害者だって理論が成り立つだろ)

　こうして迷惑を掛けることを、悪いと思わないでもないのである。

　ラウルは苦笑した。このガルクハインという国には、恨みに近いものすらあったはずなのに。

(部下たちには、『ガルクハインの皇太子が追ってきたら、死なない程度の足止めをしろ』とも言ってあるし)

　騎士を全員気絶させてしまっては、ラウルが彼女たちに殺されたという理屈が通らなくなる。ここにいる三人程度なら、たとえハリエットを追おうとしても、部下たちが完璧に撒くはずだ。

「付き合ってくれてどうも。……じゃあ、そろそろ終わらせるか」

　ラウルはくるんとナイフを回すと、切先を自身の方へと向けた。

「待て!!　貴様、それ以上……」

「待たない。悪いけど、そこから一歩も動くなよ」

　これで、せめてハリエットは守れるだろう。

　こんなに幸せな気持ちで笑うのは、随分と久しぶりのことだ。掛かっていた雲が晴れたのか、ステンドグラスから光が差し込む。

　その光に祝福され、自分の喉に刃を突き立てようとしたその瞬間、妙な気配を感じ取った。

「――……あ?」

　ラウルはすぐさま顔を上げる。

　視界に飛び込んで来るのは、天井いっぱいに描かれた女神の絵だ。だが、そんなものに目を奪われている暇はない。

教会の上窓に嵌《は》められたステンドグラスが、ばりんと音を立てて砕けたからだ。

「な……」

ばらばらになったその破片が、瞬きながら砕け落ちる。

赤や青、色とりどりの結晶となり、陽光を受けてきらきらと瞬いた。そんな硝子《ガラス》の雨を避けるように、ふわりと何かが飛び込んでくる。

「――っ!?」


靡《なび》いたのは、美しい珊瑚色の髪だった。


ドレスの上に茶色のローブを纏《まと》った少女が、裾をふわりと膨らませながら落ちてくる。いいや、落下というよりも、舞い降りるかのような軽やかさだ。

そしてその腕には、体格に釣り合わない黒色の剣を抱えている。

彼女は空中でフードを被り、そのまま体を丸めると、受け身を取りながら床に転がった。

彼女が纏うローブの布は、自分たちが森に入るときに使う生地のようだ。そのお陰で硝子片を物ともしない少女が、起き上がりざまに剣を抜く。

そして、ラウルのナイフを的確に弾《はじ》いた。

「!!」

完全に予想していなかった所為で、ナイフが遠くに吹っ飛ばされる。

少女はそのまま身を返し、鮮やかに剣を構え直すと、そのままファブラニアの騎士に突っ込んだ。

呆気《あつけ》ない悲鳴が聞こえてきて、残った三人が床に倒れる。その一連の出来事を、ラウルは呆然《ぼうぜん》と眺めてしまうのだ。

「ラウル！」

彼女にはっきりと名前を呼ばれ、そこでようやく我に返る。

だが、有り得ないはずなのだ。

彼女がここにいるわけがない。だって先ほど間違いなく、痺れ薬の入った茶を飲んでいる。第一に、正面の扉から入ってくるのではなく、上から降ってきた意味も分からなかった。

「言ったでしょう？　ハリエットさまを救うなら、協力したいって。……けれども救出の方法が、あなたを犠牲にする方法であっていいはずがない」

そして彼女は、当然のように言い切るのだ。

「だから、あなたを助けに来たの」

その言葉に、思わず眩暈《めまい》がしそうだった。

「大丈夫？　怪我《けが》をしたり、早まって毒を飲んだりはしていない？　ひとまずあなたはここを離れて、もう一度ゆっくり話し合いを……」

「……待てよ。能天気な心配してるみたいだけど、ファブラニアの騎士は他にもいる」

ハリエットを逃がした部下たちは、見つかるようなヘマを犯していないはずだ。とすれば残る十数人の騎士は、いまも教会の外を守っている。

「この教会は囲まれてるぜ。さっさと逃げないと、あんただって無事では……」

ラウルの言葉を遮るように、教会の扉が開く音がした。ラウルは咄嗟《とっさ》にナイフを抜き、少女を背中へ庇おうとする。

だが、そこに姿を見せたのは、危惧していた敵のファブラニアではない。

（……嘘だろ）

「アルノルト殿下！」

少女が嬉しそうに名前を呼ぶ。

彼女のくちびるが綻んで、一番美しい微笑みを作った。

エメラルド色をした宝石の瞳が、大切なものを見るみたいに輝いている。

彼女の視線の先にいるのは、つまらなさそうな表情の色男だった。

「どうしてあんたがここに。それに、ファブラニアの連中は……」

「それなら既に片付いている」

当然のような口ぶりで、アルノルト・ハインが歩いてきた。

開け放たれた扉の向こうには、言葉通りの惨状が見える。ファブラニアの騎士たち全員が、そこで気を失っているようだ。

（有り得ない。街中の部下たちが、アルノルト・ハインを足止めしていたはずで……）

「ごめんねラウル。あなたの弓と矢を借りて、他の人たちには眠ってもらったの」

「………は？」

言葉を失ったラウルの横を、アルノルト・ハインが通り抜けてゆく。彼は少女の目の前に立つと、ローブのフードを脱がしてやりながらこう尋ねた。

「リーシェ。怪我はないな」

「はい。この通り、傷のひとつも」

（……狩人謹製の、強力な痺れ薬を飲んでおいて……）

腕利きの弓兵たちを配置した、そんな街中を突破しておいて。

ステンドグラスを叩き割って落下し、五点接地で着地をして。

騎士相手に戦っておきながら、『傷のひとつも』ないらしい。

そしてアルノルト・ハインの方は、十人以上の騎士を相手にし、ラウルが気付くような悲鳴すら上げさせずに全滅させてしまったのだ。

「……いやいやいや。本当に、勘弁してくれ」

ラウルは思わず額を押さえた。

せめてリーシェが普通に扉から入って来ていれば、それくらいでは動揺せず、そのまま自害を決行できていた自信がある。だが、上から降ってくるのは予想外だ。

そのお陰で、すっかり毒気が抜かれてしまった。

「……あんたら夫婦、化け物かよ……」

そう言うと、リーシェは一気に頬を赤く染める。

「ま……まだ、夫婦じゃないもの……!!」

どう考えても、真っ先に反論するのはそこではない。

(そんなに恥ずかしそうな顔して)

こちらを睨んでくるその表情は、どこか拗《す》ねたようでもあった。彼女の顔を見て、ほとほと参った心境になり、ラウルは舌打ちをしたくなる。

(可愛《かわい》いな。……くそ)

残念ながら、毒を仕込んだナイフはあれだけだ。

失敗すると思っていなかった驕《おご》りに、自分の未熟を思い知らされたような気がした。

(こんなんじゃ、嘘をつくどころの話じゃない……)

＊＊＊

(本当に、間に合って良かったわ……)

黒色の剣を鞘《さや》に納めながら、リーシェはそっと溜め息をついた。

ラウルの手から弾いたナイフには、刃先に毒が塗られていたのだ。その時点で、ろくでもない計画を抱えていたのは想像がつく。

(嫌な予感は正しかったわ。ラウルが本気で逃げているなら、いくらアルノルト殿下の近衛《このえ》騎士でも、あんなに早く発見できるわけがないもの)

そもそも今回のラウルには、あちこちに無防備な隙があった。

リーシェが知っている彼であれば、計画の一端が暴かれたって、残りの全てを自分から話すようなことはしない。敵に痺れ薬を飲ませたいなら、断られたとしても上手に丸め込み、その場にいる全員に飲ませていたはずだ。

（単純に攫って殺すだけなら、廃教会なんて目立つ場所も選ばないわ。そうなると、教会の高い天井を利用したくて……つまり、狩人にとって有利な戦場を選んだって想像はついたけれど）

アルノルトと辿《たど》り着いた教会の周囲には、ファブラニアの騎士たちが警備を固めていた。

とはいえそれも予想済みだ。彼女たちの対処をアルノルトに頼むと、リーシェは教会の屋根へと上り、そこから中に飛び込んだのである。

最善の選択だったと思っているが、目の前のアルノルトは、どうにも苦い顔をしていた。

「……侵入するにしても、わざわざステンドグラスを割る必要はあったのか？」

「大きい音を立てた方が、全員の気を引けると思いまして」

普通の窓も存在したし、狩人たちはそこからハリエットを連れ出したようだが、それではラウルを止められなかったと思う。とはいえ、物を壊してしまったのは心が痛んだ。

「ガラスを割ってごめんなさいって、シュナイダー司教にお手紙を書かなくちゃですね……」

「どのみち取り壊し予定だった廃教会だ。お前に怪我がなかったのであれば、あとは放っておけ」

「そういう訳には参りません。解体作業に不都合が出るかもしれませんし」

しかし、いまの最重要項目はそこではない。

会衆席の背もたれに浅く腰掛け、額を押さえたラウルの姿は、狩人人生で一度も目にしたことのないような空気を纏っている。

リーシェがラウルに声を掛けようとしたそのとき、背を向けていた扉の方から、ひどく辛そうな声が聞こえてきた。

「っ、ラウル……!!」

「ハリエットさま!?」

休まずに駆けてきたのだろう。教会に飛び込んで来たハリエットは、浅い呼吸を継いでいる。

「い、生きてる……」

泣き出しそうなほどに、弱々しい声だ。

けれどもハリエットは、それで崩れたりしなかった。ぎゅっとくちびるを結ぶと、視線をすぐさまラウルから外し、今度はこちらを見上げてくる。

ほとんど倒れ込むように膝をつき、額を床につけるほど深く頭を下げた。

「……っ、アルノルト殿下、リーシェさま！　申し訳、ございませんでした……!!」

「は、ハリエットさま！　大丈夫ですから、どうかお顔を……」

ハリエットの白い手首には、擦り切れたような傷がついていた。

必死に縄から抜けたのだろう。痛々しく滲《にじ》んだ血が、彼女の必死さを物語る。

ハリエットは頭を下げたまま、苦しそうな呼吸で必死に紡いだ。

「ガルクハインに、多大なご迷惑をおかけしました。……この者、ラウルが行ったことの責任は、すべて私にあります……！」

「やめろ、ハリエット」

ふらりと立ち上がったラウルが、ハリエットの傍に膝をついた。

「お前は何も関与してない。そんな人間が頭下げたって、まるで意味ないって分かるだろ」

「駄目！　私を、助けるためだったのに、『関与してない』なんてあるはずない。私は……」

本当に呼吸が限界らしく、ハリエットが咳《せ》き込んだ。リーシェはやっぱり見ていられず、ハリエットに駆け寄ろうとする。

けれど、隣のアルノルトに腕を掴まれた。

「アルノルト殿下……」

リーシェを止めたアルノルトは、代わりに前へと進み出る。

こつりと鳴った靴音に、ハリエットがびくりと肩を跳ねさせた。ラウルは眉根を寄せたあと、アルノルトを見上げてへらりと笑う。

「皇太子さま。悪いが、ハリエットはこの計画に無関係だ」

何も言わないアルノルトが、ラウルの方を見遣《みや》る。リーシェからアルノルトの顔は見えないが、恐らくは冷めた表情をしているのだろう。

「な？　やろうとしたことは洗いざらい吐く。そのあとで、俺のことは好きにしてくれればいい。一思いに殺すなり、気晴らしに殴って遊ぶ奴隷にするなり、どうぞご自由に」

「ラウル……！　や、やめて。お願いだから」

ハリエットの言葉を遮って、アルノルトがラウルにこう尋ねた。

「その末に、貴様はどうするつもりなんだ」

「……意地の悪いことを、聞いてくれるなあ」

自嘲の含まれた笑みを滲ませ、ラウルはぐっと顔を顰《しか》める。

「大国ガルクハインに無礼を働いたんだ。こうなりゃ、俺の命を持って償うしかないだろ？」

本気の謝罪をしているとは思えない、軽薄さの残る態度だった。

しかし、ラウルがそんな振る舞いをしているのは、彼の思惑があってのことなのだ。

（ラウルはきっと、わざと不遜な態度を取っているわ。アルノルト殿下のお怒りが、ハリエットさまから自分に向けられるように……）

アルノルトは、つまらなさそうに口を開いた。

「『責任を取る』などという言葉は、責任を取れる人間が口にしてこそ意味がある」

ハリエットが、ぎゅっと体を縮こまらせる。

「命を差し出すなどという、くだらない提案も同様だ。お前の命など、俺にとって価値は無い」

アルノルトの言葉に、ラウルが笑って首を傾げる。

「だったらあのまま死なせてて欲しかったぜ。想定外の乱入で、こっちの計画は丸潰れだ」

「……ラウル。あなた、やっぱり自分が死ぬことで、ハリエットさまをファブラニアから助け出そうとしていたのね？」

これまで見てきた状況を重ねれば、ラウルが考えたことの想像はつく。

リーシェは知っているのだ。狩人だった人生で、ラウルははっきりと口にしていた。

『俺はこう見えて、シグウェル王家への忠誠心に篤《あつ》いんだよ』

あれは、ハリエットのことを救うことが出来なかった未来の話だ。

冗談のふりをした本心だったことくらい、かつての仲間として、ちゃんと分かっていた。

ラウルは笑顔のままで言う。

「だって仕方ないだろ？　単純に贋金のことをファブラニアに詰めたって、ハリエットが生贄《いけにえ》にされるだけだ。シグウェル国とハリエット、両方を守ろうと思ったら、多少の策は必要になる」

ラウルの言う通りだった。

ガルクハインが告発したとして、それだけでファブラニアが罪に問われる訳ではない。ファブラニアは疑惑に抗《あらが》うだろうし、ファブラニアに味方をする国もあるだろう。その混乱に乗じて、戦争を仕掛けてくる他国もあるかもしれない。

それこそ、アルノルトが起こす戦争を待たずに、別の新たな戦争が起きてもおかしくはない。

アルノルトの父であるガルクハインの現皇帝がこのことを知れば、どういった動きを取るかも想像がつかなかった。きっと、アルノルトだってそれは分かっている。

（だからラウルは毒のナイフを……。ラウルの死があれば、世論がシグウェル国側に傾いて、ファブラニア側の不利に動くもの）

もしかしたら、それを加速させるための証拠品を偽造しているのかもしれない。ラウルがこんなときに選びそうな手段は、リーシェにだって想像がつく。

そのとき、アルノルトが口を開いた。

「ファブラニアの贋金については、当然見逃すつもりもない」

「……アルノルト殿下」

リーシェは彼の隣に立ち、その横顔を見上げて言った。

「どうか、私に少しだけお時間をいただけませんか。コヨル国の時のように、シグウェル国とガルクハインの同盟について、妙案がないかを考えたいのです」

先ほどのアルノルトはリーシェに対し、騎士としてではなく、皇太子妃としてハリエットを助ける方法もあると言ってくれた。

現皇帝に怪しまれず、シグウェル国との同盟を結ぶ理由さえ見付けられれば、その事実はシグウェル国の後ろ盾になるだろう。シグウェル国が贋金偽造の濡れ衣を着せられたとしても、同盟国にガルクハインの名があれば、一方的にファブラニアから攻撃されることはない。

その道を、何がなんでも見つけ出す。しかし、アルノルトはリーシェの方を見てはくれなかった。

「殿下……」

「その必要はない」

言葉は冷たい響きを帯びており、リーシェは反射的に息を呑む。

けれど、アルノルトは次の瞬間、こんな風に続けるのだ。

「……我が国は今後、貨幣の作り直しを行っていくことを予定している」

思わぬことを切り出され、瞬きをした。

「だが、いまの貨幣制度には、いずれ限界が来るとも考えていた。——金や銀などの素材は有限であり、いずれ枯渇することが予想されるものだ」

「……？」

ラウルとハリエットも、アルノルトの意図が読めないらしい。

そんなことは承知の上であるかのように、アルノルトは淡々とこう話した。

「偽金防止のため複雑な造りにすれば、製造の費用が嵩《かさ》む。鋳造にも技術が必要となり、量産には向かない。その課題を解決するには、そもそもまったく別の道を選択する必要がある」

「殿下。別の道とは？」

「金貨や銀貨よりも原価が安く、枯渇の恐れがない素材で作られるものだ。量産が可能であり、それでいて偽造が困難な、新しい貨幣でなければならない」

アルノルトは、ハリエットたちを見下ろしたまま、はっきりと口にするのだ。

「いま選び取れる最善は、紙を用いた貨幣だろう」

「……!?」

ハリエットがぽかんとアルノルトを見た。

ラウルだって、信じられない物を見る目でアルノルトを見上げている。けれどもリーシェは、アルノルトがいま言った言葉の意味を、必死に頭の中で組み立てた。

（もしかして、昨日アルノルト殿下が仰《おつしや》ったのは……）

貨幣の改鋳をするにあたり、アルノルトには別の考えがある様子だった。

けれど、リーシェたちがそれについて尋ねると、アルノルトは自身でそれを否定したのだ。

『……あれは、どうあっても現実味のない策だ』

『夢物語に近い案で、馬鹿げていると言ってもいい。だから、その別案は検討するまでもなく、すでに切り捨てている愚策に過ぎん』

それに対し、リーシェは言ったのだ。『あなたが本気で願うなら、実現可能な夢ではありませんか？』と。そして、アルノルトはそれを否定した。

『形のないものの実体を信じられる人間などいるものか』と、言い聞かせるような物言いだった。

あれはリーシェに対してではなく、アルノルト自身への言葉だったのかもしれない。

しかし、何かがアルノルトの考えを変えたのだ。

「紙の、お金……」

リーシェが呟《つぶや》くと、アルノルトは答える。

「当然ながら、ただの紙に資産価値などありはしない。その紙……紙幣は、額面に書かれた金額の金銀と引き換えられる、そういった意味合いを持つものだ」

その説明に、なんとなく理解できたような気がした。

「普段はその紙を金貨の代わりにし、買い物などに利用できるということですか？　そして、いままで通り本物の金銀が必要になったときは、両替所などで交換できると」

「ああ。同額の金貨を持ち歩くよりも嵩張らず、携帯性も高くなる。たとえ国内の金銀が枯渇しようと、安定して貨幣を発行することが出来れば、それによって国の経済が滞ることはない」

金貨の価値は、本物の金が使われているからこそ担保されるものだ。

けれどもアルノルトの話す策は、その観念を根本から覆すものだった。実際の資産価値があるものではなく、その『価値ある金銀への交換券』を、日常の取引で使用するということなのだ。

(世界中のどこに行ったって、そんな方法を取っている国なんかひとつもなかった。……だけど)

リーシェの胸が、どきどきと早鐘を刻み始める。

(この方は、今まさにその仕組みを作ろうとなさっているんだわ。誰も試したことのない、初めてのことを！)

「──紙幣を刷るための金属版には、コヨル国の職人の技術を使用する」

アルノルトの言葉に、リーシェはますます目を輝かせた。

「リーシェ。錬金術師ミシェル・エヴァンの作り出したもののひとつに、耐水性の高いインクや紙があったはずだな」

「は、はい。水だけでなく、摩擦でも滲みにくいとお聞きしています」

「錬金術師の生み出した新素材であれば、その辺りの人間が入手して偽造するのも難しい。偽金防止のための刷新という、当初の目的も達成できる」

どきどきしながら頷くと、彼はこう続けた。

「紙幣の流通を促進させるためには、アリア商会の人脈を利用すればいい。あれだけの情報を集めるのであれば、強固な網があるはずだ。だが……」

アルノルトはそこで目を伏せる。

「紙とインクを用意し、精巧な金属版を完成させようとも。印刷物を量産する技術がなければ、実現は出来ない」

ここまで来れば、リーシェにだってちゃんと分かった。

ハリエットとラウルが到着した日の夜、リーシェとアルノルトは本を読んだのだ。

それは、シグウェル国から贈られた本である。細やかな表紙の意匠まで、繊細に刷られていた。

「――シグウェル国には、優れた印刷技術があるのだろう？」

「あ……っ！」

ハリエットが、思わずといった調子で声を上げる。

「シグウェル国に協力を依頼するのは、こちらの方だ。今後の我が国の造幣事業には、その印刷技術が不可欠になるだろう」

そしてアルノルトは、静かに告げるのだ。

「そのための同盟を、シグウェル国と結びたい」

「……‼」

アルノルトが、他国に対する同盟の要望を口にした。

これは、以前までなら到底考えられないことだ。雪の国コヨルが同盟を申し出た際、アルノルトは『手を組むよりも侵略する方が性に合っている』と返した。

けれどもいまは、そうではない。

嬉しくて、リーシェの心臓がどきどきする。その一方で、これまでの話を聞いていたラウルが、困惑を隠しもせず口にした。

「……待てよ、そんなの夢物語だろ。紙の金？　それで国の経済を運用するつもりか？」

アルノルトの眼差《まなざ》しを向けられたラウルは、ハリエットの傍から立ち上がって言う。

「ガルクハインの皇太子さまともあろうお方が、一体何を言い出してんだ。そんなものの価値なんて、信じるやつがいるわけない」

ラウルの発した言い分は、アルノルトも理解しているだろう。

それどころかきっとアルノルトは、元々ラウル側の考えだったはずだ。一度はこの考えを否定して、オリヴァーにも話していなかったのだから。

「そうだな」

ラウルの言葉を、アルノルトは淡々と肯定する。

「『実体のないものを信じ続けることの出来る人間など、いるものか』と」

そのまなざしが、隣に立つリーシェの方へ注がれる。

「――……俺も、最初はそう考えていた」

リーシェと目を合わせたアルノルトは、その双眸を僅かに細めたあと、柔らかな声音で続ける。

「だが。世の中には、死霊の類を本気で恐れる人間がいる」

思わぬ矛先を向けられて、リーシェの頬が熱くなった。だが、揶揄《からか》うための言葉でないことは、その目を見ていればちゃんと分かる。

「教会に属する者たちは、女神の存在を心から信じている。……それは、実体の有無が重要なのではなく、根本にある信心が成せることなのだろう」

アルノルトの話すことについて、心当たりがあった。

昨晩、彼と同じ寝台の上に座り、リーシェが語って聞かせたことだ。幽霊を信じているリーシェや、女神を信じている教団の人々にとって、それらは揺るぎ無いものであると告げた。

形がなくたって、確かに存在しているものはある。

たとえば、昨日のアルノルトが、リーシェに海を見せたいと願ってくれた心のように。

「貨幣とは国が発行するものだ。その価値の実態は含まれている金の量などでなく、発行した国への信頼によって担保される。金貨であろうと紙幣であろうと、それは変わらない」

（殿下の仰る通りだわ。他国の金貨は、たとえ本物の金が含まれていようと、日常で使えないもの）

それと紙とが同じだというのは、さすがに豪胆ではあるものの、本質的には変わらない。

「紙幣への信用を得ていくには、段階的な調整が必要だろう。信用を得られるかどうかは、すべて国家の行動次第だ」

「……意外な答えだな。やんごとなき皇族さまが下々に、『信じてくれ』と訴えるって？」

「国政への信用とは、懇願して得るものではない。これまで民に応えてきたかどうか、これから信じるに値する仕組みを作り上げられるかどうか、それだけの話だ」

そしてアルノルトは、再びリーシェを見下ろした。

「……国への信用が足りないのであれば、すでに信用されている存在の名を借りればいい。それこそ、女神であろうとな」

「アルノルト殿下。では、クルシェード教団に協力の要請を……？」

これもまた、先日までのアルノルトであれば、決してしなかったであろう発言だ。

アルノルトは教団を嫌悪していた。

そんな彼が『教団の名を借りる』だなんて、思ってもみなかったことである。

「いくら新しい素材を使うといえど、偽造を目論む人間は出てくる。それについては裏社会に人脈を持つテオドールに一任し、不審な動きを監視させるつもりだ」

「っ、アルノルト殿下……！」

リーシェは心底嬉しくなって、アルノルトを見上げた。

「きっと、喜んで協力して下さると思います。テオドール殿下も、アリア商会も、コヨル国も……ミシェル先生も、クルシェード教団も！」

そうしてアルノルトの袖をきゅっと掴んだ。

リーシェがどれだけ嬉しいか、少しでも伝わってほしいと望みながら。

「そこにアルノルト殿下の政治手腕と、シグウェル国の印刷技術が加われば、決して『夢物語』などではありません。——絶対に、実現可能です……！」

するとアルノルトは、リーシェにまなざしを向けたまま、少しだけ表情をやわらげた。

「……お前がいたから、夢物語が現実になる。これらの人脈は、お前がガルクハインに来たからこそ繋《つな》がれたものだ」

「？」

リーシェは首を傾げ、アルノルトの言葉を訂正した。

「違いますよ、アルノルト殿下」

「……なに？」

「この国に来た私に、アリア商会との自由な商談を許して下さったのは、アルノルト殿下です」

通常なら、『人質』であるはずのリーシェにそんな我《わ》が儘《まま》は許されない。単純な買い物だけでなく、商会との商いまで出来たのは、アルノルトがいたからこそだ。

「弟君と和解なさったのも、街中に火薬を仕掛けたミシェル先生をお許しになられたのも。コヨル国との金加工技術における提携も、クルシェード教団と協力体制が組まれたのも、すべてアルノルト殿下がなさってきたこと」

それらは決して、リーシェが繋いできたものではない。

他ならぬアルノルトが決断し、関わってくれたことによって結ばれたものだ。

「殿下は以前、『他国と手を結ぶよりも、侵略する方が性に合っている』とご自身のことを評されましたが……」

けれど、そうではない。

「各国との人脈は、アルノルト殿下が、ご自身の選択によって築き上げたものに他なりません」

「……！」

アルノルトは、ほんの僅かに驚いたような顔をした。

そのあとで、微笑むように目を伏せる。

「いいや。――これは間違いなく、お前によって繋がれたものだ」

「……？」

あんまり腑《ふ》には落ちないものの、アルノルトがどこか楽しそうにも見えたので、リーシェはひとまず口を噤んだ。

一方で、ラウルとハリエットは呆然としたまま、リーシェとアルノルトのことを見詰めている。

「……あんたら、本当に何者なんだよ。あのクルシェード教団までもが、ガルクハインに力を貸すだって……？」

「あう、わ、私、まだ全部は追いつけてないかもしれないけれど……！　だけど、でも、ラウル」

ハリエットは一呼吸を置いたあと、覚悟を決めた顔をした。

「お……お父さまやお兄さまは、突然でびっくりするかもしれない。だけど、私は説得したい。シグウェル国はいままで、ファブラニアの言いなりだったけれど、そうじゃなくて……」

「……ハリエット」

「ファブラニアじゃない、どこか別の国と協力しあうとしたら、今までみたいに一方的に守ってもらうのでは駄目なの。自分たちの国の技術で、しっかりと進む国じゃないと、きっと……」

それが簡単でないことは、きっとハリエットも分かっているのだろう。

その声はやっぱり震えている。けれどもハリエットの双眸から、怯えの色は消えていた。

「し……シグウェル国の作る本の美しさを、ずっと誇りに思ってた。よそから力を借りるだけでなく、自分たちの国が誇るもので、他国と対等な関係を築けるなら……」

小さな手が、ぎゅっときつく握り締められる。

「どれほど弱くて、小さな国でも。……自分たちの力で、自分たちの国の持つものを誇れるように、変えていきたい」

ラウルが眉を歪《ゆが》ませた。

彼があんな表情をしてみせるのは、本当に珍しいことだ。

「そんなのは綺麗事《きれいごと》だ、ハリエット。国の在り方を変えるのは、並大抵のことじゃない」

「で、でも！　……変わろうと決意しないと、何も変えられない……！」

強い意志のこもったハリエットの言葉に、ラウルはぐっと顔を顰める。

「……まったく……」

そのあとに額を押さえ、長い長い溜め息をついてからこう言った。

「つくづく狩人失格だ。こんな目をしたお姫さま、攫って逃げる自信はないな」

その言葉を耳にして、リーシェは心の底から安堵する。

（狩人人生で、ラウルのあんなに困ったような表情を見たことは、一度もなかったわ）

彼はいつでも軽やかに笑い、本心を隠し、自分に嘘をついているように見えた。

（だけど、これでもう大丈夫な気がする）

あの人生で守れなかったハリエットは、望まない罪に手を染めることもなくここにいる。

そんなハリエットを、狩人として命懸けで守ろうとしたラウルも死ななかった。そして、恐らくは彼の本心に近い表情を浮かべてくれているのだ。ひとつ息を吐き、アルノルトを見上げた。

（やっぱり、アルノルト殿下はすごいわ）

そう思い、にこりと笑う。

アルノルトは僅かに目を瞠《みは》ったあと、少しだけ眉根を寄せてこう言った。

「……どうして俺を見るだけで、そんなに嬉しそうな顔をする」

「っ、うえ……!?」

リーシェは驚き、自分の頬を両手でぱっと押さえる。

「……してましたか？　嬉しそうな顔」

「先ほど、俺がこの教会に入ったときもそうだった」

思い出そうとしてみるけれど、あまり記憶に残っていない。恐らくは自分でも無意識に、表情を緩めてしまったのだろう。

（だって、アルノルト殿下があっという間に教会を制圧なさるから！　たとえ目の当たりにしてなくても、剣士なら誰だってわくわくに決まっているし……）

「それと、夫婦喧嘩とやらはもう気が済んだのか」

「……!!」

言われてリーシェは思い出す。そういえば、いまは大事な夫婦喧嘩の最中だったのだ。

「ん？」

揶揄うような笑みに、リーシェは慌てて反論する。

「ま、まだです……!!　この件については、色々と考えたいことが残っているので!!」

「そうか。では俺も、お前が俺のあずかり知らぬところで動き、『いざとなったら自分を切り捨てれば済むように』などと言ったらしいことについては、改めて詰めよう」

「うぐぐ……！」

やっぱりオリヴァーは、洗いざらいアルノルトへ報告していたようだ。

頭を抱えそうになったリーシェに対し、アルノルトがふっと挑むように笑ってみせる。

「覚悟しておけよ」

「……殿下こそ！」

リーシェは視線で宣戦布告をした。

そのあとでハリエットに駆け寄り、彼女を抱き締める。それから、随分と遠回りなやり方をしたラウルを見遣るのだ。

ラウルはどこか、ばつの悪そうな表情をしていた。

これもきっと、ラウルの本心の顔なのだ。それが分かり、なんだかとても可笑《おか》しくて、ほんの少しだけ懐かしかった。

エピローグ

海風がカーテンを膨らませるその部屋には、夏の日差しが降り注いでいる。

ハリエットを鏡台に座らせ、鋏《はさみ》を動かしていたリーシェは、仕上げを終えてからクロスを外した。

「いかがですか？　ハリエットさま」

クロスの上を滑り落ちるのは、長かった髪を短くし、金色の髪だ。

目の前の鏡には、長かった髪を短くし、肩までの位置で切り揃《そろ》えたハリエットが映っていた。

「ありがとうございます、リーシェさま……！」

「とってもお似合いですよ。肩までの長さだと乾くのも早いので、湯上りの読書に最適ですね」

鋏を仕舞いながら、リーシェはにこにことハリエットを褒める。

「それに、新しいお化粧も」

前髪も短くしたハリエットの目元には、先日と違う化粧が施されていた。

彼女が気にしていたその吊り目《つめ》を大いに強調し、凛《りん》とした印象の化粧姿である。先日初めてしたお化粧は、その吊り目を和らげて垂れ目に近く見せるものだったので、正反対の系統だ。

「ふ、不思議です……。私の吊り目を強調したお化粧なのに、嫌じゃないなんて……」

「これもお化粧の効力のひとつなのです。自分のお顔の中で、嫌いな部分を『隠す』のではなく、『活《い》かす』ことだって出来るんですよ」

「嫌いな部分を、活かす……」

ハリエットは、その言葉を噛《か》み締めるように繰り返した。

「そ……そうですよね。自分の嫌いな部分を嫌っているだけじゃ、駄目なんだ……」

ハリエットは決意したように、鏡の中の自分を見据える。

「リーシェさま、私、頑張ります……!! 大嫌いだった私の性格も、国の為《ため》に役立てることが出来るかもしれない。私は臆病ですが、それを活かして、慎重な国政に貢献します……！」

「ハリエットさま……」

ハリエットが捕らわれた先日の騒動から、今日で二日が経《た》っていた。

ファブラニアの騎士は捕縛され、アルノルトの近衛《このえ》騎士による取り調べが行われている。贋金《にせがね》の告発や、シグウェル国の今後について、アルノルトはシグウェル国と協議をしてくれるそうだ。

シグウェル国に向けては、さっそく書状が送られているという。ハリエットの一筆も添えられており、今後は本物のカーティスがやってきて、話を進めていく流れになるだろう。

（ハリエットさまは、決して臆病ではないと思うのだけれど……）

アルノルトの前に飛び出して、自分がすべての責任を負うと宣言できるのは並大抵の勇気ではない。ハリエットには、まだまだ自分自身で気付いていないたくさんの可能性があるのだ。

「リーシェさま。……これから私は、ウォルター陛下と婚約破棄をします。シグウェル国の立場はきっと、大陸内でも大きく変化するでしょう」

決意を込めたハリエットの瞳が、リーシェを見据える。

「だからこそ、頑張るって決めました……！　人形としての王女ではなく、自分で考える力を持った人間として。わ……私なんかには無理かもしれないですけれど、『私には無理かもしれない』ということを、頑張らない理由にはしたくないって思うんです……！」

ハリエットは恥ずかしそうに両手で顔を覆った。それを見て、リーシェは微笑《ほほえ》む。

「私も全力でお手伝いします。もちろん、ハリエットさまの健康維持についても」

ぱっと顔を上げたハリエットが、鏡台の上の小瓶を手に取る。

「眼薬《めぐすり》、欠かさずに瞼《まぶた》に塗っています……！　心なしか、眩《まぶ》しさも少し和らいだような……」

「はい。数日前よりも、眉根に力が入っていらっしゃらないですよね？　瞬《まばた》きも意識して下さっているようですし、これからどんどん回復するかと！」

「わあ……」

そんな話をしていると、ノックの音が響いて来た。

「リーシェさま。カーティス殿下がお呼びとのことです」

「ありがとうございます、侍女長さま」

姿を見せた侍女長は、ハリエットの姿を見てほんの僅かに眉を動かした。

ハリエットは一瞬怯《おび》えた様子を見せたものの、思い直したように背筋を正す。それを見た侍女長は、ぽつりと口にした。

「……とてもお美しいですよ。ハリエット殿下」

「っ、え……！」

「リーシェさま。お送りいたしますので、こちらへどうぞ」

リーシェは頷《うなず》き、ハリエットに『またあとで』の視線を送った。

にこりと微笑んだあと、小さく手を振ってくれたハリエットの姿は美しい。短く切った金色の髪に、夏らしいドレスがよく似合っていた。

（本当によかった。侍女長さまとハリエットさまも、これからもっと仲良くなれるわ）

にこにこしながら廊下に出て、侍女長と一緒にラウルの元へ向かう。しかし、しばらく黙っていた侍女長は、廊下の途中でこんな風に口を開くのだ。

「……ハリエット殿下の侍女を、辞させていただくかもしれません」

驚いて振り返ると、侍女長は相変わらず難しい表情をしたまま続けた。

「ファブラニアがあの方をかどわかそうとした際、私は何のお役にも立てませんでした。普段口うるさくお叱りしておきながら、贋金のことも知らず、肝心なところでお守りできないなど……」

「お、お待ちくださいい侍女長さま！　侍女長さまはご自身を顧みず、命懸けでハリエットさまを守ろうとなさったとか。それについて、ハリエットさまはとても感謝されていましたが……」

「大切なのは、結果だけですから」

彼女はハリエットにだけでなく、自分自身にも厳しいのだ。

リーシェは眉を下げ、せめてもの気持ちを伝えてみる。

「これからのハリエットさまにとって、どんなときもご自身の味方でいてくれる方が傍《そば》にいらっしゃるのは、とても心強いことだと思います」

「……とはいえ……」

「私が、『侍女長さまはファブラニア側ではなくシグウェル国のご出身』だと分かったのは、ハリエットさまへの叱り方が本当のお母さまみたいだったからですよ」

そう告げると、侍女長は目を丸くした。

リーシェは苦笑しつつ、侍女長にそっとお願いもしてみる。

「もっとも。今後は出来ればもう少し、やさしい叱り方をして差し上げては、と思いますが……」

「……お傍仕えを続けるとしても。私がお叱りする必要なんて、もうないのかもしれません」

侍女長は呟《つぶや》き、ハリエットの部屋の扉を振り返る。

「ハリエット殿下の猫背癖も、いつのまにか直っているようでしたから」

こちらに向き直った侍女長は、ほんの少しだけ寂しげな、清々《すがすが》しい微笑みを浮かべていた。

リーシェは同じく微笑みを返し、頷いて、それからラウルの部屋へと歩き始める。

＊＊＊

そして訪れたラウルの部屋で、リーシェは困惑してしまった。

「――本当に、あんたたちには迷惑を掛けた」

にわかに信じがたい光景だ。いつも飄々《ひょうひょう》とし、謝罪なんて滅多にしなかったかつての頭首が、深々と頭を下げているのである。

（ラウルが、こんな神妙な顔をするなんて……!!）

どうしたらいいか分からずに、思わず周囲を見回した。しかし、侍女長とは廊下で別れており、ここにいるのはリーシェとラウルだけだ。

いまのラウルは、カーティスの姿をしていない。本物のカーティスが来るまでは『影』を続けると聞いていたが、カーティス本人はしばらく部屋に閉じこもっているという設定だそうなので、この姿でも問題ないのだろう。

「あのねラウル、謝らないで。私があなたに被った害なんて、なにひとつ無いのだし」

「……害が無い？　あんたそれ、本気で言ってんのか？」

「本気も何も、事実だもの」

「…………」

するとラウルは目を細め、こんなことを言った。

「薬盛られてこんな調子じゃ、あの皇太子サマも苦労してるんだろうな。同情する……」

（ど、どうしてここでアルノルト殿下の話に……!?）

分からなかったが、声に出して聞いてはいけない気がする。リーシェがぎゅむっと口を噤《つぐ》んでいると、ラウルは肩を竦《すく》めて言った。

「とはいえ、甘んじる訳にはいかないんでね。掛けた迷惑の分は、恩を返させてもらう」

それは、リーシェにとって聞き覚えのある言葉だ。

五度目の人生のはじまりに、リーシェが森でひとりの男を助けるという出来事があった。薬師としての知識を使い、彼の怪我《けが》を治療して、ねぐらにしているという場所まで運んだのだ。

その怪我人が、ラウルだった。

いま思えば、彼があんな大怪我をすること自体が珍しい。ひょっとすると、ハリエットを救う方法がなかった焦りの所為《せい》だったのだろうか。

回復したラウルは、当時まだ新しい人生での職業を決めていなかったリーシェに対し、『掛けた迷惑の分は、恩を返させてもらう』と言ったのだった。あのときのリーシェは、こう答えた。

『……なら、私にも弓の使い方を教えて』

『弓？　――そんなもの、あんたみたいなお嬢さんが覚えてどうするんだ』

『どうするなんて目的があるわけじゃないの。私はただ、新しいことを学んでみたいだけ』

どんな知識や技術を得られるのか、とてもわくわくした気持ちでラウルを見上げると、彼が楽しそうに笑ったことをよく覚えている。

「さて、あんたは俺にどんなことを望む？」

リーシェは、ラウルの赤い瞳を真《ま》っ直《す》ぐに見詰める。

「お願い事が出来るなら、もっと仲間を頼ってほしいわ」

「……は」

ラウルがぽかんとしてこちらを見た。

「昔、私に弓を教えてくれた人がそうだったの。自分ひとりで何かを背負って、いつでも笑って嘘《うそ》をついて……ちゃんと姿は見えているのに、実体のない幽霊みたいだった」

狩人《かりゆうど》人生のラウルは、『そんなことはないよ』と笑っていた。

けれども、いま目の前にいるラウルになら、あのときよりは届くかもしれない。

「今回みたいに、自分ひとりで何かを背負うんじゃなくて。……嬉《うれ》しい顔も、悲しい顔も、周りの人にいっぱい見せて」

「……俺が？」

「そう。私の恩人には、最期まで分かってもらえなかったから」

リーシェが死んだあの森で、きっとラウルも亡くなったのだと思う。

ガルクハインに攻め込まれ、焼き払われて、狩人が身を隠す木々すらなくなった。仲間たちを庇《かば》い、騎士団を守りながら戦ったラウルは、リーシェ以上に傷が深かったはずだ。

「私のお願いを聞いてくれるというのなら、これからの人生を、そんな風に過ごして。――自分が幸せだって思うことや、嬉しいって思うことを、あなたの本物の笑顔で教えて」

「……」

ラウルはそのとき、目の前のリーシェのことを見て、どこか遠くを眺めるような表情をした。

「……かーわいいなあ」

そして、つい先日リーシェに言ったのと、まったく同じ台詞《せりふ》を口にする。

「皇太子サマじゃなくて、俺の奥さんにしたいくらいだ」

「もう。そういう冗談も、もう必要ないはずでしょう？」

「はいはい、そうでしたそうでした。あんたはアルノルト・ハインのお嫁さんになるんだもんな」

「!!」

事実なのだが、改めて言われると妙に気恥ずかしい。

リーシェがむぐぐと顔を顰《しか》めると、ラウルはふうっと息を吐いた。

「あんたの結婚が、政略結婚でも。……その嫁ぎ先が、ガルクハインだとしても……」

「……ラウル？」

こちらを見たラウルの表情には、柔らかな微笑みが浮かんでいる。

「願ってるよ。あんたが、幸せになれるようにって」

「——ええ。任せておいて！」

そうしてリーシェは、彼の部屋を後にしたのだった。

＊＊＊

それから、リーシェがさまざまな覚悟を決めているあいだに、驚くほど時間は早く過ぎていった。

夕暮れどきの砂浜には、柔らかな波音が響いている。懐中時計の文字盤を眺め、大きな深呼吸をしたリーシェは、心の中でそうっと考えた。

（……約束の時間まで、あと十分……）

十分あれば落ち着けるだろうかと、そんな期待は打ち砕かされる。砂浜にしゃがみこんだリーシェのことを、待ち人の声が呼んだからだ。

「リーシェ」

リーシェはぱっと立ち上がり、慌てて城の方を振り返った。

「アルノルト殿下……！」

夕焼け色の砂浜を、アルノルトが歩いてくる。日差しが眩しいのか、彼は僅かに目をすがめた。

「オリヴァーから、お前が呼んでいると。……何かあったのか」

「殿下にお話ししたいことがあり、オリヴァーさまにご相談したのです」

リーシェはアルノルトの前に駆け寄ると、呼吸を正してから彼を見上げた。

「夫婦喧嘩《げんか》の……仲直りを、したくて」

「……」

「ここ数日、殿下が忙しくしていらっしゃる間、ひとりでじっくり考えました」

リーシェはドレスの裾をぎゅっと握り、アルノルトに告げる。

「やっぱり、一方的な我《わ》が儘《まま》を言っているのは私だと、実感したので」

「――違う」

思わぬ否定が返ってきて、ぱちりと瞬きをした。

「そもそも、俺の言葉が足りなかった」

「……殿下？」

「俺がお前に取った手段は、忌むべきものだ」

アルノルトがこちらに手を伸ばし、リーシェの頬に掛かった横髪を耳に掛けてくれた。

そして彼は、ゆっくりとこう話す。

「他国から、妃《きさき》を連れて来て人質にする。……それは、父帝がこれまでに取ってきた手段だった」

以前、彼が話してくれた。アルノルトの父は、さまざまな国から花嫁となる女性を献上させ、それを人質にすることで他国を抑制してきたのだと。

「そのやり方を嫌悪してきたはずだ。だが、結局は俺も同じような手段を用いて、お前を妻にしようとしている」

アルノルトの表情に、はっきりとした感情は浮かんでいない。

けれどもそのまなざしには、さまざまな想《おも》いが去来しているように見える。

「――俺の元に嫁がせて、お前の未来を奪った」

リーシェは思わず息を呑《の》んだ。

「これ以上、俺がお前に望むものなどない。……そんな資格もない」

アルノルトの眉根が、ほんの僅かに寄せられる。

どこか苦しそうな、その苦しさを抑えつけているかのような、そんな表情だった。

「だから、もういいんだ」

「……っ」

心臓の近くが、きゅうっと音を立てて軋《きし》んだような気がする。

きっとこれまでのアルノルトは、自分から何かを望むことなど許されなかったのだ。

何かを欲しがることも、それが与えられることも無かったのだろう。たとえ大国の皇太子であろうと、アルノルトがこれまでに手に入れたものは、数えるばかりだったのかもしれない。

はっきりと語られていなくても、リーシェにはそのことが分かってしまった。

「……私が一番反省しているのは、殿下が仰《おっしゃ》ったその点なのです」

そう告げると、アルノルトは訝《いぶか》るようにこちらを見る。

「私に、何も望まないと。……殿下がそうお考えになる理由について、そもそもの原因は、私に問題があったのだと気づきました」

「リーシェ？」

「アルノルト殿下が、私に求婚をして下さったときのことを思い返していたのです」

あの夜、アルノルトはリーシェの前に跪《ひざまず》いた。

『貴殿への突然の無礼を詫《わ》びよう。そして、願わくはどうか――』

リーシェの手を取り、間近に目を見据えて、彼は言ったのだ。

『どうか、俺の妻になってほしい』と。

「私はあのとき、『お断りします』とお返事しましたよね」

「……ああ」

リーシェは俯《うつむ》き、大きく深呼吸をしてから、再びアルノルトの目を見上げる。

「あの求婚を、もう一度やり直したいと思います」

「……？」

彼に何かを言われる前に、アルノルトの左手へと手を伸ばした。

大きくてとても綺麗《きれい》な手だ。爪の形や、手の甲にまで浮かぶ筋だけでなく、武骨な印象を受ける剣だこまでもが美しい。

「リーシェ？」

リーシェは、一生懸命に言葉を紡ぎながら、アルノルトの指に自分の指を絡めてみる。

「あなたへの、あのときの無礼をお詫びします。そして、願わくはどうか――」

彼の左手を、リーシェ自身の口元へと引き寄せた。

アルノルトから指輪を贈られた際、それを着けるときにしてくれたことを真似《まね》るのだ。

勇気を出し、アルノルトの薬指の付け根に、リーシェの方から口付けを落とす。

「……っ」

ちゅ、と小さな音がした。

それがものすごく恥ずかしい。手の甲にキスをしただけなのに、心臓がどきどきして壊れそうだ。

一気に顔が火照るのを感じる。その赤さを隠したくて、アルノルトの手を自分の頬へと押し付けた。

そうして、アルノルトをまっすぐに見詰める。

「どうか、私の夫になってください……」

「――………」

選んだのは、あのときのアルノルトと同じ言葉である。

そのことに、彼は気付いてしまっただろうか。リーシェが告げた求婚に、アルノルトは目をみはっていた。

「……何を……」

「っ、これで！」

声が震えそうになるのを堪《こら》えながら、真っ赤な顔でアルノルトに告げる。

「これで、あなただけが結婚を望んだのではありません。そして、断った私を、無理矢理ガルクハインに連れて来たということにはならないはずです……！」

あのときのリーシェは、アルノルトの求婚を拒んでしまった。

ひとりの寝台でぐるぐると考えた結果、あの拒絶こそが、アルノルトの負い目になっているのではないかと思えたのだ。

けれどもアルノルトは、こちらを見下ろしたまま、何も言わない。

「だ……駄目ですか……？」

「……」

「殿下がお望みになることは、私が叶《かな》えられる限りなんでも聞きます。あなたが私にして下さることより、出来ることはずっと少なくて、拙いものかもしれませんが」

リーシェはぎゅうっと眉根を寄せて、言葉を重ねた。

「私だって。――アルノルト殿下の我が儘を、たくさん叶えて差し上げたい……」

「……」

けれども恐らく、変わらないのだとは思う。

アルノルトが心に決めていることは、いまのリーシェには底が知れない。リーシェに求婚した理由も、彼が未来の戦争で成そうとしていることも、なにひとつ分かりはしないのだから。

（でも、どうか）

リーシェが願った、その瞬間だった。

「……！」

指同士を絡めていた手が、アルノルトの方に引き寄せられる。

やさしいけれど、強引な力でもあった。アルノルトはリーシェを抱き止めると、背中へ腕を回す。

閉じ込めるように、ぎゅうっと強く抱き締められて、耳の横で小さく囁《ささや》かれた。

「その求婚を、受け入れる」

「……っ！」

低く掠《かす》れているけれど、はっきりとした声だ。

「……俺の元に、嫁いで来てくれるか？」

「う……」

耳元を擽《くすぐ》るようなやさしい声に、思わずびくりと身を竦める。

手の置き場所が分からなくて、リーシェは散々迷った挙句、アルノルトの腰付近のシャツを弱く握った。

「もう、とっくに来ているじゃないですか……」

「まだだろう。……正式な妻にはなっていない」

淡々とした言い方が、ほんの少し拗《す》ねているようにも聞こえて困る。

だが、それは仕方のないことだった。

リーシェの故国も、この国も、女性は十六歳にならなければ婚姻を結べない。リーシェの十六歳の誕生日は、いまから三週間ほど先だ。

すぐには願いを聞けない代わりに、リーシェはちゃんと言葉で誓う。

「あなたの妻になります。……アルノルト殿下」

「……」

そう告げると、ますます強く抱き込まれた。

けれども決して苦しくはなくて、加減されているように錯覚する。アルノルトは更に、こう重ねてくるのだ。

「――もう一度言ってくれ」

「……！」

告げられて、これこそが彼の我が儘だと気が付いた。

「リーシェ」

「……っ、あ」

ねだるように名前を呼ばれ、リーシェは慌てて彼に尋ねる。

「あと一度しか、駄目ですか……？」

「……」

「殿下さえお嫌でなければ。これから先、何度でもお伝えしたいのですが……」

彼の初めての我が儘だと思えば、それに応えたいと思ってしまう。

それでも冷静に考えてみれば、おかしなことだと気が付いた。求婚めいた言葉の返事を、何度も重ねるなんて、そんなことは明らかに不合理だ。

「ご、ごめんなさい。変ですよね」

「……いいや」

アルノルトが、かすかに笑った気配がした。

「聞きたい」

「〜〜〜っ」

その瞬間、いっそう顔が熱くなった。

数日前にもこの海で告げられた言葉だ。顔が赤いのを気付かれないよう、アルノルトに額を押し付けるのだが、こんなにくっついては迷惑かもしれない。

「ご、ごめんなさい……。もう少しだけ、この体勢で」

「構わないが」

アルノルトは、リーシェをあやすように背中を撫《な》でたあとで、こんなことを言った。

「……お前は、もう少し肉をつけた方がいいんじゃないか」

「え!!」

思わぬ言葉に、リーシェはびくりと肩を跳ねさせる。アルノルトの顔を見上げそうになったけれど、抱き締められていて身動きが出来ない。

「ひ、貧相ですか!?」

「そうではなくて」

皇太子妃として見栄えが悪いと言う話ではなさそうなので、ひとまずは安堵《あんど》する。

アルノルトは、リーシェの肩口に頭を預けるようにし、彼にしては小さな声で言った。

「下手に触れると、壊しそうだと言っている」

「……!!」

そんなことを告げられて驚いたあと、なんだかおかしくなってしまう。

「壊れたりなんかしないから、大丈夫ですよ」

だが、アルノルトは何も言わない。言葉だけでは伝わらないと気が付いて、リーシェはそこで自分からも、ぎゅうっとアルノルトを抱き返してみる。

「ね?」

「……」

アルノルトは、納得したようにリーシェの背中を撫で、それからそっと体を離した。

「大切にする」

「……はい」

そんな言葉にどきりとした。

どうやら、リーシェがそれなりに頑丈だということは、やっぱり伝わっていないらしい。

（夫婦喧嘩は、あんまり上手に出来なかったけれど）

それでも仲直りの方は、なかなか上手《うま》く出来たのではないだろうか。

そう思い、リーシェはアルノルトを見上げて笑った。夕暮れ色の浜辺でも、アルノルトの青い色をした瞳は、やっぱり世界一美しい。

「風が強くなってきた。……戻るか」

アルノルトは言い、リーシェに手を差し出してきた。

当たり前のようにエスコートを示されて、緊張してしまう。この動揺が気付かれないように、アルノルトの手にそうっと触れた。

そして、ふたりで歩き始める。

（この方の抱えていらっしゃるものは、きっと私には窺《うかが》い知れない。私がどれほど願っても、そう簡単に変えて下さることはない……）

そのことはきちんと理解していた。けれど、と祈ってしまうのだ。

（それでもいつの日か、アルノルト殿下が、幸福な望みを口にして下さいますように）

たとえ、この婚姻がどんな思惑の元に結ばれようとしているものであろうとも。

（その相手が、私でなくても構わないから）

アルノルトが起こす戦争を、リーシェは絶対に止めてみせる。

そのときに、リーシェはアルノルトの敵となるのだろう。その目的を隠したまま傍にいることは、彼に対する裏切りに他ならないと分かっていた。

（それでも。――私は、どうしてもこの方を、幸せにしたい……）

戦争という、彼を含めたさまざまな人が傷付く手段でなく。

アルノルトが心から何かを望み、それが手に入る、そんな世界を目にして欲しかった。

「リーシェ。どうした？」

「……いいえ」

歩調が遅れてしまったのを、アルノルトに気付かれて苦笑する。

「帰ってご飯を食べましょう。……婚姻の儀のドレスを着るためには、お肉をつけるほど食べるわけには参りませんが」

「安心しろ。万が一のときは、国中の職人を集めて仕立て直させる」

「アルノルト殿下が真顔で仰ると、冗談に聞こえなくて怖いですね……」

そんな話をしながらも、胸の奥がほわりとくすぐったくなった。

夕焼け色の砂浜を歩きながら、時々海の方を振り返る。

きらきらと水面に光が散り、その眩しさに目を細めて、リーシェはアルノルトの手をきゅうっと握り締めたのだった。

＊＊＊

すっかり夜に染まった海辺の城に、静かな波音が響き渡る。

足音をひとつも立てずに歩き、その部屋の扉を開けたラウルは、無人の応接室を見回した。

誰の許可をも得ることはなく、長椅子の一脚に座ってみる。すると数分もしないうちに、硬質な靴音が響いて来た。

そうして扉が開け放たれる。

ラウルは口の端を上げ、敢《あ》えて軽口を叩《たた》いてみた。

「……人が静かに来てやったのに、あんたはこそこそ隠れる気もないってか？」

「……」

上半身だけ振り返り、椅子の背凭《せもた》れに肘を掛けると、その男は冷たい目でラウルを見下ろす。

そうして何も言わないまま、ラウルの向かいに腰を下ろし、肘掛けに頬杖《ほおづえ》をついた。

その様子を見て、ラウルは更に言い募る。

「不愛想だな。これから協力関係になるんだし、もうちょっと友好的になっても良いんじゃない？」

「お前の軽口を聞く気はない」

「まあいいさ。俺はあんたたちに恩がある、ご命令は聞きますよ。……たとえそれが、溺愛する奥さんにも言えないような、後ろ暗い話でもな」

そう告げて、目の前の男を煽《あお》るのだ。

「予定通り、内緒話を始めようか？　……アルノルト・ハイン殿下」

「――……」

冷たいほどに整った顔立ちの男は、より一層冷ややかなまなざしを、ラウルへと向けてくるのだった。

つづく

番外編

お仕置きは、怖くなくてはいけません

「――それで、先に弁明しておきたいことはあるか？」

「一切の言い訳もございません、アルノルト殿下……」

アルノルトからの問い掛けに、リーシェはもごもごと言いながら俯《うつむ》いた。

向かいの長椅子に座ったアルノルトは、足を組んで肘掛けに右肘をついている。対するリーシェは、膝の上できゅっと両手を握り込んでいる状態だ。

きっかけは今日の夕食後、カーティスの姿をしたラウルが言った一言である。

『あんたの奥さん、ハリエットの護衛中に、俺と路地裏で交戦してるけど？』

『えあっ、待っ、ラウル……!!』

『………』

制止の言葉は間に合わない。ラウルはにやーっと笑った後、食堂を出たハリエットに続く。

リーシェが恐る恐る振り返れば、アルノルトは涼しい顔で席を立ちながら言い放った。

『このあと、部屋で詳しく話を聞く』

『………はい………』

そしてリーシェは、アルノルトとふたりで使っていた寝室にて、彼と向かい合っているのだ。

リーシェたちはつい夕方、夫婦喧嘩《げんか》の仲直りをしたばかりである。けれども今のアルノルトは、

喧嘩中よりもずっと険しい顔をしていた。

「潔いのは結構なことだが、今回は少しきつく言い聞かせる必要がある。……とはいえ、お前相手に単なる叱責は効果がないからな」

肘掛けに頬杖《ほおづえ》をついたアルノルトが、静かな瞳で尋ねてくる。

「――どう仕置きをされたい？」

「え……」

問われた意味が分からずに、ぱちりとひとつ瞬《まばた》きをした。

「わ、私が選ぶのですか!?」

「そうだ。お前にとって、俺にどうされるのが一番こたえるのか教えてみろ」

アルノルトはどうやら、お仕置きの方法を選ばせてくれるらしい。それでいいのかと疑問を抱くものの、任された以上は真剣に、それでいて正直に答えるべきだろう。

必死に思考を巡らせて、思いついたことを口にした。

「殿下が……」

「俺が？」

少しだけ俯いたリーシェは、目だけでおずおずとアルノルトを見上げる。

「……殿下がお傍《そば》にいらして、私に触れたりなさる時は、恥ずかしくて死にそうになります……」

「…………」

先日から、リーシェの心臓はおかしいのだ。アルノルトがあまりにも傍にいると、苦しくて泣きそうになってしまう。

だが、しまった、と気付いたときには遅かった。

アルノルトは僅かに眉根を寄せたあと、溜《た》め息《いき》をついて長椅子から立ち上がる。そのあとに腰を下ろすのは、リーシェの隣だ。

僅かに不機嫌そうな彼の目が、こちらへと向けられる。

たったそれだけのことなのに、一気に頬が熱くなるのを感じた。

「ご……ごめんなさい今の無しで!! お仕置き方法は他に考えます、考えますから……!!」

「駄目だ。この方法が覿面《てきめん》に効きそうなことを、いまのお前が証明している」

「うぐう……!!」

ちょっとでも離れようとしてみるのだが、アルノルトの雰囲気が許してくれない。それどころか、アルノルトの指におとがいを掴《つか》まれて、やさしくも強引に上を向かされる。

彼が冷たい表情を作ると、その美しさは彫刻めいていて、どこか非現実的でもあるのだった。

「どうやって、あいつを誘った?」

ラウルから襲撃されたのではなく、リーシェが誘《おび》き出したのを悟っている質問だ。

「彼の、気配を、感じたので……」

誤魔化せないと観念し、リーシェはアルノルトに白状した。

「弓兵の隠れそうな場所を、じっと見詰めて。そのまま、ひとりで路地裏に入りました……」

「……へえ」

低く掠《かす》れた声がして、心臓がいっそう早鐘を打つ。

思わず視線を外そうとしたら、許さないと言わんばかりに彼の方を向かされた。青い瞳と間近で目が合い、リーシェは途方に暮れてしまう。

「……で、殿下のお怒りはご尤《もっと》もです!! 護衛中に襲撃があったなんて、国賓の安全にも関わること。外交問題に発展しかねないというのに、私の独断で報告を控えてしまい、申し訳……」

「リーシェ」

「!」

びくりと肩が跳ねたのは、くちびるに淡く触れられたからだ。

アルノルトの親指は、リーシェのくちびるを柔らかく押すようにして開いていく。

「殿下……」

いつかの夜、不意に重ねられたことを思い出して、思考がぐずぐずに掻《か》き回された。

(キスなんてもう二度とされない。絶対にされない、分かってるのに……!!)

乾いた指が、くちびるの表面をするりとなぞる。

「これが、恥ずかしいか?」

「────っ!」

尋ねられ、こくこくと必死に頷《うなず》いた。にもかかわらず、アルノルトは満足そうに笑うのだ。

「なら、仕置きは十分に効いているな」

「い、意地悪……!!」

すでに満身創痍《まんしんそうい》なのに、アルノルトはリーシェの左手にも触れ、指同士を絡めてしまう。

「お前が悪い。……俺にとって、お前は庇護《ひご》対象だと言ったはずだが」

ごくごく弱い力で指を繋《つな》がれ、妙にくすぐったい。だが、その触れ方も計算尽くなのだろう。

「――それが何故《なぜ》、みすみす手練《てだ》れとの戦闘を誘発させている？」

「え……」

そう問われ、リーシェは目を丸くした。

(叱られている内容が、私の想定と違うような……？)

考えたことが見抜かれたのだろう。アルノルトは「やはりか」と呟《つぶや》いて、溜め息をつく。

「お前はどうあっても、自分の安全を考慮する気はないらしい」

(だって、相手はラウルだって分かっていたから！)

しかし、そんな理由を口に出す訳にはいかない。

「俺が『危険な真似《まね》をするな』と命じても聞き入れない。挙句の果てには、俺に黙って事態の収束を図ろうとした上、いざとなったら自分を切り捨てれば済むなどと発言する」

そういえば、その件については説教をすると宣言されていた。

ここまではきっと前哨戦《ぜんしようせん》だ。きっとこれからアルノルトに、新兵よろしく叱られるに違いない。

アルノルトが人を叱責する際の恐ろしさは、近衛騎士たちから聞いていた。

(でも、自業自得だもの。ガルクハインと、アルノルト殿下にご迷惑をお掛けしそうになった分、お叱りはちゃんと受け止めなきゃ……)

リーシェはいよいよ覚悟する。

だが、次に出てきたアルノルトの発言は、想像とは全く違うものとなるものだった。

「命令も叱責も無意味なのであれば、ここはひとつ、趣向を工夫するとしよう」

「……え」

アルノルトは青い目を細める。

そして、どこか挑発的な笑みを浮かべながら、リーシェへと囁《ささや》くのだ。

「──俺の願うことを、お前が叶《かな》えてくれるのだろう？」

「!?」

やっぱり想定外の言葉に、リーシェはびっくりしてしまった。

アルノルトの指が、改めてリーシェのおとがいを上向ける。その状態で覗《のぞ》き込まれると、本当にキスでもされるかのようだ。

「ならば話は単純だ。『無茶をするな』と命じるのではなく、『しないでくれ』とねだればいい」

アルノルトは、僅かに伏せた目でリーシェを見つめ、言葉を紡ぐ。

「俺の懇願を、いくらでもお前に捧《ささ》げよう」

「……っ!!」

その言い方に、妙な色気を感じてぞくりとした。

「ず、ずるい……!!」

「ずるくない」

いいや、その言い方がすでにずるい。不可思議な色気をだだ漏れにさせたあと、どこか幼くも感じる返事をされると、どうしたら良いか分からなくなるではないか。

（これ以上心臓がどきどきしたら、殿下にまで音が聞こえちゃう……）

それはあまりにも恥ずかしい。リーシェは心底焦りつつ、アルノルトの肩を押しやろうとした。

だが、却《かえ》ってその所為《せい》で追い詰められる。

「殿下！　普通おねだりというものは、お仕置きと同時にはしないんですよ……!?」

「……覚えておく」

（覚えておく、じゃなくて！）

抗議を口にする余裕はなかった。

彼がリーシェの薬指に触れ、そこに嵌《は》めた指輪のふちをなぞったからだ。

「ん……！」

指輪の境目、肌の表面をくすぐられているような心地がして、その感覚に泣きそうになった。

「や……っ、待って、殿下」

「待たない。少しの間、大人しくしていろ」

「大人しくします！　しますから！　どうかもう少しご容赦を……ひぎゃっ!!」

頑張ってどうにか後ろに退けば、バランスを崩して落ちそうになる。けれども事態は、そのまま床に転がってしまうよりも、よほど大変なことになってしまった。

アルノルトがリーシェを支えるべく、上から覆い被さるように抱き止めたのだ。

そしてその体勢のまま、耳元で低く告げられる。

「聞き分けがないな」

「ひう……！」

鼓膜を揺るがすような痺《しび》れを感じ、思いっ切りアルノルトにしがみついた。ほとんど反射の行動だが、そこからぎゅうっと抱き寄せられる。

「……お前を切り捨てるなどという選択を、俺は絶対に選ばない」

彼のくちびるは、いまにもリーシェの耳に触れそうだ。

それがどれほど心臓に悪いか、アルノルトに自覚があるのだろうか。彼は、リーシェを長椅子に寝かせると、少し掠れた声で言うのだ。

「お前がどれほど厭《いと》おうとも、『離してやれない』と言ったはずだ」

「……っ」

頭の奥で、くらくらと何かが歪《ゆが》んで回った。

「リーシェ」

下手な返事をしないよう、リーシェは自分のくちびるを手のひらで塞ぐ。

「俺の願いを、聞いてくれるか？」

「んんん……!!」

これは、本当にずるい。

当然ながら、リーシェには確固たる目的がある。自身に危険が訪れようと、たとえアルノルトに突き放されようとも、彼の起こす戦争を止めなくてはならないのだ。

（この方の妻になるって、約束したもの……）

アルノルトを幸せにするためにこそ、アルノルトとは出来ない約束がある。

リーシェの頑《かたく》なさに焦れたのか、身を離したアルノルトがリーシェの手首を掴んでしまった。両手を口元から離され、顔の横に縫い付けられて、いよいよ身動きが出来なくなる。

あまりにも左胸が苦しくて、リーシェはほとんど泣きそうだった。

きっとこれは、酸欠だ。潤んだ瞳でアルノルトを見上げれば、彼は僅かに眉根を寄せたあと、そのまま再び身を屈《かが》める。


本当に、キスをされる寸前のようだった。


「……っ」

咄嗟《とっさ》にきつく目を瞑《つぶ》ろうとして、けれどもリーシェはそれを堪《こら》える。

その代わり、間近の青い瞳をまっすぐに見上げた。そこに強い意志を込めたせいか、あるいは苦しさゆえの涙目だったためか、アルノルトは少しだけ驚いたようだ。

「――……」

そして、互いの額がごつりと重なった。

リーシェがぱちぱち瞬きをすると、睫毛《まつげ》が触れ合ってくすぐったい。アルノルトは目を瞑っていて、リーシェは首を傾《かし》げた。

「……でんか？」

「………………今回は、このくらいにしておいてやる」

その声は、なんだかくたびれているようにも聞こえる。不思議に思っていると、彼は言うのだ。

「——自分の妻に、恥ずかしさで死なれては困るからな」

「……っ」

その言葉に、一瞬だけ和らいでいた動揺がぶり返した。

「うあっ、危ないところでした……！」

「そうか」

手首が離され、不本意そうなアルノルトが身を起こして、それでようやく解放される。けれども心臓の早鐘は、すぐには収まりそうもなかった。

（やっぱり私にとって、一番危険なのは殿下だわ……）

けれどもそれを、アルノルトは知らないのだ。リーシェはなんとか起き上がり、彼を見上げる。

（……危ないことはしても、死なないように頑張りますから）

——今度こそ。

けれどもその誓いについて、アルノルトが知ることはない。リーシェは気合を入れるものの、直後にアルノルトと目が合って、やっぱり胸が苦しくなるのだった。

あとがき

雨川透子《あめかわとうこ》と申します。ループなな4巻をお手に取っていただき、ありがとうございます！

今巻は、五度目の人生で関わった人々が中心となるお話です。アルノルトからリーシェへのデレ度レベルは、この巻で10段階中5になりました！

なお、このデレ度は恋愛感情を指すのではなく、アルノルトの感情表現レベルを指し、リーシェからの情操教育が成功すると上がる仕組みです。恋愛感情のレベルがいくつかはそのうち……。


今回も、素敵なイラストを八美《はちぴ》☆わん先生に描いていただきました！　たくさんキャラクターをデザインしていただきました。みんなとても可愛《かわい》い……!!　本当にありがとうございます。イラストを毎日にこにこ見つめて、生きる糧をいただいています。

お世話になっている担当さまにも謝辞を……！　いつもメールで挑む掛け合い勝負に、たくさんお付き合いいただきありがとうございます。負けるのが楽しいです。知識の差に勝てぬ……。

木乃《きの》ひのき先生によるコミカライズも2巻発売となり、とうとうあのシーンが描かれています。原稿を拝見した際、凄《すご》すぎて大騒ぎしました……！　是非ご覧ください！

そして皆さまに応援いただき、小説5巻も出させていただけるそうです。支えて下さり本当にありがとうございます……！　これからも己を鍛え、お楽しみいただけるよう精進して参ります。

重ね重ね、ありがとうございました！

次巻予告
ループ7回目の人生で、皇太子アルノルトとの日々を過ごすリーシェ。

シグウェル国の一件も落着し、互いの求婚を終えたふたりの関係も一歩前進……？

デートでアルノルトと歌劇を見に行くことになったリーシェは、そこで恋多き歌姫と出会う。

さらに元婚約者のディートリヒがその場に現れ――!?

「アルノルト・ハインのやっていることは、人間の幸福を全部捨てている！」

「――皇太子として生を受けた以上、それは当然の義務だ」

「ループ7回目の悪役令嬢は、元敵国で自由気ままな花嫁生活を満喫する5」

大好評発売中！

OVERLAP NOVELS f

ループ7回目の悪役令嬢は、元敵国で自由気ままな花嫁生活を満喫する 4

発　　行　2021年11月25日　初版第一刷発行
2024年10月15日　第四刷発行

著　　者　雨川透子

イラスト　八美☆わん

発 行 者　永田勝治

発 行 所　株式会社オーバーラップ
〒141-0031
東京都品川区西五反田 8-1-5

校正・DTP　株式会社鷗来堂

印刷・製本　大日本印刷株式会社

ISBN　978-4-8240-0029-3 C0093

【オーバーラップ　カスタマーサポート】
電　　話　03-6219-0850
受付時間　10時～18時(土日祝日をのぞく)

作品のご感想、ファンレターをお待ちしています

あて先:〒141-0031　東京都品川区西五反田8-1-5 五反田光和ビル4階　ライトノベル編集部
「雨川透子」先生係/「八美☆わん」先生係